書くことの戦場

後藤明生　金井美恵子
古井由吉　中上健次

芳川泰久

早美出版社

書くことの戦場

目次

装幀　東幸央

書くことの戦場

後藤明生　金井美恵子
古井由吉　中上健次

凡例

＊作品は、原則としてすべて『』で表記した。

＊各作品には必要に応じて、刊行年ないし雑誌等初出時の年月を付記したが、その際、表記は当該雑誌の発行月号にもとづいている。

＊引用については、一部旧仮名づかいを現代仮名づかいに改めた。また場合により、引用文における読みルビを省略した。

序　〈テクスト表象〉性から顔をそむけて

　文学をやってみようと思いはじめてから、三十年以上が過ぎた。その間、自分をそのように文学へと向かわせたものについて、じっくり考えてみたことはなかった。十代後半の私にとって、それなりに大きな決断だったはずだから、不思議といえば不思議で、いま思い返してみても、なぜ文学を選んだのか、方向を定めたあとのことは比較的覚えているのに、決断のさなかのことははっきりしない。いや、文学という選び方ではなく、小説という選び方だったかもしれない。とはいえ、それもまた確言できるほどではない。ただそんな気がするのは、いまでも鮮明に、それまでとあまりに印象のちがう二つの小説を読んだことを覚えているからだ。当時、それまで〈文学〉だと思っていたものとの圧倒的な断絶感を言葉にしようもなく、ただただ「違う」とか「変だ」といった感触だけを抱え込み、かといってその不可解さには、不可解さゆえの、いっそう強く人を吸引する力のようなものが宿っていて、知らぬ間に、そうした力に文学へと誘いだされたのではないか。

その二作とは、ともに一九六九年に発表された後藤明生の『笑い地獄』と古井由吉の『菫色の空に』である。

いまなら、それがちょうど日本の文学が変わろうとしていた潮目にあたっていたのだと理解できるが、そのころは不可解さに惹き寄せられて、その周囲をぐるぐる回っているばかりだった。もっとも、それほどの吸引力に魅せられながら、これまで正面からこの二作を論じることがなかったのは、やはり不思議であると同時に、向こうまかせの、それも受動的なわりに偶然に対しては積極的に反応する自らの性向ゆえではないかと思われる。だから今回、本書として結実する連載の機会を得なければ、こんなふうに自分が文学を一生の仕事にしてみようとどうして思ったのか、そのきっかけとなった体験についてさえ考えることもなかっただろう。そして急に、あのときの不可解さが、忘れていた宿題のように迫ってきたのだった。『菫色の空に』に即して語れば、周囲の時間を狂わせてしまうほどにゆるゆると宙空に打ち挙げられたテニス・ボールをどう打ち返してよいか分からないままその場を去った遊戯者《プレイヤー》が、不意にそのボール自身に、まだ浮いているのだからなんとか向こう側のコートに打ち返してくれよ、と急かされたような気分とでも言えばよいだろうか。『笑い地獄』に即して語れば、取材で潜入した乱交パーティで不覚にも寝てしまうゴースト・ライターの姿勢(それこそ「幽霊作家」のスタンスというものではないか)に、いまならお前さんなりに寄り添うことくらいできるだろう、と姿のないだれかに耳元でつぶやかれたような心持ちと言えるかもしれない。連載の話があったとき、勝手なものだが、向こうから宿題のほうが痺れを切らしてそのように問い返してきたと感じたのである。

とはいえ、本書をノスタルジックな気分で書いたことは一度もない。同世代の、同じような時期の作家を論じる批評家が、あるとき、「みんな懐かしいんだよ」と言ったが、懐かしいというには、その宿題はあまりにいまの自分の問題に繋がっていたからである。私はここしばらく、どちらかというと未だに〈新しい〉と思われがちな方法に意欲的と言われる一連の批評に、ある種のもどかしさを抱いてきた。もちろん、私の書くものも、自分ではそう思わないものの、そうした一連の批評に括られているという意味において、それは自分の批評に対するもどかしさでもあった。あれこれと、自分ではそのつどもどかしさを解消するための試みをしてきたつもりだったが、そのような批評を目にするたびに、どうにも拭いきれない異和感が付きまとった。

あるとき私はそのもどかしさに、「テクスト表象的」という形容を思いつき、勝手にそう名づけてみた。すると名づけたぶんだけ、それまで曖昧だったもどかしさの正体がつかめた気がした。もちろん、周囲で、そのような批評が消えたわけではないにもかかわらず、である。ではいったい、私のなかで「テクスト表象的」とはどのような射程をもつ言葉なのかといえば、テクスト論と表象的という、批評のコンテクストでは相容れない二つのタームのねじれた一致というか癒着としてある。とりわけ二十世紀後半、一九五〇年代終わりから六〇年代を横切るように西欧の知と言説空間において、従来の人文諸科学を転倒する動きと気運が台頭し、そうした知の基底部に言語への問いかけと言語学への依拠が共有されていたことから、そうした動きは「言語論的革命」（日本ではむしろ「言語論的転回」）と総称され、それ以前の知をさまざまな領域で更新していった。

その、批評の領域での展開は、フランスでは〈新批評《ヌーヴェル・クリティック》〉と名づけられたが、そこには、フロイトを言語学的な知とともに刷新したラカン流の精神分析的な方法から、構造言語学をモデルに展開した構造主義的な方法、遠くロシア・フォルマリスムをも参照しつつ物語の語りや言説分析を対象とする批評、ソシュールのアナグラム研究やデリダの脱構築的な思考を援用した批評、ジョルジュ・プーレやリシャールに代表される主題論《テマティスム》批評、記号論をはじめさまざまな〈新たな〉方法を横断しつつ超えていったロラン・バルトの批評、さらにはジャン・リカルドゥーの場合のように、ヌーヴォー・ロマンに伴走しながら展開された尖鋭だがどこか教条主義的なテクスト解読、そしてそれらの亜流といったかたちで、方法の百家争鳴状態が出現した。私の属している世代（いわゆる〝団塊〟のすぐ下）の、とりわけ外国文学に手を染めた者たちを襲ったのが、こうした批評方法のパラダイム転換と方法的な恐慌なのだが、日本では、そうした方法を何らかのかたちで通過した批評を、ある時期から〈テクスト論〉とひと括りに呼ぶようになった。当初は、いったいどこがテクスト論なのか、とその括りの杜撰さを訝しく思いもしたが、いまでは〈テクスト論〉という呼称を、「言語論的革命」という切断と抵抗線をどこかで引き受けた批評ほどの意味に受けとっている。そして私のもどかしさがどこから来るかといえば、そうしたコンテクストをもつはずの批評が、その実践において、たしかに〈新たな〉（それはかつての新しさであると同時にいまだに相対的に新しいという意味でカッコ付きである）知見をふりまわしているように見えて、結局、テクストを再現＝表象しているだけではないのか、という一点に帰着する。それは、小説を書くこととそれを論じることが常に抱える問題だが、なにより表象＝代行の道具としての言語のあり方、使い方に〈否〉を突き付ける試みとして「言語論的革命」があったからこそ、そうしたパラダイムから生まれた批評が自らの方法によってテクスト（それも反表象的なテクストまで）を、むしろ表象＝再現可能なものとして回収してしまう姿に、いっそうのもどかしさと違和を感じるのだ。顕著な例をあげれば、書かれたものを「図式」化しうるものとして読んでしまうリカルドゥー的な姿勢やジュネット的な分析がそうである。

その意味で、私はここしばらく、そうした陥穽におちいらずにすむための手がかりを求めていたと言えるだろう。それは〈テクスト論〉とは別の方法に依拠すれば足りるという問題ではない。方法や理論を新たに求めても、同じ構造はついて回るからだが、私は、そうしたもどかしさを解き放つきっかけを、批評理論や現代思想のなかにではなく、小説のうちに見いだしたのである。本書で、ときにドゥルーズとガタリを引き合いにだすが、それはこうした発見を少ない言葉で要領よく提示するための、いわば説明の経済性のためにほかならない。率直に言って、私がそれを見いだしたのは、金井美恵子の初期の小説においてである。そうでなくとも、批評性のきわめて強いこの小説家を読むことはじたい、批評が一種の同語反復を余儀なくされ、結果として、テクストの表象＝再現にいそしむことになりかねない危険をともなうのだが、そうした危惧を抱きながら金井美恵子の『愛の生活』に布置された〈献立〉にふれたとき、ああ、ここには〈書くこと〉がせめぎ合う〈国境〉というか〈前線《フロント》〉が通っていると気づいたのだった。単に物語の展開に応じて要請された細部としての献立ではなく、〈書くこと〉が良くも悪くもそれだけでは一人立ち（現前）しようがなく、なんらかの支えを必要としながら、しかしその支えに奉仕するのではなく、その支えから支えという条件性そのものを奪おうとするような動きが濃密に立ち現れてくる場所として、私はそれを見いだしたと言える。それは、〈書くこと〉が〈食べること〉と競合する前線としての〈献立〉にほかならない。だからこそ、そこでは〈書くこと〉が自らの対象を再現的に生産せずにすむのであって、そのようなフロントを見いだしたことが、この批評へと私を駆動した第一歩であり、同時に、「テクスト表象的」と名づけたもどかしさを逃れる方途の発見ともなったのである。

さらに、金井美恵子の〈献立〉をそのようなものとして見る視線を後藤明生の初期の小説に注ぐとき、この小説家に固有の〈団地〉もまた、同様の〈前線《フロント》〉を形成していることが明らかになる。なにしろ後藤明生の〈団地〉においてほど、中心に置かれた〈食べること〉に対して〈書くこと〉が自らの場所を求めて戦いを挑むことはないからである。その意味で、この二つの領域は、口や舌や歯という人間の身体における発語器官そのものと言える。というのも、口・舌・歯においては、〈食べる〉ための場所が同時に言葉を発する場所ともなっていて、そのためそこでは絶えず両域のせめぎ合いが組織されているからだが、断っておきたいのは、金井美恵子の〈献立〉が、そして後藤明生の〈団地〉が、そうした発語器官と摂食器官のせめぎ合いを、代行＝再現的にではなく、自らの〈書く〉上での条件として、いわば自身の戦いとして引き受けている点であって、そのような姿勢の維持を、積極的に書くことの〈戦い〉として考えようとしたのが本書である。その結果、いささか〈戦い〉とか〈領土〉といったタームを強調することになったかもしれないが、そうした本書の姿勢は、後藤明生や金井美恵子の小説が書きはじめられた時代の闘争的な気分に、それはそれで見合っていると考えてもいる。本書が「テクスト表象的」であることを免れているとすれば、それはこの二人の小説家が、それぞれに見いだした〈書くこと〉の戦いを更新していく〈前線《フロント》〉から、絶えず視線を逸らさなかったからではないかと思う。

　ところで、こうした射程から、本書のもう一つの関心が浮かびあがってくる。それは、小説家自身が「言語論的革命」と呼ばれるコンテクストのなかで醸成された方法や理論に触れ、一種の共振れを起こすとき、そうした理論や方法は小説家の〈書くこと〉にどのような事態を招き寄せるのだろうか、という点にほかならない。具体的には、一九六〇年代後半から〈新批評《ヌーヴェル・クリティック》〉がさかんに翻訳・紹介されるなか、とりわけ主題論批評《テマティスム》が金井美恵子や中上健次によって摂取されたのだが、それにしても、リシャールや蓮實重彦の〈水〉をめぐるテマティスムとともに彼らがどれほどの〈水〉を自らの作品に招き入れてしまうのか。そうして摂取され行使された方法は、小説を書くことにおいて、〈書くこと〉が〈食べること〉とのせめぎ合いとして維持してきた〈戦い〉に対して、いったいどのようにはたらくのか。なにしろ小説家が一つの批評的方法に依拠するとき、皮肉にも、その方法が強力であればあるほど小説家の〈書くこと〉に対し再現的かつ拘束的にはたらくからであって、たとえば〈水〉をめぐるテマティスム批評を読んで〈水〉にちなむテクストを書いてしまうことじたい、それだけを見れば、やはり再現的だからである。とりわけ主題論批評には、本書で指摘したように、有機体化と呼びうる遍在的な浸透力があり、しかも〈水〉はすぐれてそうした浸透の媒介《メディア》であって、そのような力に囲繞されるとき、それまで維持してきた小説家の姿勢は、どうなるのか。〈書くこと〉は、そのように摂取された方法との間にもせめぎ合いを組織するのか、しないのか。本書はその帰趨を、概数として「六八年」的とくくりうる六〇年代後半から七〇年代にかけての文学場において、とりわけ金井美恵子と中上健次に注目しながらつぶさに見とどけている。

それにしても本書で、三十年以上ぶりに突き付けられた宿題に私ははたしてどこまで答えることができただろうか。『笑い地獄』の〈幽霊作家〉にうまく添い寝ができたのか、『菫色の空に』の宙空に浮かんだままのボールをなんとか打ち返すことができたのか、判断は読者諸氏にゆだねたいと思うが、少なくとも、「言語論的革命」と呼ばれるコンテクストで生まれた諸々の方法が、おそらくそれ自体のせいなのかそれとも援用者のせいなのか、この私の目に表象的と映るほどの時間が経過した遅れのなかで一冊の本を書く機会に恵まれた偶然だけは、なんとか活かすことができたと思う。そして、ここで言及した作家の、どちらかというとさほど注目されてこなかった作品のうちに、より積極的に新たな価値を創設し、これまでの読みを変更するような地平を見いだそうとする姿勢を貫けたことは、本書のささやかな誇りである。もし同じ対象について、もっと早く書いていたなら、本書はまったく別なものになっていたにちがいなく、一人の作家の〈献立〉から、これほど長く新たなフィールドを引き寄せることはできなかっただろう。

I

不参戦者の〝戦い〟

――後藤明生の出発

1

後藤明生は不参戦者である。

昭和七年生まれの彼は「敗戦前に中学に入学した、いわば軍国中学の最後の生徒」であり、やがては「陸軍幼年学校から士官学校へ行って将校にな」るべく、[1]「来年こそはその幼年学校を受験しようと考えているとき、とつぜん戦争が終った」（「敗戦と虚構」）という意味での、不参戦者である。それは戦争忌避の不参戦者とはちがう。続いているはずの戦争が、歴史の不可抗力によって終結し、「ハイ、これでおしまい、というわけです」と自ら言うように、当人の思いとは別に戦争への参加を奪われた不参戦者にほかならない。そこには、ある種の理不尽さと滑稽さの混在したような感覚が流れている。そしてそうした不参戦の感覚は、終戦後も、いわば出来事の現場にありながら、そこで生起しつつある事態にかかわることができないというかたちで、後藤明生の作中人物たちに引き継がれている。

たとえば『笑い地獄』（六九年二月）のゴースト・ライターの「わたし」。取材のために乱交パーティに参加するが、そこで飲んだハイミナールのせいで眠り込み、じっさいそれはさほど長い時間ではなかったものの、その道化のような振る舞いを他の参加者たちに笑われたこともあって、すでに眠りから覚めて「重要な場面はぜんぶ見ている」にもかかわらず、そこで起こった出来事に参加できない。それは、パーティに参加していた女がコトの最中に脱糞し、その異臭さわぎから仲間の喧嘩にまで発展するという小事件で、その異臭の現場は「わたし」の横になっているところから「二メートルくらいしか離れていな」い。ほとんど現場そのものにいるのに、出来事は「わたし」のかたわらを通り過ぎて行く。この、現場にいながら現場への参加を奪われたゴースト・ライターの在りようこそ、まさに〝不参戦者〟の姿にほかならない。

そしてこの『笑い地獄』の〝不参戦者〟は、つぎつぎと自らの戦歴（もちろん不参戦の、である）を語りはじめる。「考えてみれば」、「そのときが、そもそもわたしの不参加のはじまりであったのかもしれない」と想起される終戦の「玉音放送の話」。天気が良いにもかかわらず作業は中止になり、校庭に集合させられ、「正午に重大な玉音放送がある」と校長から訓示され、解散後、寄宿舎に急いだにもかかわらず「あと五、六百メートルという地点で正午にな」り、「一軒の家の前で立ち止まり、石段に片足をかける姿勢になって耳をすま」すものの、「塀の内側からはかすかになにかが聞こえてくるだけで、ことばはまったく聞き取れない」。聴くべきことば＝玉音を聴きのがすこと。これこそ〝不参戦者〟の資質にほかならない。だから終戦も知らずに寄宿舎の部屋にもどった「わたし」は、疲れて「机の下にもぐり込んで、たちまちにして眠りに落ち」、気がつくと、ちょうどパーティの夜のハイミナールの眠りから覚めたときと同じく、「白虎隊のように木刀を杖にした」上級生たちの姿が見えるにもかかわらず、机の下から起きあがって「この国家の一大悲しみの瞬間に上級生と共に参加」するにはいたらない。

同じことは「昭和二十七年の三月、あるむずかしい大学を受験して、落第し」、アルバイトをしながら浪人することになって、ちょうど知人の紹介でアルバイト先の面接を受けに行った「五月一日」にも起こる。「面接試験はうまくゆき」、「わたし」は浅草へ出かけ「何軒かはしごして通算七、八杯の焼酎を飲み、ふらふらに酔っ払って」、またしても「知人宅へ戻るや否や眠り込んでしま」い、「かの有名な人民広場での〝血のメーデー〟事件のこと」を翌日まで知らない。戦後の一時期「人民広場」と呼ばれていた皇居前広場。そこに侵入しようとするデモ隊に向け、警官隊が拳銃を発砲し催涙ガスを使用し、多くの死傷者を出した事件。その現場からいくぶん離れているとはいえ、「わたし」は浅草六区裏の屋台で焼酎を飲み、またしても歴史的な出来事とすれちがい、帰宅してすぐに眠り込んでしまったため、事件の情報にさえ遅れて接する。そうした自身の〝不参戦〟ぶりを、「わたし」はこう述懐する。

さっき出てきた、昭和二十年八月十五日のわたし。それからいま話した昭和二十七年五月一日のわたし。これはみんな、偶然といえば偶然ですよ。ところが、それらが偶然であり過ぎるために、どうもこの偶然というやつがわたしの運命の象徴であるような気がしてくるのだ。運命のですよ、運命の。大げさにいえば、歴史とのすれ違いとでもいいますか。つまりわたしは、この戦後の、決定的といわれる瞬間にいつも参加しておらない。時代というものがするりとわたしの脇をすり抜けてゆき、その接点にわたしは常に不在であるという感じであって、そもそも、その感覚は昭和二十年八月十五日以来、ずうーっとわたしにつきまとっているような気さえするのであるが、安保のときも、またもや同じような思いをさせられたのを、おぼえている。

これほど自覚的な〝不参戦者〟もいない。偶然でありながら、それが運命の象徴のようにさえ思えるほど、「わたし」は歴史と「すれ違い」、時代の「脇をすり抜け」、決定的な瞬間に参加しない。現場にいながら「常に不在である」こと。それが〝不参戦者〟の常態であり、「わたし」がしばしば身にまとう「眠り」という仕草は、だから〝不参戦〟の遂行形態にほかならない。それればかりではない。「安保のとき」もまた、「わたし」は歴史との接点に触れながら、あくまでもその傍らにとどまり、歴史は「脇をすり抜け」、「すれ違」ってゆく。昭和三十五年五月十九日。すでに広告会社に勤めていた「わたし」は、ラジオ広告用のウイスキーのコマーシャル・コピーを課長にボツにされ、「夕方から有楽町駅の横丁の一ぱい飲み屋でコップ酒を飲み続け」る。そう、またしても飲むのだ。そしてその途中で、横丁中央の共同トイレに立った折、そのななめ前あたりの「大衆食堂」が「大学の旗を持った大学生や、組合旗を持った労組員たちで満員」になっている光景に遭遇する。「彼らはそこで、ラーメンとか、チャーハンとか、ギョウザなどで腹ごしらえをし」、「やがてふたたび国会議事堂の方へ向」かい、日米安全保障条約に反対し、その強行採決を阻止するために示威行動を行うだろう。それは「ひとりの女子学生が死亡したのはその晩であったか」と述懐されもする、まさに戦後史に刻まれた瞬間であり、すでにその時点の「わたし」にさえ、彼らに加わることの意味が理解されていた。言うまでもなく、それはこれまで「脇をすり抜け」「すれ違い」つづけてきた歴史への参加である。「わたし」は、その気になれば〝不参戦者〟を返上することもできたのだ。「彼らが腹ごしらえをしている大衆食堂の中へ入ってゆくこと」で、もはや眠ることなく出来事の現場に参加できる。そしてそれは「不可能であったとは考えられない」。なにしろ「わたし」は、まるでこれからの〝戦い〟に備えて腹ごしらえをしているかのような彼らの姿を「しばらく呆んやりと立ち止まって」見ていたのであり、そのとき参加を決断することもできたのだから。しかしながら「わたし」は現場への至近にいながら「飲みかけのコップ酒を置き残している一ぱい飲み屋へ引き返し」、またしても歴史への、出来事への〝不参戦〟を遂行する。

2

では、後藤明生の〝不参戦〟が非戦闘的かというと、決してそうではない。むしろ戦闘的でさえあって、眠り込んだり、飲んだくれる「わたし」の仕草に惑わされてはならない。この小説家の選択する戦闘形態は、徹底して通常とは異なっているのだから。一見そこでは、一貫した〝不参戦〟の維持によって、何ら戦いが組織され遂行されているようには見えない。戦争終結＝敗戦への若い義憤に捉えられての抗議にも加わらなければ、講和条約発効直後にメーデーという場を借りてなされた抗議にも参加せず、日米安全保障条約の締結への抗議にさえ飛び入らない。「わたし」はつねにその至近にいるのだ。参加することなく、ひたすら現場に接近していること。不参戦の隣接性とでも言うべき態勢（とはいえ、それが戦闘態勢であるとは当事者に理解されていない）がとられると、出来事の現場に、ほぼ必ずと言ってよいほど、権力の、法の、あるいはそれらの代理者の在り処が指示されるのだ。玉音放送も、皇居前広場も、国会議事堂前も、常に権力と立法の中枢を指示する契機であり、その現場ではないか。とすれば、雑誌の無署名記事を書いている「わたし」にとって〝不参戦〟の現場となった乱交パーティの会場もまた、何らかのかたちで法や権力の存在を招喚する場となるだろう。現に、パーティ参加者の警察へのタレ込みによって、乱交会場は捜査され、主催者の女性は逮捕され、事件の現場には警察という権力と法の代理者が招喚されている。

そのことは、後藤明生の遂行する〝不参戦〟が戦闘というかたちはとらないものの、一貫したロジックを有した戦略であることを告げている。〝不参戦〟と引き換えに、権力と司法とその代理者をいわば現場に参戦させること。[2] そこに後藤明生的な〝不参戦〟が組織し遂行する〝戦い〟の戦略があり、〝戦場〟の形成がある。

　しかしながら〝不参戦〟の戦略が遂行されるとき、そこでは単に法や権力の中枢が顕わになるだけではなく、小説家にとってきわめて深刻な出来事が生起してもいる。それは、ことばの生成失調とも呼ぶべき事態である。ことばの生成をこととする小説家にとって、それゆえそれは危機的な事態にほかならない。ことばを聴くことにおいて、読むことにおいて、そして書くことにおいて、仕損じること。こう言ってよければ、ことばの生成される現場の「脇をすり抜け」、ことばと「すれ違う」こと。〝不参戦〟と同時に生起するのは、まさにことばの生成における不調という名の〝不参戦〟であって、たとえば玉音＝天皇のことばを聴取しそこなう場合がそうだ。天皇のことばは発せられると同時に聴取されない。「わたし」は権力の配信することばの取得に失敗し、戦争の終結＝敗戦というメッセージを傍受しそこねる。あるいは血のメーデー事件を報じる新聞（それは権力と法のことばのメディア＝媒介となる代理者である）の配ることばを遅れて読むことによって、事件に遅れること。さらには自らつくった「ウイスキー会社のラジオ用」の「十秒だか十五秒のコマーシャル」のコピーが課長に一蹴され、「課長の目の前でその原稿をびりびりと破」るというように、コピーという言葉が不成就に終わること。そのとき、ことばの生成を阻止する（コピーをボツにする）課長とは、小さな権力の代理者である。そしてゴースト・ライターの「わたし」は、乱交パーティの主催者が警察にパクられてしまった以上、その模様を週刊誌の記事として書くことができない。これまた警察の介入によって、無署名記事ということばの生成がはばまれるのだ。

この〝不参戦者〟の遂行する〝戦い〟（その〝戦い〟はまさに不参戦というかたちをとる）は、なんらかのかたちで法と権力を現場に招喚し、しかも同時に、ことばの生成失調を招来する。出来事の現場にいながらその出来事を逃すとき、その〝不参戦者〟は、ことばの生成という出来事をも逃すのだ。〝不参戦〟の戦略は、二つの失調を、それらの内的な意味の論理を超えて並べる。出来事の現場とは、後藤明生において、まさにそうした失調を契機に隣接性が組織される場にほかならない。二つの失調とは、言うまでもなく、歴史への参加の失調と言語の生成の失調であり、それによって、法と権力およびその代理者の存在が言語の生成失調と隣接することになる。

だが、その隣接性は一義的に〝不参戦者〟の戦略とも言い切れない。というのも、それは権力・法の側の戦略のようにも見えるからで、つまり、権力と並ぶことで言語の生成が阻まれるのか、言語の失調によって権力との隣接に立ち向かおうとしているのか、どちらとも言えないからだ。おそらくその両方であって、玉音放送を聴きそこねることで権力＝天皇の言葉を忌避し、課長のボツにしたコピーを破ることで、課長＝権力の認める広告の語法を拒否することができる半面、無署名ライターは警察＝権力の代理の介入によって、明らかに記事の執筆を封じられてしまいもするが、いずれにしろそれが〝不参戦者〟の戦略であることにかわりはない。〝不参戦〟による戦いとは、権力の在り処をあぶり出しながら、その権力によってことばの生成を阻止されると同時に、権力の側が押しつけてくることばの使用法を忌避することでもあって、そこに、後藤明生の言語に対する姿勢が、つまり小説を書く上でのスタンスが鮮やかに示されている。

3

ところで、権力の代理者の介入と言葉の生成失調という〝不参戦者〟の戦略がそのまま主題となっている小説がある。[3]それは『笑い地獄』の一年半後に発表された『書かれない報告』（七〇年九月）である。男に、ある日とつぜん「県庁の社会教育課のもの」と名乗る相手から電話がかかってくる。その姿なき役人＝公務員こそ、まぎれもなく権力の代理者だが、その「係員」は男の住む「団地生活の実態調査のようなもの」を依頼してくる。それは「フリースタイルのレポート」の執筆という、ことばの生成の依頼にほかならない。レポートの「内容は何でも構」わず「形式も自由」で「どんなに長くても、どんなに短くても結構」だという。「提出の期限は無期限で」、男の住んでいる団地からは七十名の居住者が選ばれたともいう。男は自分が指名された理由を訊ねるが、一般的な選択の基準しか聞くことができない。そうして男は、ほとんど一日中そこにいる団地の部屋について考えをめぐらしはじめるが、題名が示唆するように、そして最後の文（「もちろん報告書はまだ一行も書かれてはいないが、期限などはもともとなかったわけだからだ」）が告げるように、報告書の文字はいささかも書かれはしない。報告書を一行も書かないこと。これがことばの生成の失調という〝不参戦者〟の戦略であり、権力の代理者からの執筆要請に対する、男なりの応戦の仕方なのだ。

つまり後藤明生は、この『書かれない報告』を書くことで、自らの小説執筆を取り巻く〝戦い〟の条件そのものを検討しつつ、それを言説化し、公開したということだ。それは、この小説家にとって、小説を書くことが一種の〝戦い〟としてあることを宣言するに等しい。（いったいそれは、何に対する〝戦い〟なのか？ この問いへの答は、この小説家の〝戦い〟の方法と軌跡をつぶさに踏破することで、自ずと提示されるだろう。）ではいったい、書くことが〝戦い〟であることを、後藤明生はどのように差し出すのか。それは、書く場所を、文字通り〝戦場〟とすることによってである。しかもその〝戦場〟には、いかなる寓意性も象徴性も託されてはいない。というのも、どうやら「水道の蛇口のやや下の方から」侵入してくるらしい「名前のわからない黒い小さな虫」が、毎晩、どこをどう通ってくるのか、男にとっては何よりも重要な書く場所である「北向きの四畳半の坐机の上に這いあがって」くるからで、まるで機械仕掛けの兵士のように「一匹ずつ」坐机に現れるその虫を、男はそのつど潰しつづける。絶えることのない虫の執拗な侵入に対し、男は「いかなることがあっても、虫と坐机とを結びつけるわけにはゆかない」とはっきり戦意を表明する。なぜなら「坐机と男とは、互いにその一部であることによって、結びついている」からであり、「それ無しには一日たりとも、男は自分というものを考えることができない」ほど、身体と坐机は一体となって、自らをことばの生成する現場となしているからである。〝戦い〟はこうして書く場所をめぐる攻防の様相を呈するのだが、それは同時に、書くことをめぐる〝戦い〟にほかならない。〝戦い〟は毎晩、こんなふうに遂行される。

いまやその坐机は、文字通り戦場となったわけだ。そして男は毎晩、その戦いの場に臨んだ。すなわち、坐椅子に腰をおろして机に左手で頬杖をつき、虫があらわれてくるのを待つのである。右手を自由にしておくのは、いうまでもなくマッチ棒を駆使するためであり、また坐机の上に真新しい原稿用紙が拡げられているのは、そこに這いあがってきたところを狙って攻撃するためだった。（……）つまりこの場合原稿用紙は、何も原稿用紙ではなくともよかった。何ごとかをそこに書くためではなく、虫と戦う男のためにそれは拡げられていたからだ。（……）男はそのようにして毎晩待ち続けた。つまり戦い続けたわけでもあったが、それは毎晩、虫もまた戦場に姿をあらわしたからだ。

書く場所の奪取をめぐる攻防が、書くことをめぐる〝戦い〟でもあるのは、この攻防が続くあいだ、ことばが生まれる場である坐机とその上の原稿用紙が〝戦場〟となることで、そこでの執筆が繰り延べられるからだ。その期間、原稿用紙は「マッチ棒の武器」が「あたかも強敵を突き倒した豪槍のように」虫の「胴の部分」に突き立てられる殺戮の場となる。「何ごとかをそこに書くためではなく、虫と戦う男のためにそれは拡げられていた」のだ。そうして毎晩、虫との〝戦い〟が遂行されるあいだ、権力の代理者である「R県の社会教育課」から依頼された報告書の執筆も繰り延べられ、結果として執筆されない。虫との〝戦い〟が、毎晩、坐机とその上の原稿用紙の上を占めることで、それは同時に、男が権力の代理者の意向に沿ってことばを生成することを阻むことにもなるのであり、見えないかたちで、もう一つのことばの生成の失調という〝戦い〟を遂行してもいるのである。自らの書く場所を防御し、書くことそのものを確保する〝戦い〟が、同時に、書くことの失調という戦略をも許容する成り行き。それは、書くことが書かないこととともに成り立つような強度としてある場であり、『書かれない報告』は、まさにそのような場としての坐机とその上の原稿用紙を公開したのである。

ちなみに、『誰?』(七〇年三月)以降、後藤明生の小説には団地が主要な場所として登場するようになるが、言うまでもなく、その団地には「北向きの四畳半」があり、当然そこには「坐机」と「原稿用紙」があって、それは、すでに見たように、強度としての言語生成の現場にほかならない。後藤明生は『何?』(七〇年四月)の後記に「わたしの文体は『誰?』から急カーブした」と書いているが、それは、彼の小説にそうした書くことをめぐる〝戦い〟の場としての〝団地〟が頻繁に登場しはじめるのとほとんど同時である。

4

とはいえ、団地の登場する『誰？』の直前に書かれた『ある戦いの記録』（六九年一二月）において、すでに〝戦い〟は別なかたちで遂行されている。それもまた、ことばの生成にかかわる場所の争奪という意味で、小説家にとってきわめて根底的な〝戦い〟と言わねばならない。だが、根底的と言っても、どう根底的なのか？

それは、奪取すべき場所の漸進的な移動によって実現されている。『ある戦いの記録』では、三つの場所の奪取が企てられ、そのどれもがそれぞれに〝戦い〟として組織され、じっさい作中の「わたし」もそのように認識しているのだが、そうした〝戦場〟の隣接的な移動じたい、一連の〝戦い〟をいっそう根底的なものとするために小説家が採用する〝戦略〟にほかならない。

「わたし」が最初に奪取を目論むのは、アパートの隣室の女性の「性器」である。同じアパートに住む男に偶然、銭湯で出会って、彼の部屋に誘われ、そこで「俗流性医学解説本の一ページ」に載った「女性性器の写真」とその下の「興奮しやすい処女、31歳、教師」というキャプションを見せられる。そのページを指し示しながら、男は、それが「わたし」の隣室の井上清子の性器ではないかと言い放ち、「わたし」は、その日「体験したふしぎの連続の中で、最もふしぎであった」と言いながらも、「そのとき早くも」その写真の性器を彼女の性器だと信じはじめるのだ。そうして〝戦い〟

は井上清子を「犯し、彼女をして最初に歓喜の叫び声をあげさせる」ものとして組織され、「攻撃目標は、いうまでもなく彼女の性器」ということになるのだが、その〝戦い〟が倒錯しているのは、攻撃の達成のために「わたし」が文字通り身を賭してコトに及ぶのではなく、男性の「人工性器」をもつ機械[4]を作製する点にあって、機械をつくる作業の分だけ作戦の遂行が遅延するからだ。しかも、その機械は男性器にあたる部分が未完のままで、完成しない。男性器を欠いた女性器奪取マシーン。「攻撃目標」に接近しようと努力すればするほど、目標から遠ざかるという成り行き。その意味で、この機械の作製は一種の迷路性を帯びていて、そこから徒労と滑稽が醸成される。そこにはカフカ譲りの、この小説家ならではの笑いがあるが、その笑いは、隣室の女性の引越によってさらに際立ち、「わたし」はさらに倒錯した〝戦い〟へと転戦することになる。

　その〝戦い〟は、たとえ隣室の十七号室に彼女がいなくとも、遂行される、のではなく、逆に、井上清子が「十七号室にはいないからであり、彼女がいない以上、十七号室など存在する理由はあり得ないから」という理由で遂行される。「十七号室？ 粉砕！」（ここには、作品の執筆と同時代の、大学紛争の発語法がこだましている）という「戦いの文字」を自らの十六号室の壁に赤マジックで書きつけ、欠けている男性器に「マイ・ペニス」をセットし、機械もろとも「十七号室の存在を理由づけている」壁にぶちあたるのだ。それは、次章で詳しくふれるように、〝もう一つの部屋〟の消去にかかわるのだが、要は、そのときなされるのが単に隣室という場所の消去だけではなく、隣室の存在理由の消去であり、同時に自らの部屋の粉砕とその存在理由の粉砕でもある。もっとも、この第二の〝戦い〟もまた失敗し、依然「十六号室が存在する以上、現在におけるわたしの戦いは、いまだ終っていない」にもかかわらず、「いまわたしは、どこかの病院の狭い一室のベッドに寝かされている」ばかりか、「大きなバンソウコウ状のものによって、わたしの口は厳重に封鎖されている」。この状況で、いったいどのように〝戦い〟は維持され、遂行されるのか。それも、いっそう根底的に。もはや隣室との壁の「粉砕は、不可能である」。「にもかかわらず戦いだけは不可避であるとすれば、その戦いは当然このベッドの上において」遂行されねばならない。だがいったい、そこでどんな〝戦い〟が可能だというのか。

その〝戦い〟を可能にするのは、「まるで双生児」のような「二人の看護婦」であって、彼女たちこそ、まさに病院における権力の代理者にほかならない。双生児とは、しばしば権力が代理者へと分割される際の、代補と増殖を担う意匠であれば、双生児のような看護婦とは二重に権力の代理者ということになる。その看護婦が「明日になれば、もう傷口がくっつきますからね」という台詞を発したとたん、「わたし」は治療の名の下に彼女たちに管理された場所の奪回とその「封鎖」の「解除」を自らの遂行すべき〝戦い〟として見いだす。二人の看護婦によって「味のないぬるぬるした油状の薬品」を塗られ、「バンソウコウ」で「封鎖」された「舌および口」。これこそが、奪回すべき場所であって、だからこの新たな第三の〝戦い〟は、「舌および口」の奪取をめぐって遂行される。

しかしながら戦略のためには、それだけで必要かつ充分であって、要するにわたしは、今日じゅうに、ということは咬み切った舌の傷口がくっついてしまう前に、この口を厳重に封鎖しているバンソウコウのようなものを、剝ぎ取ってしまえばよいのである。そして、それですべてなのだ。つまり、粉砕も不必要、封鎖も不必要。十六号室拒否のための戦いは、ただ、生きながらえているミイラのごとく、頭のてっぺんから足の爪先まで厚い繃帯でぐるぐるまきにされているわたしが、ベッドの上に仰向けになったまま、マスクのようにわたしの口を封鎖しているバンソウコウを、左手によって引き剝がしさえすれば勝利をおさめることができる（……）

新たな〝戦い〟は、看護婦の、つまりは病院という権力機構の管理下にある口と舌の奪還にある。そしてこの奪還が、なぜ小説家にとって決定的に根底的な〝戦い〟たりうるかといえば、それがことばの生成にかかわる場所の奪還だからであり、口と舌の奪取がことばの生成器官の奪還にほかならないからである。看護婦が「バンソウコウ」で封鎖していないときでさえ、口と舌は、通常、食物が占める場所であって、それを発語の、ことばの生成のための器官＝場所にするには、食べることとのあいだで口や舌をめぐる〝戦い〟を組織しなければならない。その〝戦い〟を、ドゥルーズとガタリは『カフカ　マイナー文学のために』（第三章）で、こう記述している。

豊かであろうと貧しかろうと、いかなる言語行為も、常に、口と舌と歯の脱領土化をともなう。口と舌と歯は自らの原初的な領土性を食物のうちに見いだしている。口と舌と歯は、発音に専心するとき、自らを脱領土化する。それゆえ、食べることと話すことのあいだには——そして、さらに言えば、外見的には異なるものの、食べることと書くことのあいだには、ある種の分離が存在する。つまり、食べながら話すより食べながら書くほうがおそらく容易にできるということだが、しかし書く《エクリ》こと《チュール》は、言葉をいっそう食物と競合可能なものに変える。内容と表現の分離。話すこと、そしてとりわけ書くことは、断食することである。

「わたし」の遂行する「封鎖された」口と舌の奪回とは、このような場所=器官の奪回にほかならない。口と舌と歯は、食べることと話すことが競合する〝戦場〟であって、そこでは、食物で占領するのか、ことばで占領するのか、という食物とことばの〝戦い〟が常に遂行されている。いや、より正確に言えば、そのような〝戦場〟として、後藤明生は口と舌と歯という場所を『ある戦いの記録』において見いだしたのだ。そしてそれは、圧倒的に食物に優位な戦いである。その優位性をドゥルーズとガタリは「原初的な領土性」と呼び、食物のことばに対する優位性に、あるいは食べることの話すことに対する優位性に立ち向かう〝戦い〟を「脱領土化」と呼んでいる。その脱領土化に要請されるのは、そのような〝戦い〟を遂行しうる戦略としての書くことの発見である。なぜなら「書くこと《エクリチュール》は、言葉をいっそう食物と競合可能なものに変える」からであり、書くことは直接に口と舌と歯という〝戦場〟を共有しない分だけ、話すことより食物に競合し得る言葉を行使できるからだ。その意味で、書くことは話すこと以上に、口と舌と歯の領土から食物を遠ざけるのであり、その意味で「書くことは、断食すること」なのだ。したがって「バンソウコウ」による口と舌の封鎖を解除し、その場を奪取する「わたし」の〝戦い〟は、まさにことばの生成にかかわる〝戦い〟であって、後藤明生は、『ある戦いの記録』において、まさに食物から言葉へと口と舌と歯を取り戻す「脱領土化」の〝戦い〟を組織し得たのであり、そうした〝戦い〟のための戦略として書くこと《エクリチュール》を発見したのである。

5

ところで、『ある戦いの記録』で後藤明生の遂行した、女性器の奪取という物語的欲求に根ざす〝戦い〟から、隣の部屋の消滅の〝戦い〟、さらには口と舌の奪還という書くことに根底的にかかわる〝戦い〟への転戦を、同時代の文学フィールドに置いてみるとき、きわめて示唆的な戦況が顕わとなる。というのも、当時の文学場を支配していた物語的欲求の主要なラインとは、まぎれもなく、男による女性器の奪取をめぐる物語を様々に変奏すること、およびそのための場所として常に〈もう一つの部屋〉を確保することにあるからだ。それは、後藤明生が「先行作家」として意識する〝第三の新人〟たちの物語にあきらかであって、たとえば、金銭による娼婦の性器の奪取において、不意に、交換不可能なはずの情緒の贈与までも例外的にうける男の物語であれ、夫として占領しているはずの女性器が他者に、それも戦勝国の他者に奪取されて内部が外部へと開かれる物語であれ、恩ある先輩の所有する女性器をふとしたきっかけで奪取した男が、裏返された負い目と引き換えにその出来事を語る物語であれ、主な小説は男による女性器の奪取とそれを介しての意味＝物語の獲得として書かれている。[5] その意味で、『ある戦いの記録』で組織される女性器の奪取未遂に終わる第一の〝戦い〟は、そうした女性器奪取の物語を様々に変奏することで成立している当時の文学場の状況に対する、失調による一撃ではないか。そして失調という非戦闘的な姿勢こそが、後藤明生の臨戦態勢であることは、すでに見た通りである。

〈もう一つの部屋〉としての隣室の消滅を企てる第二の〝戦い〟にしても、女性器奪取の物語の主要な舞台の破壊を含意しうると同時に、当時、文学場をほとんど占有していた物語的トポスとしての「部屋」じたいの機能失調をもくろんでいることは、指摘するまでもないだろう。この小説家が遂行する〝戦い〟の移動には、だからそうしたすでに文学フィールドでの主要な物語ラインからの移動と離反が刻まれている。そしてそのような移動と離反とは、まぎれもなく当時のメジャーな文学への〝戦い〟であって、その戦いの帰趨を、第三の〝戦い〟が示唆しているように、この小説家は書くことを戦略とする〝戦い〟として引き受けるのだ。その意味で、後藤明生はすでに小説家として歩みだした数年のあいだに（それはほとんど一九六八年から七〇年にかけての数年である）、文学場[6]を〝戦場〟とするような戦闘態勢に、自身とその書法を布置したと言える。

　そして後藤明生は、そうした〝戦い〟の戦線を決して離脱しなかった。ではいったい、そのように組織された〝戦い〟を、後藤明生はどう維持するのか。その詳細については、さらに次章で見ることになるが、いまここでこれまでの思考の延長線上に指摘しておきたいのは、まず、『ある戦いの記録』を挟むように、二つの〝断食〟小説『パンのみに非ず』（六九年二月）と『何？』（七〇年四月）が書かれているということだ。ふたたびドゥルーズとガタリを参照するまでもなく、この〝戦い〟において、断食するとは書くことそのものだからであり、いみじくも小説家じしん『パンのみに非ず』で、「断食に入るとほとんどのものがお喋りになるのは確かだ」と書き、「人間の口は、食べるという機能を封じられたとたん、喋るというもうひとつの残された機能を二百パーセント働かせはじめる」と記してさえいる。しかも後藤明生は『メメント・モリ』（一九九〇）で言うように、「私はかれこれ二十何年か小説を書いて来たが、食物のことはほとんど書かな」い、という戦略を貫いている。たとえ書いても、ほとんど常に、食べることとの失調として食物は書かれている。食べることを失調させつづけること。これが後藤明生にとっての〝戦い〟を維持するもう一つの戦略にほかならない。その傾向は、食道の潰瘍手術後、いささか変わるようにも見えるが、それでも旨いものを食べようとすると、その機会は見事に奪われ、頓挫することになる。ちょうど『しんとく問答』（一九九五）の冒頭の一篇において、あれほど欲したレストランGのエビフライを食べそこなうのと同時に、かろうじてむかし歌った打倒米英の換え歌ということばが甦ってくるように。

そして最後に、この、ほとんど共闘者のいない〝戦い〟の前線にぽつんと掘られた塹壕としての〝団地〟の決定的な重要性を強調しておきたい。すでに『書かれない報告』とともに見てきたが、食べることを司るキッチンに対して書く場所としての「北向きの四畳半」を持つ〝団地〟こそ、小説に舞台を提供する以上に、後藤明生の遂行する〝戦い〟の縮図そのものだからである。

注

1 「第四回全国学生小説コンクール」の「入選佳作」になった『赤と黒の記憶』は、終戦の玉音放送を聞いた「ぼく」が、それまで予科練に行くつもりで、その身体検査に受かろうと必死に守り通してきた禁煙を自らに解き、「最初の煙を吸い込」むことで、その汚れなき「真紅の肺」を天皇と戦争から奪い返す物語であり、その行為を、抑制された抒情性のうちに際立たせているが、抒情性の向こうに、身体の奪取を権力とのあいだで繰り広げる後年の作品の面影がすでに垣間見える。

2 『何?』には、国家=権力の代理者としての職業安定所の「求職係長」について、次のような記述がある。「資格の有無を決定するのは、男と向い合っている求職係長だった。そしてその白い歯の係長は、わが国の現行法にのっとってその判定をおこなうわけだ。いわばそのとき男にとって、求職係長はわが国であり、男はわが国と向い合っていた。」こうした認識には、カフカに対する作者の深い共感が読みとれる。秀逸なカフカ論『カフカの迷宮』で、後藤明生は「掟」と「代理人」に触れ、「代理人」を抜きにはカフカ文学は考えられず、それは「世界」そのもの、「組織」「官僚機構」そのものだと言っている。そしてこの「代理人」を「通してしか人間は『世界』と接することは出来ない」のであり、その「見えない世界=全体との格闘」こそが「カフカの小説だ」と指摘している。

3 こうした言語の生成をめぐる〝戦い〟を組織している点で、後藤明生は、先行する第一次戦後派や第三の新人たちの戦い方と決定的に異なっている。とりわけ第一次戦後派は、戦争体験にかかわる不条理や非人間性という状況を差しだしながら、告発という姿勢でこれと戦い、第三の新人たちは、第二次大戦後の、崩壊しつつある「家」や「家族」に、そこから切り離された物語意匠ともいうべき「家屋」や「部屋」を対峙させることで、新たな戦いを仕組んでいるが、そこには、そうした物語を可能にする言語機制そのものを問う姿勢は見られない。

4 完成したこの機械がどのように作動するかについては「この台に腹をのせて前向きに腰を

折った姿勢をとり、右手で自動車のクラッチに似たハンドルを動かすと、その速度、その強弱に従って、前向きに腰を折った姿勢をとっている両股の間へうしろから、あるいは激しく、あるいはゆっくりと人工性器が出入りする」という説明があるが、この女性器奪取マシーンには、機械（それはメカニスムをもつことで、機構や組織と等価でもある）の代理性が託されている。と同時に、カフカの『流刑地にて』に登場する「処刑機械」を連想させる。

5　こうした個別的とも一般的ともとれる記述をしたのは、いくつかの小説について言えることが同時代の他の小説についても妥当することを強調したいからだが、ここでそれぞれ念頭に置いているのは、吉行淳之介の『驟雨』『原色の街』『娼婦の部屋』等の〈娼婦もの〉、小島信夫の『抱擁家族』、安岡章太郎の『月は東に』などである。

6　文学場という用語は、ブルデュー（『芸術の規則』）に負っているが、歴史的＝社会学的な射程を付与されたこの語に、ここでは主として、象徴財としての作品が「文学的正統性の独占権」をめぐって遂行する「闘争」の場、ほどの意味をもたせている。もちろん、そうした「闘争」には、正統性を継承するという姿勢も、あるいは忌避することによって別種の正統性を創出するという姿勢もふくまれている。

一九六八年の文学場
――〈近親愛〉と〈もう一つの部屋〉

1

後藤明生は文学場で遂行される戦いにきわめて自覚的である。たとえば「われわれは皆ゴーゴリの『外套』から出て来た」というドストエフスキーの言葉を紹介しながら、そこに「同時代を代表する先行作家」への後発者の「敬意の表明」と「挑戦状」を読みとるとき、さらにはその挑戦が「小説家として、最も正統な文学的戦いだったと思う」と口にするとき、後藤明生には、文学場に引かれた闘争線の所在がはっきりと見えていた。それればかりか、彼は「一小説家としてのわたしの体験的想像（つまり、身におぼえがあるということ）であるが」と断った上で、ドストエフスキーとゴーゴリの関係を自身に引き寄せ、「同時代の先行作家（わたしの場合でいえば、例えば〝第三の新人〟）に対する文学青年の意識として、それはむしろ正常なものだ」とさえ言い、具体的に、自分にとっての闘争線の一端を明らかにしてもいる。[1]

いわゆる第三の新人を「同時代の先行作家」として意識するというこの発言は、「〈時代〉との出遇い」と題されたエッセイでの、「大学生時代、わたしは戦後文学をほとんど読まなかった。現代文学では、小島信夫、安岡章太郎、吉行淳之介などを読んだ」という言辞とも一致しているが、いまわれわれが参照したいのは、後藤明生が小説家として出発した時期の文学場と、そこへの彼の闘争線の引き方である。それは、一九六七、六八年あたりから一九七一、七二年あたりにかけてということになるが、後藤明生は、一九七一年に発表した「現代にとって文学とは何か」という文章で、ちょうどこの時期の文学場の状況を、自身の世代に焦点をしぼりながら、しかもその近傍の歴史とともに、こんなふうに描出している。

さて戦後批評家たちは私小説の破産を宣告した。しかしその後出現した戦後文学の〈神〉とは何だろう? 〈戦争〉だろうか? 確かに戦後文学における〈戦争〉は〈他者〉へ語りかける媒介となり得た。しかしいずれもその書き手たちは〈戦争〉からの復員者だった。非復員者の小説の、戦後日本における最初の出現は、石原慎太郎氏によってである。氏は私と同じく昭和七年生まれであるが、戦後初めてエゴにめざめた非復員世代がこの時ようやく日本文学に参加したわけだ。

もちろんその後出現した非復員者たちも、〈戦争〉を媒介にしようとした。非復員者の戦争。それは少年の戦争であり、柏原氏の場合は疎開ということになるだろう。大江健三郎氏も高井有一氏も、少年の戦争を書いた。中には開高健氏のように、書くばかりでなく自らベトナムへ求めて出かけた作家もある。わたしも世代的にはそこに属している。しかしいつまでも少年物ばかり書いているわけにはゆかないはずだ。当然の話であるが、少年は年をとり、いつのまにか父親となっていたのである。そしてマイホーム時代。食べる物はもちろん、ありとあらゆる物、および物に関する情報が氾濫した。

戦後派文学との、さらには間接的に〈戦争〉をトピックにする同世代の作家との切断を告げてもいるこの文章に、この小説家自身「先行作家」と意識する〝第三の新人〟を加え、第一エッセイ集『円と楕円の世界』(一九七二)の表題にもなった一文で論じた三島由紀夫[2]の名前を連ねれば、一九七〇年前後の、少なくとも後藤明生にとっての文学場の輪郭ができあがる。こうしたなかに、後藤明生は自らの小説のための場所を設営しつつあるのだが、なんと彼は、引用した部分につづいて、「このような時代における〈私小説の可能性〉とは何だろう?」と問うのだ。私小説? と思わず問い直したくなるが、もちろんそれは「破産を宣告」された戦前の「私小説」とはちがう。だからこそ後藤明生は、自らの小説への卓越した批評性に充ちた「わたしの〈わたし小説〉」といったエッセイを書くことにもなるのだが、いまここで重要なのは、この小説家が同時代における〈私小説の可能性〉を問いながら、自らの小説の場所をほとんど文学場の外に布置してしまう点である。それは、後藤明生がすでに形成されている文学場のなかに闘争線を引くのではなく、そうした既成の文学場そのものに対して闘争線を引くことを意味している。

最初期の作品を収めた『関係』（単行本としては五作目）のあとがき（「『関係』前後」と題されている）は、そのことをこのような言葉で語っている。

「そのような現実の只中において、革命家でも、隠遁者でも、無頼漢でも、狂人でも、宗教家でもなく、一人の勤労サラリーマンとして生きるためにわたしが是が非でも発見せざるを得なかったものが、一つの〈眼〉だ。すなわち〈関係〉の〈眼〉は、そのときわたしが生きなければならない現実の外に、別種の文学的世界をつくり上げるために発見されたものではなく、二十代も終りに近づいて結婚した一人の男が、勤労サラリーマンとして生きるために発見された、いわば一リアリストの〈眼〉ということができよう。いわばわたしの、戦いのための〈眼〉である。それが果して〈文学的〉なものであるのかどうか、そのときのわたしにはわからなかった。しかしそもそも、〈文学的〉現実などというものが世界のどこかにあるものだろうか？」

〈文学的〉現実などどこにもない、と見切ることは、文学の外部に立つということだ。そのかぎりで、文学場の外部、さらには文学性の外部と言い換えることができる。もっとも文学性じたい、時代との関数である以上、後藤明生が立つのは一九七〇年前後の文学性の外部にであって、その上で彼が小説を書くということは、文学性の外部であったものを同時代の文学場に持ち込むことを意味するだろう。既成の文学場そのものに闘争線を引くとは、そういうことだ。

その際、この小説家は「小説とは、無限定の成熟を作家に絶え間なく要求し続けるものであろうか？」と問うことを忘れない。そうすることで、彼は未成熟という外部を文学場に招来しようとする。後藤明生は、小説家が未成熟であることの意味を自らの戦略として受けとめた数少ない小説家である。未成熟《マイナー》であること。つまりいかなる文学的な成熟《メジャー》にも回収されないこと。それは、より正確にいえば、文学的な成熟に回収されるよりも早く闘争線を引き直すことを意味する。そうして新たな外部を文学場に接合しつづけること。とりわけ一九七〇年あたりまで、後藤明生が小説を書くたびに何度も何度も出発を繰り返すように書いたのは、まさに未成熟であることの結果であり実践であると同時に、そうした戦略の発見と維持にほかならない。

　後藤明生はさらに「『関係』前後」で言っている。「〈冬眠〉と〈出直し〉を繰返しつつ生きながらえた結果、わたしの身についたものは、未成熟の自覚である。自己の未成熟に対して無自覚のまま書くことに出発したわたしが、その自覚に到達するには十何年かを要した」と。じつに後藤明生は〈冬眠〉と〈出直し〉を繰り返している。「文藝」の〈全国学生小説コンクール〉の佳作となった『赤と黒の記憶』[3]（一九五五）を書いてから、新聞の短篇小説賞に落選した『異邦人』をはさんで、一九六二年に『関係』を書いて「第一回文藝賞中短篇部門の佳作」となるまでに七年、一九六六年に同人となった「犀」に『もう一つの部屋』を発表するまでにさらに四年。そののち、出版社を辞め筆だけの生活に入った以上、〈冬眠〉こそなくなりはしたものの、それ以降の『私的生活』（一九六九）、『笑い地獄』（一九六九）、『何？』（一九七〇）、『書かれない報告』（一九七二）とつづく作品集に収められた小説についても、基本的に後藤明生のスタンスは変わっていない。書くたびに〈出直し〉を繰り返すこと。「それは、およそ無限定に、果しなく続けられるわたし自身の戦いである」とこの小説家が言うように、すでに自ら刻んだ出発点との「無限の戦い」としてある。そしてこの「無限の戦い」に加えて、後藤明生が「同時代を代表する先行作家」に対し「小説家として、最も正統な文学的戦い」を試み、「わたしが是か非でも発見せざるを得なかったものが、一つの〈眼〉」であり、それが「いわばわたしの、戦いのための〈眼〉である」と言うとき、彼ほど小説を書くことを〝戦い〟として受け止めた作家はいないのである。

2

『関係』（一九六二）を書くことで、「わたしの価値観とはまったく無縁な価値観を持つ〈他者〉がもう一つの〈中心〉を支配するところの、楕円[4]」としての世界を文学場に差し出した後藤明生は、その出発点に対し、『私的生活』（一九六八）を書くことで、そこにさらに新たな闘争線を引く。『関係』が同時代の物語言説に対し、まだそこに登録されていない〈他者〉との関係性という新たな意匠を付加したとすれば、『私的生活』は、当時の文学場の支配的な物語言説そのものに闘争線を引こうとしていると言える。そのことを、後藤明生は「〈無名氏〉の話」というエッセイでこう語っている。「その後わたしは、〈関係〉の世界からとつぜんのように〈他人〉たちをふり捨てて、〈私的〉なタテ穴の世界へもぐり込んだ」と。ではいったい、〈私的〉な物語に徹することが、どうして新たな闘争線を引くことになり得るのか。

『私的生活』では、団地での「わたし」の日常が二つの不倫の話に挟み撃ちされるように語られている。二つの不倫は、3DKの団地に引っ越す前と後という時間に属していて、二つの三角関係を形成している。その二つの三角形がある種の相似形を成すように見えるのは、ともに、女が「わたし」との関係のなかで妊娠するからだ。

一方の三角形には、「わたし」と妻と三輪庸子という女がいる。そのかぎりで、典型的な不倫の三角形である。女ははじめての妊娠と中絶の手術を経験し、「わたし」は妻との別居生活に踏み切る。なぜか「わたし」は「自宅から歩いて十五、六分くらいの場所に、ひとりで四畳半を借りて暮すようにな」るが、女は「二度もそこへあらわれな」い。愛の巣ともなるべきその部屋に、妻が日曜ごとに幼い息子を連れて洗濯物を持ち、掃除をしにくることを女が知っているからでもある。「わたし」はその部屋で「妻との別居と三輪との関係、会社の仕事とアルバイト原稿というおよそ三カ月間の二重生活」をし、「心身共に疲れ果て」、それまで二十回以上も外れてばかりいた公団の団地に、妻が「最後の運だめしのつもり」で応募したのが当籤したことで、女と別れ、団地に移り住む。「結果として運は三輪を離れて妻につき、わたしは、まさに崩壊寸前の、ばらばらになりかけたわれとわが身を、このマンモス団地に横たえた」というように。

いったいこれで、後藤明生はどのように文学場に新たな闘争線を引くというのか。奇妙といえば、女との関係のために求めた「アパートの、二階の四畳半」がなんらその目的のためには使われず、しかもその〈もう一つの部屋〉が自宅の至近にあるために、不完全な別居にしかならないことだ。その上「わたし」と女との関係が、妻のクジ運という偶然に左右されるという点で、そこでは意志が絶えず偶然の成り行きを凌駕することはない。通常、愛の三角形という物語言説においては家庭に不倫愛をもたらすはずの〈もう一つの部屋〉が、奇妙にも、『私的生活』ではまったくその機能を果たさず、むしろ団地という別の部屋の集合体の発見に寄与してしまう。

もう一つの三角形は、「わたし」と内田と内田夫人によって形成される。ある晩、内田が団地の近くまで来たといって「わたし」のもとに立ち寄り、気の進まない酒宴となる。その間、内田は、妻のことや子供のことや自分の不妊手術のことなどを語るが、知ってか知らずか、自分の妻と「わたし」の関係をにおわせたりはしない。だが、その急な出現じたいが「わたし」には居心地の悪い謎である。ほんとうに近所に用事があったのか、どうか。「わたし」と夫人との関係を知っているのか、どうか。関係を宙づりにするこうした不可知性は、内田夫人の妊娠にまで波及する。少なくともその妊娠は、彼女の手紙によってはじめて告げられるのだが、その言の信憑性を保証するものはない。ただ、本人の「遺書」と称する奇妙な手紙がそのことを伝えているにすぎないのだが、注目すべきは、「遺書」の言説に兆すある種の物語性への傾斜である。「遺書」を読んだ「わたし」は、女が「これだけの文章を書くとは知らなかった」と思う。だが再読すると、「書かれている内容の突飛さにおどろ」き、かつ「ことの真偽についてはもちろん、いちいち芝居がかった言廻しがばかばかしく」、「腹を立て」るのだが、そうした反応は、そのまま女の「遺書」に対してばかりか、同種の物語言説にも向けられるものであることは、明らかだろう。その「突飛」で「芝居がかっ」ていて「ばかばかし」い部分を引用しよう。

「であるから、このおなかの中の子供は、なんとしてでも生むけれども、生んだ以上自分は生きてゆけないから、死を選ぶことにする。（……）決してあなたの現在および将来に、迷惑をかけるような死に方はしないつもりであるから、その点は安心して欲しい。ただ、自分の不幸であった三十年余りの生涯の、最後の願望として、生れてくる子供が女であることを切に望む。そして、生れながらの孤児であるところの、世にも魅力ある彼女が、やがて、運命の糸によってめぐり逢ったあなたの分身であるあなたの長男を、恋の虜にするであろうことを、切に切に自分は願うのみである。もう、涙で便箋が曇ってきて、これ以上は書けない……」

女の「遺書」という形を借りてこの種の言説を顕わにした点に、後藤明生の文学場に対する批評性が際立っている。あくまでもそれは女のファンタスムが志向する夢物語（なにしろそれは「あなた」との間に生まれることを願う娘と「あなたの長男」との「恋」を志向するのだから）ではあるが、その延長線上には異母兄妹による〈近親愛〉がくっきりと像を結んでいる。しかも『私的生活』の書かれた一九六八年前後の文学場には、同形の物語言説が驚くほど充溢していて、一例をあげれば、この七年後、文学場は秋幸という名の侵犯者による〈近親愛〉の物語を持つことになる。中上健次の『岬』（一九七五）だが、「遺書」での女のファンタスムにおける「わたし」は、「妹と姦った」秋幸にとっての「あの男、いまはじめて言うあの父親」と同じ位相に身を置いている。

もちろん、だからといって『私的生活』のなかの「遺書」が『岬』と同様の文学性を有している、というのではない。物語言説として、内田夫人の「遺書」と『岬』はある種の同形性を共有しているということなのだ。しかもそれは、同時代の文学場でのメジャーな物語言説であって、異母妹と契り、そのことを父親の前に差し出す秋幸の物語じたい、じつに当時の文学場を主導していた小説家たちが反復する物語言説とのあいだに、奇妙なほど類似性を有している。中上健次が『岬』『枯木灘』『地の果て至上の時』を書いたことは、だから先行文学に対する「敬意」と「挑戦」に充ちた正統性の継承行為なのだ。

そして後藤明生は、文学場のどこにでもある不倫の三角形を二つ重ねながら、まるでそこに闘争線など引く気配も見せずに、〈近親愛〉という物語言説と〈もう一つの部屋〉を指し示してみせる。それが、それ以上望みようもないほどの批評性を帯びるのは、そうして指示されたこの二つの契機の交叉する地点こそが、当時のメジャーな物語言説の生成する場所にほかならないからだ。後藤明生は『私的生活』を書くことで、そうした地点をぴたりと指示し、なおその傍らに〈団地〉という強度を布設する。それが、後藤明生の遂行した文学場への新たな闘争線の引き方にほかならない。

それにしても、『私的生活』が書かれた一九六八年前後の文学場を主導しているはずの、少なくとも後藤明生にとって「小説家として、最も正統な文学的戦い」を挑むべき先行者のほとんどが、まさに自らの小説に〈もう一つの部屋〉を設営し、そこに〈近親愛〉ないしその変奏による物語言説を生産している光景は、じつに奇異と言うほかない。吉行淳之介が、三島由紀夫が、そして大江健三郎がそうであり、『私的生活』を書いた後藤明生は、中上健次が文学場の主領域にやがて自らの物語言説を設営するのと予め拮抗するかのように、まさにそうした文学場そのものを問うべく、そこで必須とされる物語言説を文学性の外に構築してみせるのである。

3

石原慎太郎や大江健三郎といった新人と第一次戦後派[5]の波間に消えるだろうと囁かれもした〝第三の新人〟が、一九六〇年代の文学場を主導するようになったのは、そうした新人の台頭に刺激を受けてつぎつぎと主要な作品を書きはじめたからだが、なかでも吉行淳之介ほど〈もう一つの部屋〉によって自らの文学を切り開いていった小説家はいない。主だった作品を拾っても、『娼婦の部屋』（一九五八）、『闇のなかの祝祭』（一九六一）、『砂の上の植物群』（一九六三）、『暗室』（一九六九）というように、〈もう一つの部屋〉が物語言説を牽引する作品を彼は数多く書いている。デビュー作ともいうべき『薔薇販売人』（一九五〇）じたい、薔薇の販売を口実に関係をもつに至った女の部屋で、主人公が不意にある刹那、「隣の部屋に蹲り、戸の隙間に眼をおし当てて、自分の妻の情事を覗こうとしている」女の夫の幻影に惑わされ、「襖に手をかけ」、「はげしくそれを開」く物語だ。『薔薇販売人』は、まさしく隣の〈もう一つの部屋〉に潜む夫の幻影に支配されている。そしてその幻影が、主人公の「死んだ父親の亡霊」

に変わるとき、その〈もう一つの部屋〉もまた『砂の上の植物群』の物語を牽引する「ホテルの部屋」へと変貌する。そこでは、男は京子という名の女と「ホテルの部屋」で情事を重ね、ついにはその女自身がもう一つの「密室」にさえなる。

> 彼は軀のあらゆる部分に京子の肉を感じ、自分が密閉された部屋の中に閉じ込められてしまったことを、痛いほど感じた。その部屋は、京子という密室であり、また京子と二人だけで世間の眼を避けて閉じこもる密室である。彼の舌は血の味を感じ、彼の鼻腔は血なまぐさい臭いを感じ、永久に京子を両腕にかかえて密室の中で輾転としなくてはならぬ自分を感じた。（……）
>
> そのとき突然、彼は京子と自分以外の存在を、部屋の中に感じ取った。（……）カーテンで厚く覆われた窓と、鼠色の壁と、堅く閉ざされた焦茶色の扉とに取囲まれた空間の中にいるのは、京子と自分だけである。
>
> しかし、そのとき吸取紙の上でインクが拡がってゆくように、彼は徐々に理解しはじめた。部屋の中にいるもう一人、それは死んだ父親の亡霊なのだ。

ここには、一九六〇年代を主導した〈もう一つの部屋〉という文学的トポスの担った意味の射程が余すところなく示されている。というのも、「京子という密室」に閉じ込められたと感じた際に主人公の舌を襲う「血の味」も「父親の亡霊」も、多分に象徴的な負荷を帯びていて、その交叉する地点に〈近親愛〉が像を結ぶからである。

それは「父親の遺した京子という女」がいま抱いている津上京子ではないか、という疑いの上に成り立つ主人公のファンタスムにすぎないものの、二人の京子が「同一人物ではなかった」と判明するまでの「三日間は、彼は津上京子を自分の妹と信じ込んでいた」のだ。ホテルの部屋という〈もう一つの部屋〉と、そこで生成される異母妹との〈近親愛〉。そして、これを「三日間」という限定から解き放ち、主人公が自ら生きる出来事として差し出すのが、中上健次の『岬』なのだ。

この女は妹だ、確かにそうだと思った。女と彼の心臓が、どきどき鳴っているのがわかった。愛しい、愛しい、と言っていた。（……）女は声をあげた。汗が吹き出ていた。おまえの兄だ、あの男、いまはじめて言うあの父親の、おれたちはまぎれもない子供だ。性器が心臓ならば一番よかった、いや、彼は、胸をかき裂き、五体をかけめぐるあの男の血を、眼を閉じ、身をゆすり声をあげる妹に、みせてやりたいと思った。今日から、おれの体は獣のにおいがする。（……）苦しくてたまらないように、眼を閉じたまま、女は、声をあげた。女のまぶたに、涙のように、汗の玉がくっついていた。いま、あの男の血があふれる、と彼は思った。

『砂の上の植物群』で未遂に終わった異母妹との〈近親愛〉は、こうして飲み屋の「二階」の「四畳半の部屋」という〈もう一つの部屋〉で遂行されるのだが、そのとき際立つのは、二つの小説の近親性である。秋幸が「あふれる」と感じる「あの男の血」

には、作品を跨いで「京子という密室」に男が感じた「血」が流れている、とさえ思われるほどだ。そうした連繋は、文学場の正統《メジャー》的な物語言説の血脈の継承以外のなにものでもない。

ちなみに、そうした継承への意志は、「今、書くことのはじまりにむかって」と題された金井美恵子と中上健次の対談ではからずも示されることになる。そこで、谷崎賞を逸した『枯木灘』にかんする吉行淳之介の私的コメントを「ああ、すげえことを言うな[6]」と受けとめる中上健次に対し、金井美恵子はあっさりと「ふーん。形式と定型という、技術論ね[7]」と切り返しているが、そこに両者の、文学場での正統に対する決定的な姿勢のちがいが顕わとなっている。このやりとりのあと、「中上さんにジル・ドゥルーズのカフカ論『マイナー文学のために』を読むように伝えてくれ」と知り合いの編集者に言ったことがある、と発言する金井美恵子において、中上健次との文学場へのスタンスの差異はいっそう鮮明である。

ところで、吉行淳之介における〈近親愛〉と〈もう一つの部屋〉の接近は、それだけではない。これもまた代表作と言える。『暗室』（一九六九）の挿話のなかにも、〈もう一つの部屋〉が登場している。敗戦の翌年、奇妙な症状に襲われるようになった「私」が、夏休みに療養を兼ねて地方のある村の旧家に逗留した折、草の茎を「一本、口の中に突刺さ」して「口のまわりが、薄い緑色に濡れ」たようになった「どこか異常な」少女とすれ違う。少女は旧家の母屋に吸い込まれたようにしか思われないのだが、そこにその姿はない。母屋での食事のとき「頭上で、微かな気配が動いたよう」に「私」

は感じる。寝泊まりしている「一間だけの別棟」にもどって床につくと、その天井裏が気になり、探るうちに「屋根裏部屋」を見いだす。そこを探索しながら「私」は「母屋にも、これに似た屋根裏部屋があるに違いない」と推測するのだが、家人にその探索を目撃され、それがきっかけで、家人もその〈もう一つの部屋〉にまつわる秘密を打ち明ける。「私」の推測は当たっていた。前日に見かけた少女は、やはり「精神薄弱としかおもえぬ知能」であり、幼いときから天才といわれた理学博士の「妹」だという。同様の弟もいて、その妹弟を天才の兄のために世間の眼から隠すべく、伯父が世話しているというのだが、「私」は自らの「想像図の中」から「屋根裏の平べったい空間と、そこでささやき交わし、這いまわっている男女の姿」を追い払うことができない。そこには「性的なにおい」も感じられて、それは当然、妹弟の〈近親愛〉という「想像図」となる。[8]

4

『暗室』に二つの「屋根裏部屋」が用意され、〈近親愛〉が暗示されたように、大江健三郎の『万延元年のフットボール』（一九六七）にも二つの〈もう一つの部屋〉が設営され、〈近親愛〉が遂行されている。「百年をへた倉屋敷」の地下に発見される「地下倉」と、かつて鷹四が「白痴」の妹と暮らした「離れ」である。作者は大団円で、物語の帰趨を決するように、この二つの〈もう一つの部屋〉にまつわる新たな発見と初めての告白とを差し出している。

とりわけ「地下倉」は、大江的な主題系の生成にもかかわっている。「僕は地下倉がある可能性を信じることはなしに」、「倉屋敷の戸口に立って若者たちの床板を抉じあける作業を見守っ」ていると、やがて「上框から奥の床の間にいたるまでひとつながりの裂け目が開いて、その底に暗い空間があらわれ」る。小説家はその「地下倉」を、主人公たちの家系につきまとう一種の〝後ろめたさ〟を解消する証拠として布置している。その後ろめたさとは、「曾祖父の弟」が「万延元年の一揆」を率いながら、その「後、仲間たちを背後に見棄てて森を抜け新世界に出発した」という裏切りと転向を意味する行方不明に起因していて、この〈もう一つの部屋〉の発見はそのことの反証となる。曾祖父の弟は、この地下倉で自己を幽閉しながら「一揆の指導者としての責任をとっ」たのだ。さらには古い文書の記述に照らすと、曾祖父の弟は「十年間をこえる自己批判」の幽閉の日々の後、「明治四年の一揆」に際して、再び地上に姿を現し、「民衆を煽動し、暴動を組織して、ついに新しい強権の差しむけた大参事を打ち破」り、「再び地下生活に戻」ったとも考えられる。そうした新たな展望を、この〈もう一つの部屋〉はもたらす。それは、すでになされたはずの出来事を過去にもどって認識しなおす契機として、つまり不可逆なはずの時間を折り返す装置として〈もう一つの部屋〉が設営されたということだ。そのことが、どれほど大江的な物語言説にとって重要であるかは、その後、たとえば『懐かしい年への手紙』（一九八七）という小説そのものが、この過ぎた時間をまさに折り返すように書くことを主題としていることからもわかるだろう。[9]

その意味で、「地下倉」が大江健三郎の小説構造に固有の空間であるとすれば、もう一つの、かつて鷹四が「白痴」の妹と暮らした伯父の住む母屋の「離れ」は、『万延元年のフットボール』が書かれた同時代の文学場に色濃く共有された物語空間である。そしてそうした場がはぐくむ〈近親愛〉の物語を踏襲するように、この「離れ」で、鷹四は田植えの後の酒宴に呼ばれて酔った興奮も手伝って「妹と性交してしまう。ここに刻まれているのは、まぎれもなく〈もう一つの部屋〉での、兄妹による〈近親愛〉にほかならない。このように見てくると、それがいかに一九六〇年代から七〇年代にかけての日本の文学場を主導した物語の力線であるかがわかるだろう。吉行淳之介が、大江健三郎が、そして中上健次が、それぞれの小説的意匠によって変奏し反復した大いなる物語の、それが母型なのだ。『万延元年のフットボール』の兄妹は、それが「反社会的」な結束を確認する手段でもあるかのように、習慣となった〈近親愛〉を「幸福な恋人同士」のように遂行し、「そして……妹が妊娠」する。鷹四は「村の誰だか名前を知らぬ青年に強姦された」と言うよう妹に厳命し、妹は、伯父に連れられ地方都市で「堕胎手術」を受け、秘密を守り通す。もどってきた妹は、「それによって慰められたいと思い」性交をせがむが、兄はそれを拒む。そして妹は「農薬を嚥んで」自殺し、鷹四は、なによりも秘密のもれるのを恐れて「遺書ひとつないことを確かめ」る。

その告白を鷹四からはじめて聞くのは、その兄で語り手の蜜三郎だが、他方で、この蜜三郎とその妻と鷹四のあいだには、一種の三角関係が形成されていて、語り手の妻は鷹四の子を妊娠しているのだ。鷹四を結節点にした二つの三角形（その一方には、村の架空の「名前を知らぬ青年」もふくまれる）と二つの妊娠。そして「遺書」の有無。われわれは、すでにこの構図を、『万延元年のフットボール』の一年後に書かれた後藤明生の『私的生活』のうちに見ているではないか。それも、倒立したかたちで。

見つからなくて鷹四の安堵した「遺書」を、後藤明生の方は妊娠した（と本人がいう）女からの手紙として提示する。妊娠という事態もまた、一方では事実として差し出され、他方では本人の告げる言説として差し出されている。『万延元年のフットボール』では、妹が自殺しているのに「遺書」は書かれず、『私的生活』では、女が自殺もしないのに「遺書」だけが書かれる。そこに、倒立した相似形の物語が可能となる。そしてその「遺書」のなかで、妊娠したと告げる女は、自己願望としての〈近親愛〉の物語を語るのだが、それを「突飛」で「いちいち芝居がかった」と見る「わたし」の視線は、そのまま、鷹四と妹の踏み込んだ〈近親愛〉の物語をも同様の相のもとに見ているだろう。その、物語言説に兆すファンタスムをリアルに見通す視線こそが、先行する物語を倒立させるのであって、それを可能にしたのが、後藤明生の言う「一リアリスト〈眼〉」であり、「いわばわたしの、戦いのための〈眼〉である」ことは言うまでもない。彼はこうして〈文学的〉現実などどこにもないと見切ることで、文学場への〝戦い〟を組織したのである。

加えて、妊娠という事態から引き出される物語の向きも、異なっている。『万延元年のフットボール』では、「鷹の子供を生むことにするわ」と蜜三郎の妻が出産を選択するのに対し、『私的生活』で生じた妊娠は中絶されるではないか。そればかりか、二つの物語言説の倒立した関係は、物語の場にまでおよんでいる。大江健三郎は『万延元年のフットボール』によって、物語の場を初期の作品になじみの、四国の谷間の森に移し、そうすることで、帰還の物語と同時に土着的かつ神話的な共同体の物語を組織したのに対し、『私的生活』の「わたし」は、偶然のようにして東京近郊のマンモス団地にたどり着く。後藤明生は、谷間の森の村に、団地の〈私的〉生活を対置するのだが、そこでは帰宅を語ることはできても、もはや帰還を語ることはできない。後藤明生の〈私的〉という方法には、土地＝トポスの喚起力に依拠した物語言説の共同体への異和と拒否を見ることができる。そしてその地点から見れば、「僕は『万延元年のフットボール』は随分感心したんです」（金井美恵子との対談「今、書くことのはじまりにむかって」）と発言する中上健次が、大江健三郎を追うように、物語の場を神話的かつ血縁的な紀州の「路地」に移し、同様に兄妹の〈近親愛〉を構築するのは、文学場における主要《メジャー》な物語言説の継承行為であり、そうした継承を忌避しているのが、後藤明生の『私的生活』にほかならない。

5

ところで、『万延元年のフットボール』の地下牢でもあるその〈もう一つの部屋〉

については、三島由紀夫が「見事な文体で、現在と小過去と大過去の錯綜する物語を、地下牢の発見というすばらしいデヌーマンにいたるまで、精妙に物語っている」（谷崎賞選後評）と珍しく褒めている。もちろんそれが谷崎賞の選後のコメントであることを差し引かねばならないが、それでも「地下牢の発見」に三島由紀夫の視線がとどくのは、彼もまたしばしば〈もう一つの部屋〉によって自らの物語を起動しているからにほかならない。

たとえば『午後の曳航』（一九六三）の少年・登にとっての〈もう一つの部屋〉。それは子供部屋の隣の「母の寝室」だが、あるとき、母の留守中に少年が自室の「つくりつけの大抽斗」のなかを衣類を放り出して調べると、そこに、自室と隣室をつなぐ「一條の光り」が認められる。少年は体を「折り曲げ」、「大抽斗のあとにゆっくり入る」。そうして「覗き穴」から眺める「母の寝室」は、これまでと相貌を変え「新鮮なもの」に見えるのだが、この、大抽斗のあとにすっぽり身を入れて横たわる少年の姿勢こそ、その場所を一種の母胎に変え、そこから「一條の光り」によって繋がれた〈もう一つの部屋〉をヴァギナ空間に変えてしまう。なにしろ少年は、その姿勢から、母がやがてそこに男をむかえ入れるのを目撃するのだから。つまり、三島的な物語言説においては、主体がすでに母胎の外に出ていながら自らを母胎のなかにも置く、という共可能的な契機として〈もう一つの部屋〉が要請されている。[10] その願望を、少年は「何とか僕が室内にいたままで、その同じ僕がドアの外側から、鍵をかけることはできないだろうか？」と表現していて、この「室内」はほとんど子宮空間と見なすことができる。そのとき、この〈もう一つの部屋〉から生成されるのは、兄妹の〈近親愛〉というより母子間の〈近親愛〉への不可能なファンタスムなのだ。

もっとも三島由紀夫には兄妹の〈近親愛〉を描いた物語がなくはない。不感症になった女を主人公にした『音楽』(一九六五)がそうだ。エンターティメント色の強い通俗小説として書かれたこの作品に、文学場に与える影響力がさほどあったとは思われないが、三島由紀夫の小説には、通俗ものと純文学ものの間に、物語言説としての本質的な差異はない。だからその意味で、『音楽』は『午後の曳航』の母子を兄妹の関係に移行することで可能となる物語だと言える。そこでは〈もう一つの部屋〉は、兄が酒場の女と同棲する「せまいアパートの一室」であり、妹は女の留守中にその部屋に上がっていたところを、帰ってきた女に男の妹であることの釈明を求められ、やりとりの挙げ句、兄妹ならできないはずの〈近親愛〉を女の前で演ずることになる。そのとき、女という「一人の証人」を、つまり「過酷な目撃者の目」を得られたことで、「世間のあらゆる禁止と非難と挑発」が成り立ち、それが兄を「司祭」に変え、妹を「無垢な処女の巫女」に変え、「神聖なしかし怖ろしい儀式」としての〈近親愛〉を可能にしてしまう[11]。さらに言えば、三島的な物語の論理においては、むしろ〈近親愛〉に表象される禁忌と不可能性によってはじめて〈もう一つの部屋〉が開かれるのであり、それはしばしば「小さな神殿の奥の間のように思いなされ」ている。つまり〈もう一つの部屋〉は、そうした神殿や御輿や龕といった開かれない内部として設営されることで、そこへの参入がより高度の侵犯を形成するような禁忌空間となっている。たとえば『金閣寺』(一九五六)の火を放った学生僧の前に決して扉を開こうとしない「究竟頂」がそうであり、〈もう一つの部屋〉をそのようなものとして差し出す点に、この小説家の独自性がある。

ふたたび『音楽』に話をもどせば、兄との〈近親愛〉の後、妹は「不感症」になるのだが、それでも「瀕死の病人」や「不能の青年」を相手にしたときだけは音楽＝快楽を聴くことができる。作品では、そうした「不感症」のメカニズムについて説明がなされるのだが、それは「この近親相姦的な愛情における、『兄の子を生みたい』という願望は、同時に、又、その逆の作用、『兄自身を自分の母胎へ迎え入れるために、その母胎を空けておく』という願望を意味している」というもので、『午後の曳航』の少年の、〈もう一つの部屋〉の内と外に同時にいたいという欲望とほとんど同形である。

しかしながら、文学場での正統的な物語言説ということになれば、『春の雪』(一九六五—六六)での、松枝清顕と聡子の関係に言及しないわけにはいかない。そもそも清顕は幼いころ「綾倉家へ預け」られていて、そこで「聡子に可愛がられ」、「唯一の姉弟」のようになっていたことを想起しよう。もちろん「姉弟」とは兄妹の変奏であり、当初は、「姉弟」のようであったからこそ清顕は聡子に欲望を感じないのだ。清顕に欲望が生ずるのは、聡子が天皇から婚姻の勅許がおりて宮家に嫁ぐことの決まったあとの、いわばそれを犯すことが絶対の「法」を侵犯することになるときからである。その「勅許という言葉に」、清顕は「ひろい長い闇の廊下のゆくてに扉があって、そこに小さいけれども堅固な黄金の錠前が、歯噛みをするように錠をみずから下ろす、その音を如実に聴く」ような気がする。「勅許」という天皇の言葉が開かれてはならない禁忌の閉域を形成するのだが、清顕は、むしろ「勅許」によって聡子が禁じられた内部をもつようになったからこそ、そこに参入しようとするのだ。しかもそれは、霞町の「軍人相手の下宿屋」の「離れ」という〈もう一つの部屋〉においてであり、重要なのは、このとき清顕の聡子への侵犯がそのまま「勅許」への侵犯、天皇の絶対的な「法」への侵犯となっているということである。そしてそこで想起されるのは、またしても中上健次が組織した二重の侵犯にほかならない。秋幸にとって、妹の侵犯が「あの男」そのものの侵犯として願望されているからだが、ここで、すでに何度も指摘されてきたように、秋幸の名に幸徳秋水の名のアナグラムを読むなら、「天皇」への侵犯という三島的な物語性との連繋がさらに際立つだろう。『岬』ではかろうじて「父親」とのみ指示され、まだ名さえ与えられていない（浜村龍造という名は『枯木灘』でようやく与えられる）「あの男」は、中上健次が「私と三島由紀夫との違いは、『天皇』と言わぬことである」（『紀州』）と言っていることを参照すれば、その無名性ゆえに「天皇」とも重なり得るのである。中上健次は、おそらく、こうした文学場での大いなる物語にそっと接近し、しかし「勅許」という名の「天皇」の間接的な視線についてはそ知らぬ顔をして、そこに「天皇」に代わって「あの男」を置こうとしたのではないか。それこそ、やがて企図されるものの、父親本人の自殺（『地の果て　至上の時』）によって未遂に終わる秋幸の父親殺しに先んじて、小説家としての三島由紀夫を常に意識していた中上健次が、文学場のあくまでも正統の物語言説において遂行しようとした継承という名の一種の父親殺しの試みと言えるかもしれない。もっとも、そこでもまた後発者が『岬』を書いて先行者に追いついたとき、三島由紀夫という名の「あの人」もまたすでに自裁していたのではあるが。

ところで『私的生活』の「わたし」の不倫相手の女が寄こす「遺書」にみなぎるファンタスムと、『万延元年のフットボール』および『岬』の兄妹の〈近親愛〉という物語との類似性をすでに指摘した以上、「わたし」の視線は、当然、三島由紀夫の物語言説にも及ぶ。その視線は、これまで見てきたような三島的物語を、「突飛」で「ことの真偽についてはもちろん、いちいち芝居がかった」、「ばかばかし」いものと見なす視線である。後藤明生じしん、「円と楕円の世界」というエッセイで、〈他者〉との関係において歪む〈楕円〉的世界と対比して、三島由紀夫の物語を他者なき〈円〉として批判している。そうした視座を、後藤明生は『私的生活』の「わたし」によって設営したのであり、その視座から同時代の文学場を見渡すとき、〈もう一つの部屋〉の設営と兄妹の〈近親愛〉およびそのヴァリアントとしての物語言説の異様な隆盛が見えてくる。そうした眺めを前に、あえて〈文学的〉現実などどこにもない、と見切ったのが後藤明生なのだ。すでに指摘したように、それは文学場の外部に、文学性の外部に自らの場所を構築するということでもある。その意味で、当然、『私的生活』の団地もまた文学場の外にある。その外部から、既成の文学場に対し新たな闘争線を引くこと。〈もう一つの部屋〉としての団地の発見こそ、文学場での正統《メジャー》の物語言説に対する、後藤明生の具体的な闘争線にほかならない。それが文学場の内部での正統性の継承や簒奪をめぐる闘いと無縁であるばかりか、そうした正統性の継承行為そのものを無効にする批評としてあることは、言うまでもない。

6

このように『私的生活』の発表された一九六八年前後の文学場を見てくると、一九六六年に後藤明生が『もう一つの部屋』というタイトルの小説を書いてしまうことの先見性と批評性に驚かざるを得ない。それだけで充分に同時代の文学場への闘争線たり得ている。そして『もう一つの部屋』で敷設される〈もう一つの部屋〉もまた、団地の部屋である。とはいえ、後藤明生には、「団地を、何か珍奇な場所として描き出そうとしたつもり」も「またその場所を借りて、何か目新しい風俗といったものを活写しようとしたつもりもない[12]」。仮に、そうした「何か」のために団地を描いたとしたら、それはその「目新し」さのゆえに、たちまち既成の物語言説に回収されてしまうだろう。

一九七〇年を挟むように書かれた後藤明生の中・短篇小説のほとんどが、何らかの形で〝戦い〟を組織し遂行しているように、『もう一つの部屋』においても、団地の「1DKに入居しているものが、2DKに移る」ための徹底的に非文学的な〝戦い〟が遂行されつつある。それは「わたし」の妻が組織し遂行する〝戦い〟であり、そのために妻は、まず団地にいまだに慣れようとはしない夫を慣らし、ついで「2DKに移る資格」を充たすために「もうひとり子供」を増やすことを企図し、すでに男児がいる以上、二人目には女児を望んでの夫の体質改善（それは「夫の肉体を酸化させ」るというものである）に乗り出す。だがここで真に〝戦い〟の名に値するのは、そうした妻の攻勢に対して「わたし」が強いられる負け戦の方である。

「わたし」は「どうしても、あのつるつると白くてつめたい馬蹄形の陶器に腰をおろして用を足すことはできなかった」のであり、「ふつうにできる小用だけを足し、あとは会社の和式をもっぱら利用」し、「日曜日には、百メートルほど離れたD地区の集会所」の「和式の方を利用していたほど」である。そうした「わたし」に、「ここ数年来、たえて起したことのなかった激しい下痢」を妻は「人工的」に「仕組」む。「わたし」は「夜中の二時ごろ」、「尾骶骨のあたりにとつぜん灼けつくような熱さをおぼえ」、「無我夢中でトイレットにかけ込」み、「ふしぎにも無抵抗に」、「あの馬蹄形の白い陶器に腰をおろしてい」る自分を見いだす。この「下剤事件をピークとして、この〝体づくり〟政策は、1DKから2DKへというはっきりした目標に向って、より強力に押し進められ」る。それが妻の遂行する〝戦い〟とそのための戦略なのだ。

それにしても〈もう一つの部屋〉を求める妻の〝戦い〟が、夫に下痢をさせ、その身体を「酸化」させるべくその「食べ物」を統御するというように、徹底して〈食べること〉の権能を掌握する点にあるのは、きわめて団地という場所に相応しい戦略と言わねばならない。というのも、団地とは、『何？』（一九七〇）の「男」が言うように、なによりも「ダイニングキッチン」が「その中央に位置してい」て、「つまりそこにおいて生活は、食べるものを中心に考えられている」からだ。団地こそは、他のいかなる場所よりも〈食べること〉が中央集権的に権力を発揮しうる圏域にほかならない。とすれば、団地の〈もう一つの部屋〉の分だけ広い空間に移るための戦略として、これほど適切なものはない。

それが妻の〝戦い〟方だとすれば、そこに受け身ながらに動員された夫の〝戦い〟は、負け戦（そこでは参戦がすなわち負けを意味する以上）ながら、そうした〈食べること〉中心主義的な流れに、ささやかではあるが別の闘争線を引くというかたちでかろうじて遂行される。「このところ毎日ひやむぎばかりですネ」と会社の同僚の女性に指摘されるように、それは、つかの間の休戦期間（つまり妻の排卵予定日を経た後の数日）を利用して、妻の求める〝体づくり〟には馴染まない食物を摂取することにある。その姿勢が貴重なのは、そうした行為が本質的に〈書くこと〉をめぐる〝戦い〟であって、その意味で、同時代の文学場に対する〝戦い〟ともなり得ているからだ。

というのも、前章の「不参戦者の〝戦い〟」で『ある戦いの記録』（一九六九）にふれて、ドゥルーズとガタリを参照しながら指摘したように、「いかなる言語行為も、常に、口と舌と歯の脱領土化をともなう」のであり、「口と舌と歯は自らの原初的な領土性を食物のうちに見いだしている」からである。こう言ってよければ、話すにせよ書くにせよ、言葉を行使するとは、食物から、食べることから口や舌や歯を奪い返すことにほかならない。ドゥルーズとガタリが「食べることと書くことのあいだには、ある種の分離が存在する」と言うのは、そのことを指している。その分離（それは口や舌や歯といった領域において〈食べること〉の方が〈書くこと〉より優位にあるということでもある）を逆に利用して、「書くことは、言葉をいっそう食物と競合可能なものに変える」のであり、それは口や舌や歯の領域から食物を言葉によって遠ざけることでもあって、だからこそ「話すこと、そしてとりわけ書くことは、断食すること」なのだ。このドゥルーズとガタリの指摘がなされる六年も前に、ずっと簡明に、カフカを読みつづけてきた後藤明生はこれと同じ論理を『パンのみに非ず』（一九六九）のなかで、こんなふうに言説化している。「飢えたものほどよく喋る」というように、あるいは「人間の口は、食べるという機能を封じられたとたん、喋るというもうひとつの残された機能を二百パーセント働かせはじめる」というように。これは「話すこと、そしてとりわけ書くことは、断食すること」と語るのに等しい。これこそ〈食べること〉の権能（それをドゥルーズとガタリは「領土性」と呼ぶ）に対する〈書くこと〉の戦略として、〈断食〉があるということだ。そして、〈書くこと〉の置かれた状況をそのように見いだす者だけが、文学場に新たな闘争線を引き得るのであり、一九七〇年をまたぐ文学状況において、それはほとんど後藤明生と金井美恵子の二人ということになる。

　少なくとも後藤明生は、団地によって〈もう一つの部屋〉をめぐる物語言説を可能にしながら、その言説を絶えず既成の文学場の外に置き、〈書くこと〉に根底的にかかわる非領土性《マイノリティー》の〝戦い〟に応ずる。その非領土性は、団地において、「食べる場所を中央に据え」（『何？』）、書くための「坐机は、北向きの四畳半の北向きの窓の下の壁際に押しつけられるようにして、据えつけられている」（『書かれない報告』）という配置そのものに表象されている。「中央」に対する「北向き」という間取りの劣位《マイノリティー》に、後藤明生は〈食べること〉と〈書くこと〉の関係性を重ねる。団地とは、そうした戦略が可能になる場所であり、「ダイニングキッチン」に対する「北向きの四畳半」のいわば二重の〝戦い〟として、〈もう一つの部屋〉を求める物語言説を組織し得た点に、『もう一つの部屋』の闘争性が際立っている。

7

ところで、「わたし」がそうした〝戦い〟を遂行する際、妻の用いる〈下痢〉という戦略を逆手に取っている点は注目に値する。そもそも〈下痢〉じたい、〈食べること〉の失調としてある。正確には、〈断食〉が〈食べること〉の事前性において効力を発揮するとすれば、〈下痢〉は〈食べること〉の事後性において有効な戦略となるが、後藤明生はこれを『もう一つの部屋』において見いだして以降、ほとんど異常なくらい多用している。『もう一つの部屋』（一九六六）、『人間の病気』（一九六七）、『無名中尉の息子』（一九六七）、『S温泉からの報告』（一九六八）、『パンのみに非ず』（一九六九）、『ああ胸が痛い』（一九六九）。これらが何らかの形で〈下痢〉が登場する小説であり、これに『パンのみに非ず』、『ああ胸が痛い』、『笑い地獄』（一九六九）、『煙霊』（一九七三）を加えると、〈下痢〉と〈吐き気〉ないし〈嘔吐〉の登場する小説が揃う。

ちなみに〈下痢〉が小説に浸透している例をいくつか見ておこう。

「また、下痢？」と山本は佐藤の正面切った語気からわたしを救おうとするように、顔で笑いながら口を挟んだ。「まあ、今夜はひとつ、ウイスキーの方は控え目にして、早寝していただくんですなあ」（……）山本はそういう男なのであって、その日もわたしが下痢をしていることをあらかじめ知っていて下痢のことを口にしたわけではないはずである。

しかし、わたしは本当に下痢を続けていた。ただ、山本はウイスキーといったが、わたしの下痢の主なる原因は、煙草の喫い過ぎとビールの飲み過ぎである。

（『人間の病気』）

わたしがあれほどまでに一体化することを願い、ついに一体化したものとばかり信じ込んでいたあの水が、下痢の原因であるとは、いったいどういうことであるか。

「お客さん、あんまりあの水を飲み過ぎたんですよ」

夕食の後片づけにあらわれた女中に、いま、とつぜんひどい下痢をしておどろいているところだとわたしがいうと、彼女はそう答え終るか終らないうちに、たちまちおかしそうに笑いはじめたのであるが、それは、笑われているものも共に笑う余地をまったく感じさせない、いかにも他人だけを笑うという一方的な笑いであったために、わたしはとつぜん不気味さをおぼえた。（……）これはS温泉における最後の夕食の直後にとつぜんわたしを襲った激しい下痢による衝撃的な剥離感と、その下痢を、これもまた、ちょうど予診における大学病院のインターンと同じように、いかにも他人を笑うという笑い方で笑った彼女の笑い声によって、めざめさせられたものと考えられる。

(『S温泉からの報告』)

まず、歩いて十四、五分程の国立病院へ朝飯ぬきでたどり着くと、名前のわからない真赤な丸薬を二、三粒呑まされる。そのあと診察室のベンチで三十分間待たされて下剤をかけられ、こんどは便意を催すまで、そこに腰かけていなければならない。やがて便意が訪れてくると、まるで小学校のような踏板を渡ってトイレに駆け込むのであるが、なにしろ朝飯はぬかされているのであるから、その苦痛が、吐き気だけがあって実さいに胃袋の中では、吐き出すべきなにものもないとき以上であるのは当然であって、はっきり表現してしまえば、まさしく肛門に焼け火箸を突っ込まれる感じだ。

(『ああ胸が痛い』)

壮観というほかない〈下痢〉の連続だが、これでもまだ一部にすぎない。一九六八年を挟むように、〈下痢〉と〈嘔吐〉が執拗に後藤明生の物語言説に現れている。その戦略性について、この小説家は充分に承知していて、「わたしの〈わたし小説〉」(一九六八)と題されたエッセイで、自らこのように言うほどである。

このところ、わたしが書いてきたいくつかの〈わたし小説〉の中で、〈わたし〉は繰り返し繰り返し嘔吐と下痢を続けている。

　つまり、わたしは、嘔吐と下痢を通して〈わたし〉を描いてきたことになるわけだが、〈わたし〉の嘔吐と下痢は、〈わたし〉が笑いによって保っている現実との調和が崩壊しようとする寸前にはじまることになっているから、これは現実における〈わたし〉の敗北を意味するものであるともいえる。と同時に、〈わたし〉はこれによって、決定的な破滅からも救われるのであるから、嘔吐と下痢は〈わたし〉と現実との間に渡された、ヒューズの如き機能を果すものというふうにも、考えられる。

　自作に〈嘔吐〉と〈下痢〉を多用することの、見事な自己分析である。〈下痢〉も〈嘔吐〉も現実との異和を中和するような局面で、むしろ「決定的な破滅」を回避する「ヒューズ」のようなものとして機能しているという。これが、〈下痢〉と〈嘔吐〉の物語言説での価値と機能であり、作者の指摘はまさに正鵠を射ているのだが、重要なのは、この後につづく部分で語られる「ことば」と〈下痢〉ないし〈嘔吐〉の関係であって、それらが言語の行使と同じ文脈に置かれるとき、そこには〈書くこと〉が〈食べること〉に対して遂行する〝戦い〟が維持されるのだ。

　従って、〈わたし〉は笑うと同時に、笑ったものから笑われているわけだ。もちろん、〈わたし〉もそのことは知っている。笑いながら笑われることによって現実との調和を保つことが、批評者ではなく、批判者のルールだと考えているのだから。ところがあるとき、そのような〈わたし〉の批評のルールなどにはまったく無頓着な人間やできごとが、現実となってあらわれ、迫ってくる。ここで〈わたし〉はそれらに向って、それらの攻撃を逆に粉砕する決定的なことばを浴びせかけなければならなくなる。そして、それを自分は確かに持っているはずなのだが、なぜか「ことば」はどうしても出てこないで、代りに嘔吐か下痢がはじまるのである。

たとえそれが、関係性のルールを破る者を「逆に粉砕する決定的なことば」だとしても、「ことば」が出そうで「出てこない」とき、その空位を食べ物で埋めず、その空位をあくまで「ことば」のために維持するように〈嘔吐〉や〈下痢〉が生じる点に、この小説家の、同時代の文学場で生産される物語言説への〃戦い〃方のしたたかさを見ることができる。すでに確認してきたように、一九六〇年代から七〇年代にかけての日本の文学場では、絶えず、〈もう一つの部屋〉の設営とそこでの〈近親愛〉という物語言説の構築によって、まるで明治以降の近代文学の試行を継続するかのように、何らかの形で父性に収斂する物語を招喚し、つまり近代の物語言説を顕わにし、あわよくばこれを内部から〈近親愛〉によって揺るがせ、破砕させようとしてきた。しかしその結果、むしろ父性の物語言説の補強にしかならず、結局のところ、文学場での物語言説の正統性の維持と委譲が繰り返されてきた。

だが、そうした物語言説への闘争線を、後藤明生は〈下痢〉の一撃によって引いてしまう。『無名中尉の息子』（一九六七）は、「二日酔の吐き気と、逆に飲み過ぎのために急降下する下痢のくり返し」に常日ごろ悩まされ続けている「わたし」の、ある奇妙な癖を語ることからはじまっている。

　排泄したものをあとからのぞき込むこの癖は、それができる状態におかれた場合そうしてしまうといった癖であって、いつごろからかとたずねられれば、もう二十年以上も以前にさかのぼるようだ。鼻、口から黒い血を吐き続けて死んだ父が死ぬ二、三日前の夜、厠についていったときのことだが、用をすませたあとよろよろと立ちあがった父はうしろに立っているわたしの肩に右手をかけながら、さもおもしろくなさそうな声でひとりごとのようにいった。

「ところで、硬軟のぐあいは、どうであるかな?」

　このセリフはちょうど日本が戦争に敗れた昭和二十年の十一月に吐かれたもので、そのときわたしは中学一年であったのであるが、場所は北朝鮮の安辺郡安辺邑中花山里というところの朝鮮人の農家であって、おそらく、これを読むひとのほとんどは知らないはずだ。

　そのだれも知らないはずの父のことを、「わたし」は「長々と回想」するつもりも「一代記のようなもの」に書こうという気も「毛頭ない」。たとえそれが敗戦という国家の、そして父性の危機に重なるとしても。こう言ってよければ、「わたし」を襲う

「吐き気」と「下痢」は、結局、父親の死の数日前の用便の際の「セリフ」を物語のなかに吐かせたにすぎない。「ところで、硬軟のぐあいは、どうであるかな？」と。これが父の「ことば」の発生である。もちろんそれは、死をも覚悟した人間の、自らの体の具合いと死との距離を測る言辞ではあるが、やはり、後藤明生のコンテクストにおいては、吐くことが招き寄せた「ことば」ということになる。そうした〈嘔吐〉と〈下痢〉が言葉の発生と連動する機制こそが貴重であり、そうして生成された言葉は決して父性を代行するものではあり得ない。そして後藤明生の戦略は、この「二十年以上前に暗い牛小屋の片隅の丸太の端っこで吐かれた父のセリフ」と「きょうも馬蹄形の白いタイルの便器をのぞき込んだわたしの癖」との「つながりを考え」ることで、父性の物語が招喚され、継承される契機を用意しながら、しかし父性という起源の言説を排泄後の「わたし」の癖の起源を問うことによって代行し、失調させる点に際立っている。こうして〈下痢〉によって招喚された父性は、もはや近代を表象する権力たり得ず、父性の物語言説を維持できない。それは、この小説家の、同時代の文学場での主領域において維持されてきた物語言説に対する闘争線の引き方であり、こう言ってよければ、後藤明生の引いた〈下痢〉という闘争線によって、日本の文学場でようやく近代の物語言説が〈下痢〉しはじめたのである。それが、一九六八年という年（それは後藤明生が出版社を辞めた年でもあるが）を挟むように可視となる、文学場の状況にほかならない。

注

1 『笑いの方法』所収の「ゴーゴリとドストエフスキー」参照。ここでは、ゴーゴリの後発者としてのドストエフスキーを語りながら、後藤明生は自らの「同時代の先行作家」に対する意識をも示唆しているが、そうした意識とは、文学的〝伝統〟や〝遺産〟の継承にあるのではない。作者はその点について、「いわば、ある一点からの出発と断絶――闘争なのである」とトゥィニャーノフを引きながら、〝闘争〟を強調している。

2 「円と楕円の世界」で後藤明生は、「わたしの世界は、わたしの価値観とはまったく無縁な価値観を持つ〈他者〉がもう一つの〈中心〉を支配するところの、楕円形」であることを告げながら、対比的に三島由紀夫の「実在としての〈他者〉を拒絶する美学」が「その一点のみを中心とする円の世界だけを描」く点にあると指摘している。

3 前章注1参照。

4 「円と楕円の世界」および本章注2参照。

5 エッセイ「〈時代〉との出遇い」において、大学時代「戦後文学をほとんど読まなかった」と言っている後藤明生は、自らの〈戦後文学ベスト10〉を以下のように挙げている。椎名麟三『深夜の酒宴』、野間宏『顔の中の赤い月』、梅崎春生『桜島』、三島由紀夫『仮面の告白』、太宰治『斜陽』、坂口安吾『堕落論』、大岡昇平『野火』、石川淳『焼跡のイエス』、武田泰淳『「愛」のかたち』、花田清輝『復興期の精神』。

6 ここで中上健次は吉行淳之介の言葉を「小説の中でいきなりいっぱい人が出てくる。そこでみんなわかっているように、いきなり名前をつけて人を登場さす。それじゃ駄目だと。まず地ならしが必要だ、順番にこうやって、それで作りあげていけ」と紹介し、それを自ら音楽の比喩を用いて「つまりコーラスがある。お前はコーラスからいきなりソロが出る。(……)コーラスからソロが派生するときに、必要な力学を忘れてる」と要約し、さらには『悲劇の誕生』みたいなことを吉行さんは、一言二言で言っているんですよ」と発言している。

7　これに続けて金井美恵子は「でも、『枯木灘』の魅力というか力強さは、むしろ、そのいきなりさというか、準備なく唐突にソロになる乱暴さにあったんだし、そこにみんな驚きを感じたんじゃないですか？」と言い添えているが、吉行の助言を単なる技術論とみるか本質論ととるかの相違には、「文壇のヒエラルキーを背負う」（中上健次）ことへの両者の姿勢の決定的な距たりがある。

8　これと同じ想像図は、『出口』という作品にも見られ、そこには「出口を釘付けにした」鰻屋への言及がある。その「兄さんと妹とで、夫婦」のように暮らしている鰻屋の二人について、主人公の「彼」は「出口を塞いだ暗闇の中で、精いっぱい軀をふくらませ、妹を腕の中にかかえ込んで転がりまわる」という想いをめぐらしている。

9　大江健三郎は、こうした時間を後戻りするための〈装置〉を様々な意匠のもとにつくりだしている。『懐かしい年への手紙』で取られた方法ばかりか、『治療塔』での、蘇生を可能にする「治療塔」そのものがそうであり、『取り替え子』での、テープに録音された死んだ友の声との、事後的で一方的な対話の試みじたいがそうである。この点については、拙著『横断する文学』（ミネルヴァ書房）所収の大江健三郎論に詳述されている。

10　この点については、拙著『横断する文学』所収の三島由紀夫論「禁忌のトポロギー」において詳述されている。

11　ちなみに金井美恵子は『母子像』（七二年一〇月）を書いているが、そこには事故で左脚と記憶を失った父親を「あの人」と呼んで愛す娘と父の〈近親愛〉がこんなふうに語られている。「そして、男たちの中で、私は処女として君臨し、そうすることで、あの人のために、私は自分の肉体を永遠の生贄、あの人の司る祭儀の巫女に変えようとしました。／どうして、そうする必要があったかといえば、あの人は、私の父だったからです。」もっとも、金井美恵子の〈近親愛〉が同時代の文学場でさかんに生産される〈近親愛〉言説と異なるのは、そうした事態が言語の生成失調として、一種の失語というよりは〈言葉を持たない者〉という意味での幼児の姿をなぞっているからであり、しかもそれが初めての発語であるかのように、「ある夜、あの人は私を抱きながら、あの事故以来はじめて言葉を発」するからである。

12 「〈無名氏〉の話」(『円と楕円の世界』所収)参照。ちなみにこのエッセイは『書かれない報告』の「後記」として書かれている。

III

母=語の脱領土化

――一つの長い後藤明生の〝戦い〟

1

一九六〇年代後半から一九七〇年代にかけて書かれた後藤明生の小説に共有されたある種の趨勢を、小説家自身の言葉を参照しながら、われわれはこれまで一貫して〝戦い〟と呼んできた。しかしながら、同時代の批評的言説はそうした境位を〝戦い〟として切り出さずに、もっぱら別の側面だけを語り、しかもそれから十年もしないうちに、今度はそうした趨勢そのものがまったく別の視座のもとに回収されかねない状況が生まれてきた。その、一九七〇年代以降に顕在化する視座とは、言うまでもなく、日本的な文脈におけるポストモダンであり、その代表的な意匠の一つに、〈引用〉による脱=構築といった方法がある。[1] そしてたとえば、後藤明生の『首塚の上のアドバルーン』など、執筆時期（雑誌への初出は作者の病気をはさんで一九八六年から一九八九年にわたる）にしろ、〈引用〉を方法的に多用している点にしろ、一見、異和なくポストモダンの構図に収まるように見える。同じことは、一九八三年から一九八四年にかけて

「海燕」に連載執筆された金井美恵子の『文章教室』についても言えるのだが、はたしてそうなのだろうか。

今後、さらに時間が経過すれば、この二作とも、他の作家のポストモダン的な傾向をもつ諸作品とともに、そうした領土のうちに回収され、その視座を代表する小説として流通させせられてしまうかもしれない。そしてそのとき、後藤明生が一貫して維持してきた〝戦い〟という姿勢までもが無化されてしまうだろう。ポストモダンには回収し得ない小説を、その領土から奪い返すこと。それは、いまから見れば、一九七〇年代以降に顕在化してくる日本的ポストモダンの流れに収まるように見えるもののなかに、それとは別種の趨勢を識別することを意味する。

後藤明生の小説にかぎって言えば、そうしたポストモダンへの回収と裁断の可能性は、『首塚の上のアドバルーン』（一九八六―一九八九）はもちろん、最後の小説となった『しんとく問答』（一九九五）からさかのぼって『挾み撃ち』（一九七三）あたりにまでおよび得る。というのも、『挾み撃ち』においてはじめて、方法としての〈引用〉が作者によって駆使され、見事な成果をおさめているからで、そこでは、冒頭近くから永井荷風の『濹東綺譚』やゴーゴリの『鼻』を引き合いに出して、「実はわたしも、ああいうふうに橋や横丁や路地の名前を書いてみたいものだ」という表明がなされ、じっさい小説が橋の名や横丁の名で溢れ返ることはないものの、『挾み撃ち』が形態的にも方法的にもゴーゴリの『外套』や『ネフスキー大通り』を〈引用〉しているのは確かだからである。『挾み撃ち』はポストモダンのいち早い実践なのだろうか。『挾み撃ち』の〈引用〉はいったい、ポストモダンの〈引用〉とどう違うのか。そうした問いを視野に置きながら、後藤明生がポストモダンの流れとは独自に、一九七〇年代はじめに自らの〈小説〉という領土を設営した過程を見ておこうと思う。

2

もちろん、『挾み撃ち』(一九七三)にしても、〈引用〉という形式と手続きだけをとれば、本質的にポストモダンの〈引用〉となんら変わるものではない。にもかかわらず、後藤明生の用いる〈引用〉がポストモダン的〈引用〉と一線を画すのは、それが一連の〝戦い〟の継続のなかで発見された戦略だからである。この小説家が〈引用〉を戦略として発見するにいたる過程を、それじたい維持された〝戦い〟として読み直すこと。それは、自らの領域を失いかけた小説家(それはときに「わたし」として、ときに「男」として指呼される)がそれを何とか取り戻そうとする過程でもあって、その、自らの領域を失った状態を、後藤明生は『何?・』(七〇年四月)で「わたし」の「何もかも思い出せなくなりそうになっている」状態として、つまり自己の同一性を保証する記憶の領土が奪われた状態として差し出している。

お願いです、助けて下さい。わたしは東京で大学へゆくため、他の兄弟たちよりも早くお母さんと別れなければなりませんでした。何もかも思い出せなくなりそうになっているのは、そのためでしょうか。記憶には場所が必要です。（……）ところがわたしには何もありません。記憶というものに必要な場所がどこにも見当らないのです。お母さん！

作中でじっさいこの通りの手紙が母親にあてて出されたわけではないが、ここでは母親への懇願にも似た言葉によって、「記憶には場所が必要」なのに、そのための場所が奪われているという、文字通り脱領土的な状態が表明されている。男（手紙では「わたし」となる）によれば、「わたしがいま住んでいる団地」こそ「毎日毎日、記憶が失われてゆ」く場所であり、「記憶を抹殺する流刑地のような場所」であって、まさしく記憶という領土を奪う場所にほかならない。そしてその記憶という領土を回復するために、男は現在、長らく勤めた会社を辞めたのだ。男は母親への手紙の架空の文面のなかで、こう書いている。「ただわたしは失われそうなものを取り戻したいと思ったのです。このまま消えてなくなりそうなものを、何とかここでつなぎとめなければならないと、いても立ってもいられなかったのです。そのために職業を失っただけの話です」と。失われつつある記憶という領土を「つなぎとめ」るのは、言葉によってであり、それは〈小説〉を書くことによって遂行されるだろう。『何？』のなかでは必ずしも言明されてはいないが、男は小説を書くことに専念するために会社を辞めたのだから。

だがそのとき、男は一種の悪循環に陥らざるを得ない。というのも、男は小説を書くために、つまり自己の同一性を根拠づける記憶という領土を言葉で「つなぎとめ」るために失業し、団地の北向きの四畳半にこもるのだが、そうしてこもった団地の部屋こそ「記憶を抹殺する流刑地のような場所」にほかならないからだ。書くための場所が、書くことを奪うという成り行き。悪循環はこのように男をとらえるのだが、要はそのとき、この悪循環を抜け出そうとすることじたいが一種の〝戦い〟を形成するということである。それは、失われつつある記憶のための場所を言葉で「つなぎとめ」るという、まさに再領土化の〝戦い〟であり、後藤明生においては、それがそのまま〈小説〉の設営のための〝戦い〟になっている点を見逃すことはできない。おそらくここで、「芸術は肉体とともにではなく、家とともにはじまる」[2]というドゥルーズ（『哲学とは何か』）の言葉を想起してもよいかもしれない。というのも、その「芸術」を〈小説〉に、「家」を〈団地〉に置き換えるだけで、それはそのまま後藤明生における〈書くこと〉の問題射程を顕わにするからだが、後藤明生の戦略の一貫性が際立つのは、〈小説〉を書くという領土設営的な〝戦い〟を、もう一つの再領土化の試みと重ねることで、この、失われる記憶をめぐって単独に遂行されているように見える〝戦い〟を、じつはすでに遂行されている〝戦い〟の継続として組織してしまう点にある。

　ここでは毎日毎日、記憶が失われてゆきます。それも他ならぬわたし自身の、飢えに関するものなんですからね。まさしくここは、記憶を抹殺する流刑地のような場所です。

（『何？・』）

この〈流刑地〉としての〈団地〉に、カフカが共鳴していることは明らかだが、後藤明生はここで、記憶を奪われた状態を「飢え」として、つまり食べ物を奪われた状態と重ねている。「飢え」の記憶を失うとは、だから二重に脱領土化された状態なのだ。摂食器官は食べ物を奪われることで脱領土化され、その記憶を奪われることで発語器官までもが脱領土化される。そうした二重に奪われた場所を、男は言葉によって奪い返そうとする。なにしろ男は、失われた記憶を言葉で「つなぎとめ」ようとするのだから。そしてそのとき見えてくるのが、この小説家にとっての〈書くこと〉の基底である。つまり、それを超えるとき〈書くこと〉じたいが不可能になる表象行為のデッド・エンドであって、食物も、記憶＝言葉をも二重に奪われた状態こそが、後藤明生の〈小説〉にとっての基底にほかならない。それは、後藤明生がこの二重に脱領土化された地点から、ほとんど新たに自らの〈小説〉を立ち上げなければならないことを意味している。脱領土化と（再）領土化がともに折り込まれる境位。〈書くこと〉の基底にぶち当たるとは、そういうことだ。もはやそれまでの書き方も〝戦い〟方も維持できなくなるような地点に身を置くこと。小説家にとって、〈書くこと〉の条件が不可能性とともにすべて顕わとなる地点に立つこと。次章で見るように、金井美恵子はそこに『愛の生活』（六七年八月）と『エオンタ』（六八年七月）を書くことで到達し、後藤明生は『何？』（七〇年四月）において突き当たっている。

3

ところで、そうした〝戦い〟の過程を手短に振り返れば、第一章（「不参戦者の〝戦い〟」）において見たように、戦略の要諦は、徹底した〈嘔吐〉と〈下痢〉という契機を小説に持ち込み、物語の領域から〈食べること〉と〈食べ物〉を奪うことで、摂食器官を発語器官へと脱領土化することにあった。そうして摂食器官を発語器官として回復することで、後藤明生は〈書くこと〉の領土を確保し、自らの小説を起動したのである。そして〈嘔吐〉と〈下痢〉に加えて、この小説家は〈断食〉ないし〈絶食〉という契機をも動員する。やがて言及することになるが、山奥の断食道場の見張り番を語り手とする『パンのみに非ず』（六九年二月）は全篇、〈断食〉に貫かれているし、『何？』（七〇年四月）においても、男の自己同一性を危うくする「飢えの記憶」の喪失は、その妻のゆるやかな〈絶食〉の実施と〈断食〉への強い願望によって誘起されている。「当然あったはずの、他ならぬ男自身の飢えの記憶がすでにほとんど失われているための不安であると、考えざるを得ないわけだ。（……）そして詰るところ現在の男にとっての飢えとは、現にいま男の妻が憧れているところの断食にゆき着くようだ」というように。〈断食〉にしても〈絶食〉にしても、すぐれて摂食器官から〈食べ物〉を遠ざける契機であり、口・歯・唇といった場所を発語器官へと脱領土化する有効な手段である。それは言葉を発する（語ることだけではなく書くこともふくめて）ための領土の確保を意味するのであり、小説の起動を準備する。むしろこう言うべきだろう。後藤明生は自らの小説を起動するのに、そうした領土化を必要としたのであり、彼は発語器官の再領土化（それは摂食器官の脱領土化にほかならない）とともに自らの小説を始めたのである、と。後藤明生は、ほとんどその出発点から徹底して、〈嘔吐〉と〈下痢〉と〈断食〉と〈絶食〉という契機を作中に布置し、絶えず摂食器官を発語器官へと奪取することで自らの小説という領土を設営してきた。そこに、この小説家に固有の〝戦い〟の維持の仕方を見ることができる。

　想起すれば、これまで、〈もう一つの部屋〉の領土化という物語言説のなかで、そうした戦略をこの小説家は駆使している。団地の１ＤＫから２ＤＫへの文字通り〈もう一つの部屋〉の領土化という〝戦い〟（『もう一つの部屋』）にしろ、アパートの隣室の女性の奪取をめざしながら、代わりにその部屋の占領と奪取を〝戦い〟として遂行する（『ある戦いの記録』）にしろ、団地の間取りの中央を占める〈食べる〉ための部屋に対する、北向きの四畳半の書斎という〈書く〉ための部屋の非領土性を際立てながら、その書斎の坐机の上に、毎夜どこからともなく這いだしてくる虫とのあいだに繰り広げられる、原稿用紙という〈書く〉場所の再領土化をめぐる〝戦い〟（『書かれない報告』）にしろ、後藤明生の小説は、物語内容において領土化の〝戦い〟を語りながら、その根底で、絶えず〈食べること〉に対する〈書くこと〉の脱領土化の〝戦い〟を組織してきた。いや、ある意味では『何？』において企図されているのも、記憶の失われた場所の領土化という〝戦い〟と言えなくもない。

しかしながら、〈下痢〉や〈断食〉をあまりに頻繁に動員する結果、後藤明生の小説からは〈食べること〉と〈食べ物〉が徹底的に奪われることになる。〈下痢〉と〈嘔吐〉と〈断食〉によって〈食べること〉と〈食べ物〉が決定的に奪われたとき、「飢え」ばかりか、その記憶＝言葉の場所さえもが失われる。そのとき出来する新たな事態こそ、摂食器官ばかりか発語器官をも奪われる二重の脱領土化にほかならない。〈食べること〉と〈書くこと〉の両域がともに失効するということ。『何？』の男を襲うのは、まさにそうした事態である。それは同時に、〈食べること〉の専有性に対する〈書くこと〉の〝戦い〟を組織することで小説の領土を設営してきた、これまでの戦略の失効をも意味する。この二重の脱領土化とともに、後藤明生が〈書くこと〉の基底に突き当たり、そこから新たに小説を起動しなければならない、と言ったのは、そういうことなのだ。だから『何？』において、男が「なぜなんでしょうか、お母さん！」と呼びかけながら「記憶というものに必要な場所がどこにも見当らないのです。お母さん！」と訴えながら書く手紙を指して、〈書くこと〉が起動している、と言っても、もはやそれだけではなんら有効な戦略を示唆したことにはならない。この小説家にとって、いまや新たな戦略が必要なのだ。もちろん、それは小説を新たに起動するための戦略でもある。後藤明生はいったいそれをどのように見いだすのか。

4

『何?』には、その端緒が示されている。新たな小説のための一歩が。それは、いったん書いた母親への手紙の文面を反故にして、新たな要請として差し出される。

しかしながら男は、実さいには母親にその通りの手紙を書いたわけではない。とつぜん会社をやめてしまったことも、もちろん書かなかった。縋りつきたい気持ちにかられたのは事実であったが、六十四歳になる母親にそのような男の不安が通じるとは思えなかったからだ。男は何度か書き直したあげく、少しまとめて考えたいことがあるから、引揚げ前後の模様をできるだけ詳しく思い出させて欲しい、と書いて送った。そして、特に食べ物のことを！　と〈母上様〉の手前に男は書き加えた。

男は自らの空虚になった記憶の場所を「特に食べ物のこと」で埋めて欲しい、と母親に懇願する。ここに、新たな〝戦い〟の戦略が、おそらくそれとは男に察知されずに設営されようとしている。それは新たな小説の設営に向けての第一歩なのだ。言葉によって「つなぎとめ」ることのできない脱領土化された記憶を、「食べ物のこと」によって再領土化すること。だが「食べ物のこと」とは、摂食可能な食料そのものではない。それらはみな母親がやがて寄こす手紙に記された「食べ物」である。書かれた食べ物。言葉になった食べ物にほかならない。この食物＝言葉という事態には、しかし新たな可能性がふくまれている。というのもそのとき、これまで食物と言葉のあいだに競合としてあった摂食器官と発語器官をめぐる脱領土化の〝戦い〟が、もはや不可能になるからである。言葉になった食べ物とは、〈書くこと〉と〈食べること〉の領土を、それゆえ半ば廃棄する、と言えるだろう。それがあくまで半ばでしかないのは、そこにはもう一つの脱領土化の企てが欠けているからである。それは、摂食行為としての書記行為の設営にほかならない。食物＝言葉を食べる行為としての〈書くこと〉の設営。それがなされるとき、〈食べること〉と〈書くこと〉の、相互的な脱領土化が遂行されたと言えるだろう。そうしてはじめて、書かれた食物を人は食べることができるし、「飢え」をめぐる記憶＝言葉を奪われるという二重に脱領土化された場所を、食物＝言葉によって再領土化することが可能となる。

そして後藤明生は、『何？』につづいて、全篇まさにその実践とも言うべき『一通の長い母親の手紙』（七〇年八月）を設営する。そこでは、言葉となった食べ物を食べる行為として〈書くこと〉が実践されている。「食べ物のこと」で充ちた長い母親の手紙をまるごと書きとることが、そのまま小説の設営となるような作品にほかならない。なにしろ『一通の長い母親の手紙』においては、「男が母親からもらった長い手紙を大学ノートに写しはじめたのは、一週間ほど前からだった」と始まり、小説の最後にいたっても、三十五ページもある手紙の「これでやっと、九ページの半ばちょっと過ぎ」でしかない、というように、「食べ物のこと」が特に詳しく書かれた手紙そのものが書き写されるのだから。

もっとも、『何?』においても、母親からの返事に記された「食べ物」がこんなふうにふんだんに書き込まれていた。

《魚はよく食べました、明太《めんたい》が一番よく食べたしおいしかつた、それからハタハタという小さな魚を塩で煮たり焼いたりして食べてゐました。明太は卵が殊においしかつたし、白身で割にあつさりしたおいしい魚でした、内地のタラと云ふ魚に味が似てゐます。それに馬鈴薯、南瓜。野草もずい分いろいろ食べました、少し暖かくなつてからは野草摘みと薪取りが一日の仕事でした。米搗き場へ行つて矩子を負んぶして米の粉をついては野草をまぜて団子にして、お汁に入れては食べたものです。つつじの花も米の粉の団子に入れて食べました、うす桃色のきれいな団子になりました。(……)》

だがこの時点で、男にはまだ、そのように食物を書く行為が、食物=言葉を食べる行為としては意識されていない。そこでは、母親の手紙で語られる、米の団子にまぜて「つつじの花」を食べたことに焦点が合わされていて、というのも「朝鮮の土となったところの父親と祖母が土葬された山に生えたツツジを食べたと書かれている」ことに、男は「ある衝撃を受け」るからだ。それは間接的にであれ、母親とともに、死んだ父親と祖母を食べたことにもなり得るからだが、厳密に言えば、その衝撃は「極めて具体的にそこに記された男自身の飢え自体によってではなく、むしろそれを記録した母親の記憶によって与えられたもの」である。それは、父と祖母の肉体の間接性・隣接性としてあるツツジの花入りの団子を食べたという事実以上に、それをまるごと記憶＝言葉として母親が保持していることに対する衝撃にほかならない。その衝撃をもたらすものに対し、「グロテスク」という形容を男が与えるのは、『一通の長い母親の手紙』（七〇年八月）においてである。

『何？』（七〇年四月）では、せいぜい「男の記憶がすでに母親の記憶の中にしか見出せない以上、それはおそらく六十四歳の母親とともに消滅せざるを得ない」という認識が示され、一週おきに「職業安定所へ出頭」する男の現在の姿が、その右手にもった「失ったものだけの重みによってひしゃげ」たほとんど空っぽのバッグに見立てられ、さらには「とつぜん」おぼえた「空腹」が「あたかもこのボストンバッグのよう」だと喩えられるにすぎない。

5

後藤明生が、食物＝言葉を食べるために書く、という行為の戦略性を行使するのは、〈母親の中に記憶されてしまった男〉という自身の姿を、もはや「失ったものだけの重みによってひしゃげ」たボストンバッグに仮託するのではなく、「あたかも蛇に呑み込まれたあひるの卵のよう」だと認識するときである。それは、男が真に「衝撃的認識」にいたるときであり、新たな〝戦い〟の場に自身が置かれていることを認識するときでもある。男は「3DKの間取りの北向きの四畳半の坐机」の前に座り、大学ノートへの母親の〈手紙〉の書き写しを中断したまま、「母親をしてこの一通の長い〈手紙〉を書かせたものはいったい何だろう?」と自問しながら、「不意に自分が、一個のあひるの卵になったような気がし」て、とつぜん「衝撃的認識」に襲われる。

　すなわち、男への一通の長い〈手紙〉を母親に書かせたものは、〈年金〉でもなければ〈勲章〉でもなく、母親の〈記憶〉そのものなのだ。〈手紙〉は他ならぬ母親の〈記憶〉自身のために書かれたのである。そしてその〈記憶〉は、さらに呑み込むべき新しいあひるの卵を、いつまでもどこまでも求め続けてやまない。青森の叔父もあひるの卵だ!〈大叔父〉も〈三情館〉も、引揚げ後すでに福岡で死亡していた。しかしながら青森の叔父だけはまだ生きながらえているからだ。母親は必ず近いうちにまたやってくる!(……)つまり生きているものはみんなあひるの卵だった。母親の〈記憶〉自身のために呑み込まれるべき、まだ生きているあひるの卵だ。そして男が呆然と見下ろしている母親の〈手紙〉の中に、ぎっしりと書き込まれているのは、すでに呑み込まれたあひるの卵だった。（『一通の長い母親の手紙』）

グロテスクなのは「呑み込むべき新しいあひるの卵を、いつまでもどこまでも求め続けてやまない」母親の〈記憶〉である。母親の手紙は、その記憶と言葉が一体化した領土であり、そこに書きとめられるということは、まさに母親の〈記憶〉に呑み込まれたということだ。男は適切にも「母親の〈手紙〉の中に、ぎっしりと書き込まれているのは、すでに呑み込まれたあひるの卵」だと認識している。そしてそれは、そこに呑み込まれ、「記憶され盡した」父親がそうであるように、死者になるということでもある。男は三十五ページにも及ぶ長大な母親の手紙を、より正確に言うなら、それだけの手紙を産んだ母親の記憶＝言葉を、得体の知れない一種の怪物として見いだしたと言える。だからこそ「母親の〈手紙〉を書き写す男の作業」は「深夜ひそかにおこなわれる男と母親の〈記憶〉との奇妙な格闘」となる。男の失った記憶をすべて呑み込んだその手紙を書き写すことは、そうしたグロテスクな記憶＝言葉のなかにしかいない自分を、そこから奪い返し、脱出させる脱領土的な「格闘」にほかならない。しかも「母親は必ず近いうちにまたやってくる！」という恐怖に充ちた断言は、いまも母親の記憶＝言葉という領土が男の現在をも呑み込もうと増殖をつづけていることを示唆している。それゆえそこで要請されるのは、過去の記憶ばかりか、生きている他者の記憶＝言葉をも呑み込もうとする大いなる領土に対する脱領土的な〝戦い〟である。

他者の記憶＝言葉を呑み込んで無尽蔵に膨れ上がった記憶＝言葉の領土。それが母親と呼ばれるとき、その大いなる領土は、ほとんど母＝語《マザータング》という領土と等価である。なにしろ男が母親の保持する言葉を書き写すしかないように、小説家は母語の保持する言葉をしか書き移すことができないからだ。その意味で、男は、母親の〈手紙〉を書き写しながら、母親の〈記憶〉との格闘をつづけながら、母=語という大いなる領土との格闘を演じているとも言える。記憶=言葉をすべて呑み込み、それと一体となった母親とは、言語の記憶の総体でもある母語=国語という領土そのものではないか。だから、母親の記憶=言葉を脱するためにその手紙を書き写すことで自らの小説をも書くということは、母=語《マザータング》を脱領土化する〝戦い〟を含意すると同時に、国語《マザータング》のなかに自らの小説言語をいかに組織するかという〝戦い〟にほかならない。そうした〝戦い〟を遂行し得る地点に、この小説家は『一通の長い母親の手紙』の男とともに立ったのである。後藤明生はこうして、〈食べること〉の専有性に対する〈書くこと〉の〝戦い〟から出発し、それがもはや無効となる地点を超え、〈食べること〉と〈書くこと〉の相互的な脱領土化という事態に向き合いながら、小説が新たに起動し得る地点にまで到ったのだ。言うまでもなくそれは、小説家の言葉が呑み込まれている国語の境界《リミット》そのものが顕わとなる地点であり、その境界にふれることで、小説家の言葉が一種の境界性（それをドゥルーズは「自らの言語において異邦人になる」[3]ことと言っている）をまとう地点でもある。

6

後藤明生は、その新しい小説を、それこそ〈一通の長い母親の手紙〉のなかから、一着の「カーキ色をした旧陸軍用の外套」とともに取りだす。やがて『挾み撃ち』を設営することになるその「外套」も、母親の記憶＝言葉のなかにあったものだ。

男は外套を着てバスの停留所に立っていた。カーキ色をした旧陸軍用の外套だった。男の表情は余り晴れ晴れとしたものではなかったようだ。それは旧陸軍用の外套が、男にはやや大き過ぎたためと考えられる。（……）男はその外套を着てめざす大学受験のため上京するのだった。博多駅行きのバス停留所の待合室で、どことなく浮かぬ顔をしている男を見ながら、男の母親はおかしそうにくすくす笑った。やはり、ダブダブなのだ。

これは『一通の長い母親の手紙』（七〇年八月）の一節である。この「外套」をめぐる記憶＝言葉を、男を引き継ぐ「わたし」は呑み込まれた記憶＝言葉の領土から二十年ぶりに探し出そうとする。その探査の模様を語るのが『挾み撃ち』（一九七三）である。『一通の長い母親の手紙』の男に代わって、「わたし」はこう自問する。

あの外套はいったいどこに消え失せたのだろう？　いったい、いつわたしの目の前から姿を消したのだろうか？　このとつぜんの疑問が、その日わたしを早起きさせたのだった。

だが、「わたし」は単に二十年前の外套の行方を追う人間ではない。「毎晩毎晩、あたかも団地の不寝番ででもあるかのように、五階建ての団地の3DKの片隅で、夜通し仕事机にへばりついている人間であ」り、もっと正確に言えば、「あのカーキ色の旧陸軍歩兵の外套を着て、九州筑前の田舎町から東京へ出て来て以来ずっと二十年の間、外套、外套、外套と考え続けてきた人間」である。その「外套」とは、ゴーゴリの『外套』であり、「わたし」は「たとえ真似であっても構わない。何としてでも、わたしの『外套』を書きたいものだと、考え続けてきた人間」にほかならない。つまり「わたし」は、二十年前に上京したときの「外套」を探し尋ねながら、自らの〈小説〉をも探し求めている。そしてそれが、母語《マザータング》を脱領土化する〝戦い〟とともに開始された小説の設営であれば、その小説を書く行為が一つの言語を横断する試みとして組織され、そうした母語の横断に他の国語に起源をもつ小説の言葉（たとえばすでに翻訳という過程を経たものであれ）が招喚されるのは当然と言わねばならない。『挾み撃ち』はそうして、内外を問わぬ複数の小説の領土（と、間接的にその母語という領土）と接続し、それらを横断し、相互に脱領土化を果たすように書かれるのだ。

　とりわけ「わたし」が上京して一年ちょっと下宿した蕨を訪れるくだりは、段落ごとに、いわば小説の領土が変わる。「蕨駅も変った」というように、二十年後の現在と「駅前商店街通り入口の右側の一角」が「飲み屋小路」だった二十年前の記憶の光景とが交互になりながら、「アカーキー・アカーキエヴィチの場合とは違うのである。彼の外套は、新調したばかりだった」というようにゴーゴリの『外套』が引き寄せられる。そうして「二十年前のある晩、蕨駅前の飲み屋小路から出てきたわたしと、課長補佐宅の夜会からの帰り途であったアカーキーとに共通していたのは、両者ともアルコール分を摂取していたことくらいだろう」という類似をきっかけに、二つの領土が互いを占領し合い、アカーキーが酔っていた証拠に「とつぜん、通りかかった一人の女性のあとを追って走り出そうと」したことが語られるのだが、それは「そのときわたしの前を、一人の女性が通りかかったか、どうか？」という自問を「わたし」に差し向け、さらには「もし通りかかったのだとすれば、おそらくわたしも、アカーキーと同じように、とつぜん彼女のあとを追って走り出そうとしたはずである」という仮定を差し出すための口実でもある。そのあと、『挾み撃ち』はこう続く。

わたしは九州筑前の田舎町から出てきた人間だった。（……）そのわたしが、コップ四杯の焼酎に酔ったのである。カーキ色の旧陸軍歩兵の外套を着て、夜更けにとつぜん、通りかかった見知らぬ一人の女性のあとを追って行くのである。この上、更に何か、理由が必要だろうか？　無いはずである。わたしは女のあとをつけはじめた。（傍点・引用者）

小説の新たな領土は、この最後の「わたしは女のあとをつけはじめた」によって切り取られている。それは二つの小説の接触から生じた新たなフィールドである。「そのときわたしの前を、一人の女性が通りかかったか、どうか？」という自問であったものが、女のあとを追ったアカーキーに触れたせいか、「わたし」もまた「女のあとをつけはじめた」のである。そして、そのとき『挾み撃ち』は『外套』を脱領土化している。新たに設営されたこの小説の領土に、二十年前のある晩、女のあとを追った光景が殺到する。「もし通りかかったのだとすれば」という仮想のうちにあったはずの女が、そこを歩きはじめる。言うまでもなく、そことは小説の新たな領土にほかならない。そして女は何度目だか、「街燈の下にさしかか」ると「ベレー帽をかぶっている」ことまで判明するのだ。「わたし」はふたたび自問する。「学生だろうか？　女給だろうか？　あるいは女給のアルバイトをしている学生だろうか？　それとも『ネフスキー大通り』で、ピスカリョーフがあとをつけて行ったような女だろうか？」と。そこから『ネフスキー大通り』の領土がさらに横断され、まさにその一節が引用される。すると「わたしは、最早や蕨のピスカリョーフ」であり、「女が蕨のブリュネットだった」というように、『挾み撃ち』は新たに『ネフスキー大通り』を脱領土化しはじめるのであって、そのあとに設営されるのは、ピスカリョーフ同様に、女のあとをつけて行く「わたし」の姿である。

したがってわたしは、ピスカリョーフのように逃げ出す必要はなかった。逃げるどころかわたしは、あわてて女の方へかけ出そうとしたのである。街燈の下の女が、とつぜん振り返ったからだ。しかしそのとき、かけ出そうとしたわたしの外套の肩口を、何者かが摑んでうしろへ引き戻した。同時に耳元で鋭く笛が鳴った。

「信号が見えないのかね!?」
わたしは、まったく予期せぬところで足止めを喰った。わたしの外套の肩口を摑んで引き戻したのは、白いヘルメットをかぶった交通整理の警官である。

深夜に交通整理の警官が立っているわけはない。複数の小説との接続によって設営された領土が、二十年後の現在と見事に地続きになった瞬間である。この後も、二十年前の夜と現在が交叉するが、新たな小説の領土は、主としてゴーゴリの『外套』や『ネフスキー大通り』との脱領土化によって設営されている。後藤明生はこうしていくつもの小説を横断的に書くことで、いわば母語の領土の外に出ようとしている、と言える。『何?』の男が母親の手紙を書くことで、その記憶=言葉の外に出ようとしたように。そして『一通の長い母親の手紙』において母親の手紙を書き写すことで、言葉になった食物を〈書くこと〉がその食物=言葉を〈食べること〉でもあるような事態が成り立っていたことを想起すれば、『挾み撃ち』において、そのように自らの小説のなかに他の複数の小説を書くことは、いく分かはそれらの小説=言葉を食べることでもあって、そこに、いわゆるポストモダン的な〈引用〉のコンセプトとは決定的に異なるこの小説家固有の趨勢が際立つのだ。母親の記憶=言葉を書き破る（そう、「書き破る」とは、書くことで脱領土化を遂行することにほかならない）ように、母語を書き破るように、いくつもの小説の領土を書き破ること。『挾み撃ち』はそのように書かれたのであり、だからたとえそこにゴーゴリの中篇小説がちりばめられていようと、それはもはやポストモダン的な〈引用〉ではない。

7

しかしながら、『何？』において、自らの記憶＝言葉がなくなり、その空虚を埋めるために、母親に書かれた食べ物を要請し、そうして可能になった食物＝言葉を書くことによって食べる、という戦略を行使するとき、一方で起こっているのは、すでに示唆したように、言葉と食物の競合関係の解消という事態にほかならない。そこに現出しているのは、食物を断たれたゆえの〈断食〉ではなく、まさに記憶＝言葉を断たれたゆえの〈断食〉とも言うべき事態である。ドゥルーズとガタリの言葉（『カフカ マイナー文学のために』）を想起するなら、こうした事態のもつ深刻さの一端が明らかになる。彼らは言っていたではないか。摂食器官としての口・舌・歯という領土性に対する言語行為（発語行為）による脱領土化にふれながら、「それゆえ、食べることと話すことのあいだには――そして、さらに言えば、外見的には異なるものの、食べることと書くことのあいだには、ある種の分離が存在する」と。そしてこの分離こそが、〈食べること〉に対する〈書くこと〉の脱領土化の〝戦い〟を可能にしてくれるのだ。「つまり、食べながら話すより食べながら書くほうがおそらく容易にできるということだが、しかし書くこと《エクリチュール》は、言葉をいっそう食物と競合可能なものに変える」のであり、それは「内容と表現の分離」でもあり、「話すこと、そしてとりわけ書くことは、断食することである」と。

つまり、食物と言葉の、〈食べること〉と〈書くこと〉の競合という〝戦い〟が維持されるかぎりにおいて、〈書くこと〉は〈断食する〉ことでもあるが、『何？』において出来したのは、食べ物ではなく、記憶＝言葉の欠如である。食物の欠如による〈断食〉ではなく、言葉そのものの欠如による〈断食〉。それは単純に、言葉の行使の不可能を、〈書くこと〉の不可能を意味する。言葉を欠いたまま書く、ということは、別の言い方をすれば、〈マイナー文学〉をさらに脱領土化することは可能か、と問うことであり、さらに単純化して言えば、マイナー文学としてのカフカの言葉を食べることで自らの〈小説〉を書けるか、と問うことに等しい。これは、きわめて厳しい問いであって、ほとんど不可能な〝戦い〟である。しかしながら、後藤明生が『何？』（七〇年四月）で突き当たっていた事態の半面とは、そのような問いが向けられる場所への逢着にほかならない。

そうした問いに、後藤明生は『パンのみに非ず』（六九年二月）においてすでに触れていた。というのも、カフカの『断食芸人』において、断食は遂行されているのに、目撃者がひとりもいないことで断食そのものが失調するとすれば、『パンのみに非ず』は、カフカの小説に欠けていた断食の見張り人を用意することで可能になった小説だからである。言葉を換えれば、それは、カフカの『断食芸人』を食べようとしているとも言える。そして『パンのみに非ず』の全篇にわたって徹底的に〈断食〉が招喚されるのも、ドゥルーズとガタリの言うように、食物と言葉の競合関係があるかぎり、

〈断食すること〉は〈書くこと〉だからである。それゆえ、カフカの小説を食べるという戦略は、物語という内容部において徹底した〈断食〉を組織することで、小説という表現部において〈書くこと〉を組織する、というものにほかならない。それは、ドゥルーズとガタリの『カフカ』が出るはるか以前から、本質的に〈マイナー文学〉の問題と戦略を後藤明生が共有していたことを告げているのだが、しかし、この企てこそまさに、〈マイナー文学〉を脱領土化し得るか、カフカの小説を食べることはできるか、という問いに答えることを意味する。「かつて、見張りが観客たちのためのものであったところの観客は、いまや新しい断食療者となった。それは、あの真の断食芸人の最後のひとりが息絶えたあと、歴史とともに急変したのであったが、まさしくそのために、見張りだけはついに変ることがなかったのである」というその結びの言葉が示唆するように、後藤明生は『パンのみに非ず』において、かろうじてそうした不可能な問いの前に立つことができた。しかしながら、そこでは、カフカの『断食芸人』の物語内容の領土は脱領土化できても、その言葉自身を食べる＝書くことはできない。そして『何？』において、言葉＝記憶を失うというかたちで、後藤明生は『パンのみに非ず』で半ば自らに差し向けた問いそのものの前に、ふたたび立ち得る状況を設営したのである。しかし、繰り返すが、その問いを受けとめることは、〈書くこと〉の不可能を引き受けることを意味する。

その問いの前で、後藤明生は書きつづけることを選ぶ。それが、ゴーゴリの中篇小説を食べる＝書く、という『挾み撃ち』での戦略であって、食物と言葉の競合を廃棄することで可能になった戦略でもある。つまりそのとき、ある種の転換がはかられた、とも言いうるのだ。いや、それを転向と呼んでもかまわない。〝戦い〟が遂行されているかぎり、転向は単なる作戦変更にすぎないのだから。いままで維持してきた〝戦い〟の枠を保ちながら、しかしなおかつ書きつづけることができるという〝戦い〟方の選択。〈書くこと〉と〈食べること〉の競合を解消し、食物＝言葉をさらに食べつくす母親という怪物を設営し、そこに記憶と言葉の大いなる領土を付与して母＝語という新たな格闘対象を見いだすとき、そうした不可能な問いからの転換がなされる。そしてその母＝語との〝戦い〟を、他の国語に起源をもつ小説の言葉とのあいだに持ち込むこと。それを可能にしたのが、これまた母親の記憶＝言葉の領土から出てきた〈外套〉であって、これによって後藤明生は、『挾み撃ち』においてとりわけゴーゴリの中篇小説を食べる＝書くことが可能になったのである。その、食物と言葉の競合が不可能になる地点に、言うまでもなく、後藤明生の小説の基底《ボトム》が一瞬のぞいたのだが、その基底の上には、夥しい小説の領土が引用ではなく横断している。

注

1　たとえば〈引用〉について、本書では一貫して、一九六〇年代後半から七〇年代にかけての時期に現れたもの（とりわけ後藤明生と金井美恵子において）と、日本的ポストモダンの台頭した時期に喧伝されたものとを峻別しているが、その差異を、前者の時代の文脈から的確に素描しているのが、絓秀実の『革命的な、あまりに革命的な』第六章「詩的言語の革命と反革命」の「1表象＝代行批判」である。そこでは、宮川淳や入沢康夫らが提起する「イメージの表象＝再現性」批判としての〈引用〉（具体的には「ブリコラージュ」の問題系に依拠する）が言及されているが、そうした〈引用〉の行使には、それ以前の想像力＝イメージ論批判という一種の闘争性が兆している。翻って、八〇年代に脚光を浴びる〈引用〉については、たぶんに高度消費社会における差異化のための知的意匠としての流通という側面が否めない。付言すれば、たとえ「言語論的転回」というパラダイムのなかで獲得された分析方法にしても、当時の闘争性という文脈から切り離されるとき、単に対象テクストを分析＝記述するための、つまりはテクスト表象的な道具として機能しはじめる。一例をあげれば、作品内の虚構＝物語内容に対する語りの審級の優位といった文脈を担いうるはずのジャン・リカルドゥーのテクスト分析の方法など、その二項対立という機制をふくめて、否応なくテクストを表象＝再現することに貢献しかねない。語りのスピード、といった視点は、まさにその種の表象性の露呈以外のなにものでもない。本書が執拗に〝戦い〟という視点を手放さないのは、そうしたテクスト分析がテクスト表象として機能することを忌避するためである。

2　ドゥルーズは、同じ文脈で「肉は感覚ではない、たとえ感覚の開示に寄与するとしても。（……）肉を固定する第二の要素が存在しないならば、おそらくごたまぜ状態、混沌状態になっているだろう。（……）肉は柔らかすぎるのだ。その第二の要素とは、骨ないし骨格、というより家であり、建築骨組みである。身体は家のなかで花開く。（……）家は一つの生成全体の様相を呈している。家は生であり、〈事物の非有機的な生〉である。あらゆる可能な様態において、平面を無数の方向に接合すること。それが〈感覚としての家〉を定義する」と述べている。さらには「芸術は諸感覚の言語行為である、言葉を介するのであれ、色彩を介するのであれ、音ないし石を介するのであれ」と言い、一例として「カフカの芸術は、領土と家、巣穴、姿勢＝肖像（……）、音＝音楽（……）についての最も深い省察であろう。そこには芸術をなすために必要なすべてがある。すなわち、ひとつの家、様々な姿勢、様々な色、様々な歌声が――ただしそれらすべてが、魔女の箒よろしく、常軌を逸したベクトルに沿って、宇宙の、あるいは脱領土化の線に沿って自らを開き、ほとばしるかぎりにおいて」と言っている。そして後藤明生の団地は、少なくとも、領土性を脱領土化のラインに沿って開こうとするせめぎあいの場所にほかならない。もっとも、「諸感覚の言語行為」という趣が鮮明になるのは、さらに後の『首塚の上のアドバルーン』（そこでは、窓からの風景という領土性がクレーの絵画を経て、モンドリアンの絵画＝色彩へと脱領土的に開かれている）や『しんとく問答』（そこでは、マーラーの音楽が戦時中の替え歌のメロディーへと開かれている）に登場する家＝マンションにおいてであるように思われる。

3　この引用の前後に、『哲学とは何か』は次のような記述をもっている。「哲学書と芸術作品は、死に対し、隷属に対し、許し難いものに対し、恥辱に対し、現在に対し抵抗するという共通点をもつ。／脱領土化と再領土化は二重の生成において交差する。もはや土着の人間と異邦の人間を識別することはほとんどできない。というのも、異邦人は、おのれのではない他者のところで土着民になり、同時に土着民は、自分自身において、自らの階級において、自らの民族において、自らの言語において異邦人になるからである。（……）自分自身において、そして自らの言語と民族において異邦人になること。」ちなみに、ここでの〈異邦〉性ないし〈外国語〉性とは、あくまでも自らの言語＝母語において生成すべきものである。その意味で、母親の記憶＝言語に呑み込まれ、それに抵抗する小説家を差しだす後藤明生の小説が、やがて外国文学の翻訳という〈自らの言語における外国語〉性を帯びる成り行きは、ドゥルーズの文脈に置くとき、きわめて理解しやすくなるのだが、それは後藤明生の小説行為に、ドゥルーズ的な意味での芸術作品に共有される一種の闘争性＝抵抗性があるからにほかならない。

Ⅳ

献立・列挙・失語

――表象の基底へ／からの金井美恵子の〝戦い〟

1

一九六八年を挟むように、後藤明生が団地をめぐる物語言説を仮構しながら、〈食べること〉の領土性に対する〈書くこと〉の脱領土的な〝戦い〟を組織する過程をすでに見たが、その際、〈書くこと〉の状況をそのように見いだす者だけが文学場に新たな変更をもたらし得ると指摘した。そしてその数少ない実践者として、後藤明生とともに金井美恵子の名を挙げたのだが、一見したかぎりでは、〈食べること〉をめぐるこの二人の小説家の姿勢ほど折り合わないものはない。

後藤明生といえば、「私はかれこれ二十何年か小説を書いて来たが、食物のことはほとんど書かなかった。理由はいろいろある。例えば、世の中のグルメ族なるものが余り好きになれない、というのもその一つであるが、簡単にいえば、食い物の話は、いわば『空気』のごときものであって、わざわざテーマになるほどのことではない、ということだったと思う」（『メメント・モリ』）と言い、あるいは「わたしは食物についても、道具類と同じで、ほとんど趣味性がない。これは、好き嫌いがないという意味ではなく、食道楽ではないという意味である。世の中の、いわゆる食通なる人種の正反対に近い」（「誕生日の赤飯」）と繰り返すように、食物にも、食物を書くことにも、一貫して素っ気ないほど興味を示さなかった小説家である。

　これに対し、金井美恵子といえば、その小説にもエッセイにも、食物が称揚されるかたちで登場し、いわゆる食をおいしく語り、書く作家としても読まれている。たとえば「あと一口」と題されたエッセイでは、「『恋愛太平記』という小説のなかにも、登場人物の四人姉妹とその母親が料理を食べたり作ったりする場面はかなり多く出てきはするものの、かつての『兎』という小説に書いたような官能的な欲望の食卓とはほど遠く、ごく日常的な白菜と豚肉の鍋やジャガイモのサラダと豚カツ、パエリヤ、小鯛の笹ずしとしゃぶしゃぶ、ステーキとブルーチーズのドレッシングのグリーン・サラダなどが、もっぱら簡単で手早く作れるという理由で登場人物たちに選ばれる」というように、加齢とともに変化する嗜好について、自らの作品に即して語っているし、「ジャン・ルノワールのジャガイモ」というエッセイでは、「それがジャン・ルノワールの映画の特質なのだが、料理の匂いがあたたかな食欲をそそる匂いとして、画面から見る者の鼻先にはっきりと伝わってくるものだから、画面を思い出すと、ついジャガイモを食べたくなってしまうのである」というように、ルノワールのフィルムの特質がその喚起する食欲とともに語られ、さらに彼の『ラ・マルセイエーズ』で絵描きが言う「三十六通りのジャガイモ料理に含まれていたのに違いない」と断りを入れた上で、小説家は「フランスの伝統的田舎料理のジャガイモと豆とキャベツのスープ」のレシピと味わいを、こんなふうに披露してみせる。

白インゲンは一晩水につけておき、柔らかく煮ておく。シチュー用の大鍋にオリーブ油を熱し、ニンニク一、二片とタマネギの荒みじん切りを色づくまで炒め、四、五センチの角切りにしたキャベツ一個を加えてさらに炒め、スープ・ストック（トリのガラと手羽先きであらかじめ作っておく）と白インゲンを加えてキャベツが透明に柔らかくなるまで煮込み、豆と同量かやや少なめのジャガイモ（一・五センチ程の角切りにしたもの）を加えて煮る。味つけは塩とコショーとタイム。

豆とジャガイモとキャベツとタマネギがとけあって作り出す匂いと味は、あたたかく深味があり、二つの植物のデンプンの混じったなめらかな舌ざわりとキャベツとタマネギの微かな甘味は、それを煮ている間の豊かな匂いを含めて、そして、このスープに良くあうのが、安いフランス・ワイン（軽い味のボージョレー）であることもあって大好きなものの一つなのだ。

ここには食と文との、〈食べること〉と〈書くこと〉の至楽ぶりが豊かに差し出されていて、やはり後藤明生の「正反対に近い」。こんなふうに食の愉楽を礼讃して見せるのも、金井美恵子に言わせれば、「小説家という職業は、昔から（……）小説だけを書いていて〈食べられる〉ということが稀れで、その持っている才能やら特技やらで、小説以外のいろいろな文章（……）をその時々に書いて、小説を書く！　という内的な切迫感など感じない長い時間を食いのばすというのが常であ」り、「そうした作家たちの何人かは、とりあえずは当代一流の名文家だったりもしたから、名文とあいまって、小説家＝食通というイメージが形成された」（「わけのわからないサラダ」傍点原文、以下同様）のではないかという。〈食べること〉と〈書くこと〉を「名文」によってつなぐこと。そのとき、文の通が食の通と等号で結ばれるのだが、金井美恵子は、この等号をさらに石川淳や吉田健一にまで広げて語る。

「エッセイのなかで石川淳は、つけ物でお酒を飲むのと、寿司屋でお酒を飲むのが好きではない、と書いていて、その理由として、冷たい食物でお酒を飲むのがどうもピンとこない、と言うのだが、この石川淳の嗜好は、私も若い時（三十代のはじめ頃まで）にはどうもさっぱりすぎるのが口に合わなくておおいに共感したのだったが、今では、つけ物もお寿司も日本酒とよく合うと思うようになったうえに、吉田健一が書いていて、これも若い時分には実感に乏しかった、鍋を食べながらお酒を飲むのは気忙しくて疲れる、というのも、やや実感できる気がするのである。」（「わけのわからないサラダ」）

　こうして、自身の食への嗜好の変化を、石川淳と吉田健一の文とともに語ることで、金井美恵子と彼らとのあいだに小説家＝食通という等号までが共有されることになる。そうした共有ぶりは、『小説論』での「吉田健一が『息子と恋人』について、「お茶」の時間のことが書かれているのに、お茶と一緒に出て来るのがバタ付きパンだけなのにはいかにも興ざめと書いていたのを、ゆくりなくも思い出しますが、私はそれにとても共感します。ロレンスの実生活の問題ではなく、小説として興ざめのメニューではありませんか。フロベールやディッケンズ、ゴーゴリ、ジョイス、谷崎潤一郎、岡本かの子の小説に出て来る食物の描写は言うまでもなく、ロレンス流とは正反対です」といった発言にも認めることができるが、つい、あまりの対照ぶりに、後藤明生が「寿司屋でお酒を飲む」光景を参照したくなる。彼は『メメント・モリ』にこう書いている。

「病気前の私は食べ物にはまことに無関心な人間で、特に寿司屋へは人から誘われなければ入らなかった。まったく食べないわけではないが、なま物はニガ手に属した。だから人に誘われて寿司屋に入っても、卵焼きだけで、あとは酒ばかり飲んでいるといった、寿司屋では最も好かれない客だったのである。」

言うまでもなく、小説家と食通を結ぶ等号など、ここには一切ないが、見落とせないのは、この等号には、〈食べること〉への、〈食べること〉を表象することへの、〈書くこと〉の全面的な協力というか降伏が兆している、という事実である。食を旨く書く、という小説家の技術は、一方で、いかなるものでも表象可能だという〈書くこと〉の全能感を自らにもたらしながら、他方で、〈書くこと〉と〈食べること〉のあいだに布置可能な〝戦い〟を、食べ物と言葉のうまさによって二重に掩蔽するようにもはたらくのだ。「名文」とは、だからそうした掩蔽の技術に与えられた呼称とも言えるのである。

2

とはいえ、金井美恵子を単に〈食べること〉を称揚する小説家として読むことはできない。食と〈食べること〉を惜しみなく小説に導き入れながら、同時に、金井美恵子はそうした健啖ぶりに食傷という姿勢をぶつけている。一例を挙げれば、『小春日和』で、朝食に旅館の夕食のような献立が用意されたとたん、「あたし」は「目いっぱい御馳走を並べたてられても、胃袋に受け入れ態勢というものが出来てないわけだ」と口にし、「朝食」を「ずいぶん残し」もするではないか。健啖と食傷。あるいは食欲と食欲不振。ともにもつことの不可能な二つの趨勢を同時に維持することじたい、すぐれて戦略的であって、その戦略性がいったいどのような〝戦い〟を可能にするのかを、われわれは見とどけようと思う。[1] 金井美恵子を食通としての小説家から奪い返すこと。それが、この小説家の出発を考えるとき、なにより不可欠な作業となる。

　ではいったい、金井美恵子は、どのように最初の小説『愛の生活』（六七年八月）を書いたのか。それを問うことは、この小説家がどのように〈書くこと〉をめぐって〝戦い〟を組織したかを問うことに等しい。一言でいえば、それは一連の献立を書くように、と言える。後藤明生が〝団地〟を小説に持ち込むことで組織した〝戦い〟を、金井美恵子は〝献立〟を小説に持ち込むことで難なく遂行している。「食べる場所を中央に据え」、「食べるものを中心に考えられている」後藤明生の団地において、書くための〈もう一つの部屋〉の獲得と確保をも意味する〝戦い〟が組織され、それが口や舌や歯といった領域を、摂食器官から発語器官として奪い返す脱領土化の〝戦い〟として読みうるとすれば、金井美恵子の献立もまたすぐれて〈書くこと〉と〈食べること〉が限りなく接近し、両域のフロントが形成され共有される契機にほかならない。その意味で、後藤明生にとっての団地は、金井美恵子にとっての献立なのだ。より正確に言えば、金井美恵子は小説に献立を持ち込んだというより、献立を書くことが小説を書くことと等価であるようなエクリチュールを実践したのであり、すんでのところで、小説を献立にしかねなかったとさえ言えるかもしれない。『愛の生活』は、その冒頭から〈書くこと〉と〈食べること〉の〝戦い〟そのものの記述でさえある。

一日のはじまりがはじまる。

昨日がどこで終ったのか、わたしにははっきりとした記憶がすでにない。昨日がどんな日であったのかを、正確に思い出すことがわたしには出来ない。枕元の時計を見ると十時だ。昨日の夕食に、わたしは何を食べたのだったろう? 昨日の夕食に、わたしが食べたのは、牡蠣《かき》フライ、リンゴとレタスのサラダ、豆腐のみそ汁だった。

一昨日は、ポーク・チャップとジャガイモのサラダと葱《ねぎ》と油揚げのみそ汁を食べた。昨日の昼食はクロワッサンに牛乳で、一昨日も、同じだった。昨日、やはり十時に起きた時、わたしは一週間前までの、夕食と昼食の献立を仔細に思い出そうとして、遂に成功して、それをちゃんとノートに書いておいた。ところが今朝は、それを断片的にしか思い出すことが出来ない。昨日の朝、わたしは四日前の夕食に何を食べたか思い出せなくて、Fのところへ電話をした。

この冒頭では、食べてしまったものを後から思い出し、「それをちゃんとノートに書いておいた」というように、〈食べること〉に対する〈書くこと〉の遅れ、というかたちで後者の非領土性が提示されている。ところが「わたし」は「四日前の夕食に何を食べたか思い出せなく」なって、なんら献立を書きとめることができなくなる。このことによって、〈食べること〉に対する〈書くこと〉の遅れが、〈書くこと〉を徹底した失地の状態に置くのだが、それは、ものを食べているときの、口や舌や歯が食物に占有されて言葉が排除されるという発語の劣位（それが言語行使者の条件でもある）と相即的である。その意味で、金井美恵子は〈書くこと〉の根底にかかわる問いにふれることから小説を書きはじめたと言える。

しかしながら、この献立を想起する作業において、想起された料理だけを視野に置くとき、献立はたちまち〈書くこと〉を食通＝小説家という視座に回収しかねない。「牡蠣フライ、リンゴとレタスのサラダ、豆腐のみそ汁」、「ポーク・チャップとジャガイモのサラダと葱と油揚げのみそ汁」、「クロワッサンに牛乳」という献立には、そうした〈食べること〉の専制（もちろんそれは快楽を与えてくれる）に通ずる両価性が潜んでいる。そしてその両価性は、〈書くこと〉の非領土性を意識するかぎり、小説家にとって二重拘束的にはたらきうる。というのも、食べたものを書くという作業において、〈書くこと〉は〈食べること〉に遅れてしか可能にならないばかりか、〈書くこと〉を首尾よく遂行し得ても、そこからは常に表象された献立の優位がはじまるからである。そうした〈食べること〉の専制を脱臼させるためには、逆説的だが、〈書くこと〉を常に進行中の作業にしておくために食べつづけるか、あるいは、食べたものを思い出せないようにして、常に何を食べたかと問いつづけるようにしなければならない。『愛の生活』の「わたし」が置かれているのは、まさにその状態であって、「わたし」が四日前の金曜日の夕食の献立が何だったかを問いつづけるのは、そのためである。

——金曜日の夕飯に何を食べたか覚えていて？
——金曜日？　おでんだったのじゃないの？
——いいえ、違うのよ。それは土曜日だったわ。
——そうか。じゃあ牡蠣フライだ。
——それは昨日よ。
——わかった！　ほら、出来そこないのミンチ・パイだったじゃないか。
——ふん。それは木曜日よ。
——金曜日、平目《ひらめ》のフライだ。そうだ、平目のフライだろう？
——思い出した。思い出したわ。平目のフライね。これで安心したわ。

この電話での夫への問いは、〈書くこと〉の遅れという基本的な失地の状態をあからさまに示している。金曜日の夕食の献立を思い出してノートに書く、という作業として、この問いはまさに〈食べること〉に対する〈書くこと〉の遅れを維持している。そしてこの維持は、じつはもう一つの維持、この小説自身を書く、という遅れの維持そのものでもある。この対話の進行中にあって、献立を思い出し書きつけようとする「わたし」の作業は、そのことを書く小説家の作業と相即的である。その点で、献立を書くという行為が小説家の言語行為と重なるばかりか、それは書くこと《エクリチュール》そのものの条件性にまでふれているのである。

しかしながら、金曜日の夕食の献立は完成する。そうして昨日の夕食までの一週間の献立に〈書くこと〉が追いついた以上、「わたし」にはもはや今朝の献立しか書くべきものは残されていない。だから当然、「朝食はコーヒー一杯か、あるいはカフェ・オ・レを飲むだけだ」と書かれることになるし、夫の朝食にしても「毎朝食べるものが同じだ」と断りながら、その献立が言及される。「ベーコン・エッグ（卵はいつも一つで、ベーコンの薄切れが二枚）、レタスのサラダ、トースト一枚、コーヒー一杯」というように。そしてついに、もはや〈食べること〉の先行性が完全になくなる。〈食べること〉に〈書くこと〉が限りなく接近し得た以上、もはや何かを食べないかぎり書くべきことは何もないからだ。それは、何も書くことがないと同時に、すべてを書くことができる一瞬でもあり、書くこと《エクリチュール》をめぐる転倒が可能になる瞬間でもある。〈書くこと〉が対象を持たずに全方位的に待機している状態。それは、ほんらい他動詞である〈書くこと〉が自動詞として開示される瞬間と言えるかもしれない。だが、そのままでは小説は進行しない。自動詞としての〈書くこと〉を恒常的に維持することなど小説にはできない。すぐさま小説的な企てとその対象が要請される。[2] 小説家はそれを夫のつかの間の〈不在〉という出来事として設営し、するとその不在を充塡する[3]ためだけでもあるかのように、つぎつぎと食べ物と飲み物が〈書くこと〉の場に招喚される。

「わたし」は喫茶店に入り、夫に電話すると、いるはずの仕事場に夫はおらず、不在が確認される。するとすぐさま「わたしはオレンジ・スカッシュを注文」し、その飲み物が書く口実を与えてくれる。前回、夫の友人でもある画家と会ったとき、彼も「オレンジ・スカッシュ」を注文していたことを「わたし」が思い出す、という具合に。その想起が〈書くこと〉を牽引する。さらに、その画家とともに、京都に発つ知人を送った日に「池袋のデパートの食堂」に入ったことが思い出され、献立づくりは間接的に過去に向けてなされるのだが、何よりそのとき「わたし」には京都に発った友人からの手紙が、読むべきものとして、つまり飲み物と競合するように発語行為（たとえ黙読であれ）によって口を占領するべきものとして与えられ、画家との会話の想起とともに言表化されて行く。（ちなみにこの手紙への返事もまた、昼食のあと入った喫茶店で注文したコーヒーという飲み物から発語器官を奪い返すように言表化されることになる。）そしてそのための言葉が消費されると、「映画館の近くの洋菓子屋と軽食堂を兼ねた店で、わたしはミックス・サンドイッチとレモン・ティーを食べ」る。この食べ物の補給で、想起はふたたび言葉を与えられ、画家と新宿で会った日が金曜日であったこと、その帰りに「駅前の商店街の魚屋で、平目の切り身を二つ、バター半ポンド、卵十個。昼食用のクロワッサン一袋、レタス一個、リンゴ五個を買った」ことを「わたし」は思い出すのだが、ここでは想起がほとんど献立と等価の、食材の列挙というかたちで〈書くこと〉に場を与えている点に注意を向けなければならない。

平目の切り身二切れ。
バター半ポンド。（雪印バター）
卵十個。
これは魚屋で買った。
レタス一個。
リンゴ五個。
これは魚屋の隣りの八百屋で。
クロワッサン一袋。
これは角のパン屋だ。

食材の列挙は献立の変奏であって、そこでは〈食べること〉と〈書くこと〉の両域が接触面《フロント》を共有している。あるいは、食べ物と名指すことが、事物と表象がを共有している、と言い換えてもよい。接触面《フロント》を共有するとは、絶えず〈食べること〉に対し遅れとしてあった〈書くこと〉がその遅れを解消しているということであり、半面、〈食べること〉の領域に接近しすぎた〈書くこと〉は、たちまち自らの限界《リミット》を顕わにしかねない、ということでもある。だが、その限界《リミット》が顕わにならないかぎり、そこではなにもかも表象可能であるという表象の全能ばかりが跋扈しはじめるだろう。食材の列挙とは、そうした表象の限界と万能とがともに可視となる両義的な折り返し地帯にほかならない。金井美恵子は『愛の生活』から、そうした一種の基底《ボトム》に触れてしまったのだ。料理を列挙し、食材を列挙することによって。食べ物の名を挙げ、それを並べるとき、表象は限りなく事物の領域に接近し、事物にほとんど貼りついている。それは表象を統率する力としてのシンタクス（統辞法）が限りなくゆるみ、〈書くこと〉の領域を維持する牽引力を半ば事物の領域に委ねている状態でもある。[4] 平目の切り身二切れを、「平目の切り身二切れ」と名指すこと。それは表象の、〈書くこと〉のリミットを事物にむけて開くことにほかならない。

　だがそのとき、食材とその呼称のあいだに、事物とその表象のあいだに、さらには〈食べること〉と〈書くこと〉のあいだに、二重のフロントが形成される。フロントの、ぎりぎり事物の側、つまり食材の最後の状態に立つとき、表象の限界がそこに貼りつくように露呈している。それは〈書くこと〉のリミットそのものを指示してもいる。それに対し、表象の側に立つとき、それは統辞の力が希薄になっている以上、表象の限界ではなく、むしろ純粋な表象の快楽を提供してくれる。ちなみに、そうした二様のフロントについて、ロラン・バルトは『テクストの快楽』（一九七三）で、まさに食物の列挙を例に語っている。「読んだばかりの古いテクスト（スタンダールの語る聖職者の生活の挿話）に、列挙された食物が登場する。ミルク、タルティーヌ、シャンティのクリーム・チーズ、バールのジャム、マルトのオレンジ、苺の砂糖漬け。これもまた純粋な表象の快楽（この場合、食いしん坊の読者にだけ感じられる）だろうか。しかし私は、ミルクも砂糖を使った多くの料理もあまり好きではなく、この種の軽食の細部に駆り立てられることはほとんどない。おそらく、《表象《ルプレザンタシオン》》という語の別の意味に結びついている、別の事態が生じているのだ。議論において、だれかが何かを相手に警告《ルプレザンテ》するとき、その人は現実の最後の状態を、現実のなかにあって手に負えないものを単に挙げるだけである。同様に、おそらく小説家は、食物の名を引用し、列挙し、通告する（その食物を書きとめ得るものとして扱う）ことで、読者に、素材の最後の状態を、つまり素材にあって乗り超えることのできないもの、遠ざけることのできないものを押しつけるのだ。（……）まさにそれだ！　この叫びは、知性の閃きとして理解すべきではなく、命名行為の、想像力の限界《リミット》そのものとして理解すべきである。」

　ここで、バルトの力点は列挙された食物のもたらす「快楽」にはない。スタンダールから引用された食物は、どれもバルトの好みに合わず、「この種の軽食の細部に駆り立てられることはほとんどない」とはっきり言明されている以上、論旨の中心は明らかに「食物の名を引用し、列挙」することが「素材の最後の状態」に触れ、素材にあって言語＝表象化できないものにぶち当たっている事態そのものにある。それは「命名行為の、想像力の限界」を自ら示すことであり、ドゥルーズとガタリの『カフカ　マイナー文学のために』の言葉で言えば、「言語行為が自らの極限やリミットに近づくために表象的であることを止める」（強調原文）状態にほかならない。そしてここで強調したいのは、献立、食材の列挙、メニュー、伝票、メモといった金井美恵子の偏愛する領域には、食物や食材の「純粋な表象の快楽」とは別に、ことばが表象的であることを止めるリミットが横断しているということなのだ。

つまり食材の列挙にも献立にも、そうした二重のフロントが折り込まれていて、しかもその二重性は分裂的であり、分岐的なのだ。表象のリミットが顕わとなる方向と、表象の快楽が差し出される方向。そして後者の方向に進むとき、小説家は〈書くこと〉をいわゆる「名文」のもたらす快楽（おいしさ）の名のもとに〈食べること〉に従属させるだろう。前者の方向をとるとき、そこには〈書くこと〉が表象的であることを止めるという代償を払っての、〈食べること〉に対する〝戦い〟が可能となるだろう。食物＝料理の名を列挙する献立＝メニューとは、まさにそうした二方向が同時に可能になる場であって、その両価性を前に、いったい金井美恵子は『愛の生活』以降どのように振る舞うのか。

問題はそこにある。たとえば、前者の線上にあるのが、『岸辺のない海』（七一年一二月―七三年四月）の途中で二ページにもわたり地の文の統辞を中断するように列挙される「生鮮食料品」の食材リストと「保存食料品」の食材リスト[5]であるとすれば、後者の線上にあるのが、『兎』（一九七二）で披露される「官能的な欲望の食卓」である。

そして金井美恵子は、そうした両極性そのものを踏破するように、あるいはジャンプするように小説を書いていく。まずは表象のリミットに踏みだすように『愛の生活』を書き、やがて間もなく『兎』でその反対方向へ踏み切る。予め示唆しておけば、問題はその二つの極のあいだで、方向をどのように変えるのか、その機制と意味ということになる。いま言えるのは、二つの極のあいだで明らかに方向を変える契機が存在したということであって、それについては次章で詳しく論じようと思う。

3

話を『愛の生活』にもどそう。少なくとも、この小説においては、表象の可能性＝万能性のみを称揚するようには献立も食材の列挙もメニューも書かれてはいない。そこでは〈書くこと〉が遅れという不利を承知で〈食べること〉の領土性と戦っている。その〝戦い〟はほとんど戯れていると言ってよいほど、両域はフロントを共有しあい、互いに形勢の逆転をねらっている。そしてそのための戦略（だからそれは両域の接触をうながす口実でもある）を、この小説家は〈書くこと〉の不可能性が露呈するかたわらに、そっと布置してさえいる。

《おたより拝見。返事はいらない、とのことでしたが、わたしが書くことは、返事という形式にこだわるこだわらざるとにかかわらず、わたしが始める時に始まります。現在、木馬にいます。(……)

絶え間無い空腹感が、いつもわたしを脅やかしています。いつも空腹で、何か食べたいと思わずにはいられないのです。ところが、いざ食物を一口か二口、食べてしまうと、あんなにわたしを不安にさせていた空腹感は、もう跡かたもなく消えてしまう。見るでさえ、わたしの咽喉をつき上げてくるのは吐き気です。今も、わたしは空腹を感じていて、何かを食べたいし、食べるのに違いありません。ここに来る前にも、わたしはサンドイッチを少々とレモン・ティーを食べました。それをわたしは全部食べきれなかったし、これから食べる何かも、きっと食べきることはないでしょう。わたしはいろいろな料理の味を、想像してみます。さまざまな料理の変化無量の調理法、色刷りのクック・ブックの、食欲をそそらせる為に不自然な程おいしそうに写してあるカラー写真、料理について書かれた文章。今、わたしはそれを全部食べられそうな気がするのです。わたしの好きないろいろの料理を、わたしは食べる自由があるのです。それでも、わたしが食べ物を口に入れるとやって来る吐き気は、一体何なのでしょう?(……)》

途中まで書いて、わたしはペンを投げ出してしまう。突然、わたしは彼に向って語りかける言葉を見失ってしまうのだ。

この手紙じたい、喫茶店に入ってコーヒーを飲むかたわらに引き寄せられた〈書くこと〉の領域にほかならない。知人への手紙であるのに、そこに前の店で口にした「サンドイッチを少々とレモン・ティー」という献立が記されるのは、そのためである。その意味で、この手紙には〈食べること〉と〈書くこと〉のフロントが横断している。そしてそのとき、「わたし」はまさに金井美恵子的な両価性を体現してしまう。「わたし」は一方で空腹を感じ、「何か食べたいと思わずにはいられ」ず、「いろいろな料理の味」を「料理について書かれた文章」とともに想像し、「それを全部食べられそうな気がする」。これは、言うまでもなく、表象の欲望と快楽を称揚する方向にほかならない。他方で「わたし」は「いざ食物を一口か二口、食べてしまうと」、空腹感も食欲も「跡かたもなく消え」、それ以上「食べきることはない」。だがここでは、この両価性のうち、一方を作動させない戦略が〈書くこと〉によって〈食べること〉の近傍に用意されている。それが「わたしの咽喉をつき上げてくる」嘔吐感ないし「吐き気」なのだ。食べることの失調としての「吐き気」。これが、献立や食材の列挙や伝票やメニューといった、〈食べること〉と〈書くこと〉のフロントが維持される場において、表象の快楽に向かう方向性を失調させる。「わたしが食べ物を口に入れるとやって来る吐き気は、一体何なのでしょう?」という問いこそ、献立や食材の列挙といった両価的な契機において、〈書くこと〉が〈食べること〉の専制に対して布置する戦略を指し示している。

この「吐き気」とともに食欲は失調する。吐き気と食欲を同時にもつこと。その限りにおいて、〈書くこと〉は〈食べること〉に回収されずにすむ。その意味で、金井美恵子の「吐き気」は、空間的な配置を通して〈食べること〉が中心に置かれる団地という契機において後藤明生の採用した「下痢」という戦略と等価だと言える。そして、この「吐き気」を放擲したときに、「大作家たち」が「書くことの欲望」によって作り出した食卓の甘美で豊かな（……）メニュー」[6]（傍点原文「あと一口」）が可能となるのだ。ここでの「書くことの欲望」とは、すべてを甘美で豊かに表象するという欲望とは、〈書くこと〉の全肯定のように見えて、〈書くこと〉があらゆる領域（〈食べること〉をふくめて）に対し従属することを前提に成立するものだからである。

　だが『愛の生活』では、「わたし」は食べつづける。「木馬」という喫茶店を出たあと、「わたし」はまたしても「食事の出来そうな明るい造りの店」に入る。食欲と吐き気に引き裂かれながら、食べつづけること。そうすることで、そのかたわらに〈書くこと〉とのフロントが引き寄せられる。『愛の生活』は、だから食べつづけることで書きつづけることが可能となる小説と言えるかもしれない。そしてその新たな店では、「二人のウエイトレスが、メモ用紙のような伝票をエプロンのポケットに入れて」注文をとり、料理を運んでいる。この「伝票」こそ〈食べること〉と〈書くこと〉のフロントが横断する場であり、まさに献立の変奏であって、さらにメニューもまた、すでに書かれてはいるが、同様の契機にほかならない。

　一人の小柄なウエイトレスが、メニューのカードと水を持ってやって来る。

　わたしは素早くメニューに目を通し、ビールの小罎《こびん》とハンガリア風ビーフ・シチュー、パン、コーヒーを注文する。
ウエイトレスは、わたしの注文を復誦し、ボール・ペンを走らせて、カーボン紙のはさみこんである伝票に注文を次々と書き込む。

「ビールの小壜とハンガリア風ビーフ・シチュー、パン、コーヒー」が形成する戦線《ライン》が、どこに延びているかはもはや言うまでもないだろう。その方向に添って、「わたし」は周囲の客の注文した料理をも次々に言葉へと招喚している。隣りのテーブルの四人の男女が食べているのは、「チキン・レバーかなんかの煮込みのゴテゴテしたものと、サラダとごはん」、それに「カツレツとエビ・フライのクリーム・ソースかけ（どちらにもジャガイモ・サラダが皿のわきに付いている）と、ごはん、それにビールが二本」といったように。そうして「ハンガリア風ビーフ・シチューが出来て来る」と「香料の豊富に入った」その料理に「わたし」は「食欲をそそ」られるのだが、「スプーンで二、三口シチューを口に運んでいるうちに、わたしは再び食べる気がしなくな」る。店に入ったときに感じた「嘔吐」感がよみがえるのだ。そしてこの「嘔吐」感が、表象の快楽をも失調させる。そこに残るのは、料理とぎりぎりに接した呼称（料理名）であり、表象のリミットである。それがここでは二重に差し出されている。メニュー（これもまた献立の列挙である）を見て、料理と食物の名をいくつか列挙することで、そしてその注文を復誦し、そのまま「伝票」に料理と食物の名を「次々と書きこむ」ことで。そのとき顕わとなるのが、〈書くこと〉の基底《ボトム》なのだ。その一歩先に待っているのは、もはや表象の領域ではなく、食物の、食材の最後の状態であり、もはや言語によっては乗り超えることのできないものである。そのリミットに、この注文による「伝票」記入の行為は触れている。金井美恵子は『愛の生活』で、貪欲に〈食べること〉と食べるものの近傍に献立や食材の列挙や伝票を布置することで、まさにこの表象の基底を招喚してしまったのだ。だからそれは、もはや言葉を行使することが不可能な領域に触れることから小説を書きはじめることを意味している。そこに触れれば、もはや小説を書くこともできないようなデッド・エンドから、金井美恵子は小説を立ち上げたのである。ベケットなどの試みを別にすれば、これは日本の近・現代文学においてほとんどと言えるほど例を見ない。とすれば、いずれは一つの問いを小説家は自らに差し向けなければならない。それは、そのデッド・エンドをさらに突き破る方に踏み出すのか、それともそこでくるりと表象の快楽の方へと転向するのか、という問いである。そのとき、金井美恵子はどのように〈書くこと〉を維持するのだろうか。

4

かつてこのような問いを立てることのできる場所に出てしまった小説家は、後藤明生を別にするとほとんどいないのだが、金井美恵子は果敢にも、『愛の生活』の次の一歩を、そうしたデッド・エンドの方向に踏み出す。その全面的な試みの記録が一九六八年に発表された『エオンタ』にほかならない。それにしても、なぜそれは一九六八年なのか。そうと問うことはできるだろうが、その答はおそらくない。一九六八年を予め一種の符丁のように前提とすることはできないし、避けようと思う。[7] 言えるのはただ、一九六八年において、そうした〝戦い〟がこの小説家によってほとんど独力で続行されたという事実である。

ではいったい、金井美恵子はどのように突き当たったデッド・エンドに踏み出すのか。それは、失語症に陥った詩人（Pと呼ばれる）を主人公に据え、「彼の眼に事物はどのように映じ、どのように把握されている」かを差し出すことによってである。つまりそれは、失語というかたちで失われた表象領域に、事物の側から接近しようという試みにほかならない。「鏡なら鏡と、ナプキンならナプキンと、薔薇なら薔薇と、これらの事物の名を呼称することが出来るだろうか？」という問いに、その試みは集約されている。「手を伸ばせばすぐ触れられる位置にあ」る、しかし「日常的な時空から切り離されて存在する事物を命名する」こと。その試みは「物品呼称テスト」として詩人に差し出されるが、言うまでもなく、それは小説家がすでに一作目を書くことで自ら招き寄せた表象のリミットそのものである。

診察室の机の上に次から次に並べられる、さまざまな物の名をPは告げなければならない。鍵や鉛筆や時計や、そういったさまざまな物は脈絡なく前後の関係を絶って、本来あるべき場所を離れてPの前に置かれる。だから、彼は眼の前に置かれた物を見ることによって、それを理解し名前を告げなければならない。命名するためのヒントは一切与えられていない。それらの物はPによって命名されることを強く要請していたはずだ。そのために彼は混乱し、鍵を手に持って長い間それをひねくり廻してみたりする。確かにPの手の中には物があり、その物は、ある用途のため、戸を開けるため、小さな穴にさしこんで……そんなふうに使う物なのに違いない。では、それは何という名前なのだろう？　わからない。言うことが出来ない。彼は首をふる。失われたのは言葉なのだ。鍵という言葉や時計という言葉や、もっと多くの言葉なのだ。しかし、鍵が鍵という言葉で呼ばれないとしたらその物は一体何なのだろう。鍵とも呼ばれず、その物とさえも呼ばれないとしたら？　それは鍵の不在であり、言葉の不在、世界の不在、あらゆるものの不在に他ならない。

鍵が、時計が、鉛筆が日常とは別のコンテクストを形成する「診察室の机の上」とは、事物と表象のフロントが共有されるフィールドにほかならない。さらには、言語行為が自らの極限やリミットに近づくために表象的であることを止めた状態、と言うこともできる。事物を前にその呼称を発するとは、表象行為のリミットとモノの最後の状態の境位において、モノの側から表象の側へジャンプすることであり、それはほとんど食べたいもの、食べたものを前にその名を列挙する行為に等しい。献立、あるいは欲しい料理の名を口にし、それを書きとめた伝票という契機。それは「物品呼称テスト」を〈食べること〉のフィールドで遂行しているにすぎない。その意味で、失語した詩人に要請されているのは、〈食べること〉の領域にある物に限らず、あらゆる事物（その総体はまさに世界というべきである）の献立を発することなのだ。そこでは献立を作成することが、事物の、そしてその総体としての世界の再構築を意味するだろう。『愛の生活』においては、献立の作成が、何を食べたかによる過去一週間の時間の把握にあるとすれば、『エオンタ』においては、世界というコンテクストの再構築にある。事物に名を与え、事物の領域を回復し、いわば世界の統辞法を見いだすことが、そのまま言語の、表象の、〈書くこと〉の領域を再び獲得することにもなるような基底に、『エオンタ』の詩人とともに金井美恵子は向き合っている。

ちなみに、そうした基底を、フーコーは『言葉と物』（一九六六）の「序」でこんなふうに語っている。「ある種の失語症患者は、台のうえにおかれたいろいろな色の糸の束を、整合的なやり方で分けることができないという。（……）彼らは、物がふつう配分され名づけられるなめらかなこの空間に、粒状で断片的なおびただしい小領域をつくりだし、そこでは、名もあたえられない類似関係が、物を非連続ないくつもの孤島のなかに押し込めてしまう。」（渡辺一民・佐々木明訳）これは狭義には、ボルヘスにおいて、場所と名にかかわる「共通なもの」が失われている事態を指しているが、基本的には『エオンタ』の失語症の詩人が向き合う「物品呼称テスト」そのものではないか。そしてフーコーの言う、物と名の配分関係が破れたときに出現する「粒状で断片的なおびただしい小領域」とは、まさにこの小説家の偏愛する献立・メニュー・伝票という領域であって、「名もあたえられない類似関係が、物を非連続ないくつもの孤島のなかに押し込めてしまう」という「孤島」こそが、『愛の生活』と『エオンタ』

を書いた小説家が向き合っている基底《ボトム》であり、デッド・エンドの姿でもある。その基底に小説を書いて突き当たったところに、金井美恵子の〝戦い〟がある。それは文学場を対象とする以上に、言語というフィールドそのものを問う徹底した〝戦い〟と言うべきだろう。

だから「物品呼称テスト」が行われる「机の上」とは、そのような問いが可能になる場であると同時に、表象のリミットをぎりぎり超えてしまった場なのだ。事物を前に、詩人がかろうじて表象的であるには、その事物に呼称を配分し直さなければならない。だがその再配分さえ不可能であることが確認される場でもあるのだ。そしてそのような場を、金井美恵子は詩人にどのように割りあてるのか。じつは、その割りあて方にこそ、『エオンタ』での金井美恵子の苛烈な〝戦い〟ぶりを見ることができる。それは、〈食べること〉に対して非領土的な位置に置かれた〈書くこと〉の、摂食器官に対して非領土的な位相にある発語器官の、再領土化の可能性さえ奪う〝戦い〟にほかならない。金井美恵子は『愛の生活』において、食欲を失調させる「吐き気」を並置し、〈食べること〉の領域を〈書くこと〉に委譲する可能性を差し出していたが、『エオンタ』においては、「吐き気」ではなく徹底した「嘔吐」そのものを招喚することで、摂食器官の領土性を封じ、そこに発語器官の優位を導くように見せておいて、だが今度は自らの領土を獲得しはじめた発語器官そのものを、さらに封じてしまうのだ。それは、二重の非領土化にほかならない。

ではいったい、金井美恵子は二重の非領土化を小説においてどのように遂行するのだろうか。

二枚の唇自体が、深い傷口の縁であり、微かに舌を覗かせている裂目は、彼女の内部そのものを覗かせているのだ。Pは嗚咽のために絶えず小刻みに震えている唇の間に舌をさしこむ。彼の舌はAの内部の孤独に向ってさしこまれる。暗い肉色の闇で出来たAの内部に向って——。彼女はこみあげて来る嗚咽の衝動と一緒に、薄められた血の味のする唾液を飲みくだす。それから彼女は胃からつきあげて来る吐気に蒼ざめ、身を震わせながら、嘔吐という肉体の反逆に耐えようと努力する。しかし、吐気は痙攣と交りあって、何度も喉もとにこみあげて来る。彼女は力の無い仕草でPの身体を押しのけて、顔を背ける。彼女はベッドの上に上半身を起す。すると胃の中の、食物の滓《かす》のドロドロした熱い酸性の溶液が、おし開かれた桃色の傷口まで溢れ出す。Aの裸の胸は温い吐瀉物の粘液と、溶けかかった食物の滓で汚れ、吐瀉物は胸を伝い、下腹から股の間まで流れる。(……)Aは蒼ざめた顔で眼を閉じたまま動物のような呻き声を漏し、苦痛と昂ぶった感情のために涙を流しつづける。(……)

それから、彼女は浴室のドアを開け、冷たいタイルに跪《ひざまず》いて、便器の中に、胃液と少量の溶けかかった固形物を吐き、それでもまだ胃は吐気の衝動に痙攣しつづけ、彼女の口の中は腐敗した食物と酸っぱい胃液とねばねばした唾液で充される。

(……)

Pは洗面台に向って、体をかがめAと同じように吐きつづける。茶色のドロドロの汚物の飛沫が白い陶器のなめらかな肌理《きめ》を汚す。白い陶器の肌理を、汚物はその重さのためにゆっくりと中心に向って流れ落ち、彼はそれを眺めながら、また吐きつづける。二人とも最後には血のまじった唾液を、しぼり出す。

一見して明らかだが、ここには、いつごろからか金井美恵子の作中人物たちの肌を官能的に浸すことになる汗や体液といった〈水〉の主題系に連なるものの気配はみじんもない。もはや「吐気」でさえなく、「嘔吐」そのものが食べた物を無効にし、〈食べること〉の専制を封じている。その「嘔吐」を彼女のうちに惹き起こすのがPと呼ばれる詩人の〈舌〉なのだ。詩人の舌は、まるでそこから彼女の存在そのものが裂開しているかのような(「彼女の内部そのものを覗かせている」)「裂目」である口にさしこまれ、そのことが彼女の徹底した「嘔吐」を促す。と同時に「Pは彼女の言葉を舌の先で攫《さら》い、彼女を沈黙に導く」というように、詩人の舌は彼女の言語そのものをも奪い、沈黙をもたらす舌でもある。そうすることで、詩人もまた「嘔吐」し、自らの言語を奪われ、沈黙を余儀なくされるのだが、言うまでもなく、詩人の沈黙とは失語にほかならない。

ところで、そもそも詩人の舌《タング》とは、詩人の言語《タング》そのものではないか。その舌=言語が彼女の口をふさぐのだ。それは〈食べること〉からも〈話す〉ことからも、その器官を奪うということだ。だからこそ、彼女は「沈黙」し、すでに摂取した食物までもどすのだが、詩人もまた自らそれを繰り返す。相手の口を舌で占領するということは、自らの舌も口も同時に占領したものによって占領されるということにほかならない。それは自らの舌も口も歯も、つまり摂食器官であると同時に発語器官でもある部位を占領されるということなのだ。だからこそ、詩人も徹底して「嘔吐」し、まるで言葉までも吐きつくしたかのように、自らの言語＝舌の行使を奪われるのである。舌＝言語の相互奪取。それは、〈食べること〉と〈書くこと〉の領土化と非領土化が共起し接触面を共有し、もはや単に領土の画定さえ不可能な状況を差し出している。〈食べること〉は〈書くこと〉から領土を奪い、〈書くこと〉は〈食べること〉から領土を奪いつづけるということ。その絶えざる〝戦い〟のなかでこそ、この小説家にとって〈書くこと〉が可能になる。献立が、失語者の「物品呼称テスト」が、そして舌＝言語の相互奪取が示しているのはそのような事態にほかならない。金井美恵子は、ここで、単に嘔吐しながらの性愛を差し出しているのではない。たとえ、言葉を失うほどの究極の愛といった文言が可能になるとしても、ここで遂行されているのは、摂食器官としてばかりか発語器官としての舌をも相殺する光景であって、そのことにより金井美恵子は、〈食べること〉も〈書くこと〉をも非領土化してしまう。それは食物と同時に言語を奪われるということであり、二重の非領土化を意味するのだが、同時に、金井美恵子が二重に〝戦い〟を遂行しているということであって、優位を獲得しかけた言語中心主義（一九六八年前後の文脈では「言語論的転回」と呼びうる傾向と重なる）に対しても〝戦い〟を組織している、ということなのだ。それは、別の言い方をすれば、シニフィエに対するシニフィアンの優位といった惹句に代表される言語中心主義をも相対化する作業にほかならない。

　こうして、金井美恵子は『エオンタ』で、もはやそれ以上、詩人であることも小説家であることもできない表象のデッド・エンドに事物の側から触れてしまったのである。しかしそれがデッド・エンドである以上、いくら踏み出しても、前進することはできない。その先には、詩人同様の失語しかないからである。では、『エオンタ』からさらなる一歩を、金井美恵子はどう踏み出すのか。それは、食物を吐き、言葉までを吐ききった小説という胃袋に、さらに何を与えることができるのかを問うことにほかならない。

注

1　ここでは、この小説家がどのような〝戦い〟の意図をもって小説を書いたかどうかは重要ではない。作者が把握しうる意図を超えて（ときにはそれを裏切って）、小説そのものがすでにある種の戦略性をまとい、勝手に応戦態勢をとっていることが重要なのだ。そうした姿勢こそ、そこで何らかのかたちで〝戦い〟が遂行されている証だからである。それにしても、後藤明生が〝団地〟とともに意図して組織した〝戦い〟を、金井美恵子の小説は〝献立〟によって意図せずに軽々と遂行している。

2　小説的行為とは、小説の内部においては、主体（主人公）の行為とその対象といったかたちをとるが、それを、行為を支える構文として見れば、主語＝動詞＝目的語という構造になるだろう。ここで「自動詞的」という語を用いたのは、ロラン・バルト的な含意もあるが、そのような主体＝主語の行為＝動詞が対象＝目的語をもたない位相を示唆するためであって、それは構文にとっても書くことにとっても、維持困難な事態にほかならない。

3　こうした事態を「充塡」という視座でとらえるが、ここでは愛する対象＝目的格が〈不在〉となることで、いわば〈愛する〉という行為＝動詞じたいが〈自動詞〉化されており、この〈不在〉を一連のモノ（とりわけ食物）で代補し操作することで、〈不在〉ばかりか〈不在〉をめぐるエクリチュールまでもが宙づりのまま維持されている。

4　こうした食材・料理の列挙は、金井美恵子のシンタクスに頻繁に現れる特異点である。その、極度に統辞の力が弛緩した状態を、「自動詞的」と呼んだ事態のさらに進行した結果とすれば、それは、行為＝動詞が希薄になって対象＝目的語ばかりがもはや何らかの対象＝目的語であることさえ逃れて充溢した状態と考えることができるだろう。そしてそのとき、この食材の列挙は、愛する対象＝目的格の〈不在〉に連動した書法上の生成であると言えるかもしれない。

5 『岸辺のない海』には、食材以外にも「物品」の羅列ばかりの文があるが、ここでは「ノート」に書いたメモ」として一ページ以上にわたり列挙されている食材を記しておく。「牛乳 約八〇〇ミリリットル」「卵 一ケース(十個)」「ベーコン 一塊(約四〇〇グラムくらい)」「バター 約四分の三ポンド」「サラダ菜 一かぶ」「米 約二・五キロ」「小麦粉 一ポンド入り一袋」「オートミール 一罐丸々」「砂糖 約八〇〇グラム、その他角砂糖一箱」「紅茶 ほとんど買いたての一ポンド罐一個」「コーヒー 約一五〇グラム」「スパゲッティ 半袋約一〇〇グラム」「罐詰スープ 二個」「コンソメキューヴ 二十三個」「コンビーフ 一罐」「ジャム 半分ほど食べたもの一壜」「ピックルス 一壜」「ソーダ・クラッカー 一箱」「チョコレート 一枚」「調味料」。ちなみに食材の列挙は後年の『軽いめまい』にも顕著である。

6 「あと一口」のこの直前には、「大作家たち」の描く「甘美で豊かな」欲望の食卓がこう記されている。「フローベールの『ボヴァリー夫人』のなかで、エンマとシャルルの田舎での結婚式のシーンに描写されるまさしくテーブルにあふれかえらんばかりの御馳走や、ジョイスの『死者たち』のダブリンの館のクリスマスの食卓に、それこそ着飾った兵士の隊列か祭りのパレードのように並ぶ様々な御馳走、ゴーゴリの『死せる魂』で、ものものしい軽やかさとロシア的に旺盛な食欲とで次々と語られる何種もの詰物の種類の違うパイ、といったものが書かれたページを開いて読みかえすと、今でもむろん、小説を読むことの喜びが、官能的な食欲の描写といかに密接であるかを、快楽として知らせてくれるのだが、まことに残念なことに、かつてのように胃袋がそれを受けつけない。」

7 文学の領域においては、単年度としての「一九六八年」に過度の象徴的な意味合いを付与することは、むしろ事前に「六八年的なるもの」といった符丁を前提にする弊を犯すことになる。事態はむしろ逆であって、日本では、たとえば後藤明生や金井美恵子といった個々の作家の書く行為、書いたものに図らずも共有されたある種の姿勢がそうした切り口を引き寄せるに過ぎない。本書において「一九六八年」という括り方を用いる場合には、『もう一つの部屋』(六六)、『私的生活』(六九)、『笑い地獄』(六九)、『愛の生活』(六七)、『エオンタ』(六八)、『菫色の空に』（六九）、『谷』（七三）といった諸作品の執筆年の平均が「六八」に収まるということ以上でも以下でもない。

動物になる　動物を脱ぐ

――金井美恵子的〈強度〉の帰趨（1）

1

金井美恵子の初期の作品に、ほとんど言及されることのない『忘れられた土地』（六九年二月）がある。『愛の生活』、『エオンタ』のあと、『海の果実』（六八年八月・のちに『自然の子供』と改題）をはさんで書かれた四作目の短いテクストで、それは「忘れられた土地、と人々はその広大な原野を呼んでいた」とはじまる、おおよそこんな話である。

巨大な王国の「西北地方の国境近く」にあるその土地をめぐって、かつて一つの噂が「過熱した夢想」となって王国の全土にひろまった。王国と隣国にまたがるように黄金の鉱脈が発見されたのだという。たちまち国境守備隊は強化され、通信設備が架設された。だが、その噂は幻想に終わり、人々はその西北の荒野を見捨てた。以来、通信所の支局とその周辺の部落に残されたわずかな人間たちが「一日一回の通信によって伝わるニュースだけを楽しみに」生活を営んでいたが、そんな折「都に革命が起きてその波は全国に広がりつつある」というニュースが国境守備隊の通信兵によって受信される。通信兵は知らせを隊長に報告するが、隊長は「国家とは国境なのだ」と言い、国境を一歩も動こうとしない。若い通信兵は、そのニュースを「忘れられた土地」の通信所に流し、革命の噂は広まり、やがてその土地の少年たちは大長征にでも出るように少女たちと山羊をつれ、都へ向けて歩きはじめる。「忘れられた土地」の荒野の終わるところを流れる大きな河を越え、さらに四日目の夕刻に、少年たちは「荒野のさきの丘の上に長々と続く城壁」を認める。見張りの兵に「都へ行く者たちです」と名乗ると、城門は開き、なかに入れられるとそこは砦だった。兵士たちは無言のまま、少年たちを城壁の反対側の門の前に連れて行き、その門から外に出す。少年たちはふたたび歩きはじめる。

「門の前には果しない森林が続き、森林の間を縫って電線と電信柱が続いていた。森林の先には荒野があり電線が続き、通信所が設けられ、通信所には少年や少女たちが大長征に行ってしまったので、一人もいなかった。それから河があり、河を渡ると砦があり、森林と荒野と電線と年よりばかりが残された通信所があり……、都はもとより分局にさえ少年たちは今でも到着していない。こうした旅を続けるための考えの及ぶかぎりの困難以上の困難が少年たちの若い肉体をむしばみはじめているのだが——。」

おそらく、都で起こっているという革命に参加しようとして果たせない少年たちのパトスは、その間断なき遅延ゆえにもはや革命など終息しているかもしれないという口にされない徒労への想いとともに、発表された同時代においては読者に色濃く共有されたにちがいない。一種の永劫回帰を思わせるような歩行の反復を使嗾するものとして、なによりも都での革命というトピックが用意されている点に、一九六九年という発表時の時代性が認められるのだが、そうした遅延と抱き合わせの行動の遂行のうちに絓秀実のいう〈実存的ロマンティシズム〉[1]が醸成されていることもまた確かである。あるいはまた、歩行の維持を余儀なくさせる無限反復的な小説空間の設定に、一種のマニエリスム志向を読みとることもできるだろうし、城にたどり着けないカフカ的な主人公と、迷宮に踏み込んでしまったボルヘス的な主人公との近親性を、そこに嗅ぎ取ることもできるかもしれない。

だが、たった二作の小説を書いたところで、すでに書くことの基底に突き当たってしまった小説家にとって、この歩行の維持はそうしたものとは別の射程を持たざるを得ない。それは、表象のデッド・エンドにふれるように小説を設営し、なお小説を書きつづけようとする姿勢と、永劫回帰とも無限反復とも見える少年たちの歩行の維持とのあいだに類似性が認められるからでもないし、〈書くこと〉と〈歩くこと〉のあいだにある種の有縁性が萌しうるからでもない。そうではなく、この小説家が表象のデッド・エンドから書きつづける際にとる戦略が、少年たちを歩きつづけさせるために小説家がとる戦略そのものだからである。いったい、少年たちの歩行を維持する戦略とはどのようなものか。

少年たちを歩かせつづけるのは、都での革命に参加しようという情熱でも〈実存的ロマンティシズム〉でもない。というのも、そのようなロマンティシズムだけでは表象のデッド・エンド以降を書き続けられないのは明らかだからである。そうした「一九六八年的」な気分のゆえではなく、少年たちの歩行がいつまでも目的地にたどり着かず維持されるのは、歩くそばから、少年たちの踏破する土地＝領土がその足元で国境と化してゆくからだ。もちろん、それは王国と隣国の間に成り立つ国境ではない。領土そのものが境界＝リミットとして立ち現れつづける、という意味での国境である。「それから河があり、河を渡ると砦があり、森林と荒野と電線と年よりばかりが残された通信所があり……」というように、それ以前と同じような風景が繰り返し立ち現れるのは、少年たちが同じ場所を堂々めぐりしている（そう読むかぎり、それは単なる〈迷路〉の物語に回収される）からではなく、この王国の領土が歩きつづけることで絶えず境界＝リミット化するように設営されているからである。国境守備隊の隊長はいみじくも言っているではないか。「国家とは国境なのだ」と。もちろんそれは、国境が国家を国家たらしめているということだが、この小説での終わりなき歩行のもとで踏破した距離が常に無化されることを考えると、この認識は、維持される歩行のもとで間断なく境界化してしまうこの王国の領土について、じつに正鵠を射た発言と言わなければならない。

そして、小説を書きはじめた金井美恵子もまた、〈書くこと〉の維持において、表象のデッド・エンドという境界＝リミット（それは、超えるべき向こう側をもたない境界である）に絶えず突き当たるように小説を書き進めている。ドゥルーズが言うまでもなく、小説を書くことが領土の裁断と設営からはじまるとすれば、表象のデッド・エンドから小説を書くということじたい、もはや領土の設営の不可能な境位に領土を設営しつづけることにほかならないのであって、領土の裁断と設営の不可能なフィールドに与えられた呼称こそが「国境」なのだ。「芸術はおそらく動物とともに始まる、少なくともテリトリー（領土）を切り取り、家をつくる動物とともに始まる」（『哲学とは何か』七章）というドゥルーズを視野に置いて言えば、境界＝リミットこそが金井美恵子の小説の切り取る領土にほかならない。『愛の生活』が切り取った〈献立〉や〈メニュー〉という領土にしても、そこは〈書くこと〉と〈食べること〉が競合し接し合う境界であって、『愛の生活』はそうした境界としての領土の上につくられた家ではなかったか。『エオンタ』が切り取る〈物品呼称テスト〉のための〈机の上〉という領土にしても、それは失語者にとって、失われた世界という構文の再構築のための、名づけられるべき事物の領域と名づけるべき言語の領域との境界そのものから成るフィールドであって、そうした境界としての領土の上に設営された家が『エオンタ』ではないか。そしてそのあとでこの小説家を待っているのは、そこからどのように書きつづけるのか、という問いであって、その問いを射程に置くとき、『忘れられた土地』の差し出す領土を国境化する歩行という戦略は、この小説家にとってきわめて示唆的と言わねばならない。というのも、少年たちが歩行によって踏破するそばから領土が国境化してゆくように、この小説家が表象の基底にふれるようにして書くそばから、小説という領土はそのペン（鉛筆だろうか）の先で境界化してゆくからであって、その等価性のうちに、表象のデッド・エンドにまで達したこの小説家にとって、〈書くこと〉を維持するための戦略が見えてくるのである。

2

そのように歩行とともに国境化してゆく領土とは、厳密な意味での国境ではない。かといって、それはもはや国境に守られてある未踏破の純然たる領土でもない。その意味で、それは広さをもたない奇妙な中間地帯（とりあえずそう呼ぶが、特に〈中間〉にトポロジックな意味があるわけではなく、フーコーなら「粒状で断片的なおびただしい小領域」と言うだろう）を形成している。書くことにおいて、そうした中間地帯を設営すること。中間地帯の設営がそのまま書くことの維持になるような小説を設営しつづけること。表象のデッド・エンドに突き当たった小説家にとって、そしてそのデッド・エンドはたしかに境界ではあるものの、それを踏破して向こう側へと突破できないリミットである以上、そこでの前進は、否応なく、後退か転向というかたちにならざるをえない。とすれば、そこで要請されるのは、踵を返すことが、もはや後退でも転向でもないような歩行の維持であって、それを差し出しているのが、歩くそばから踏破した領土が国境化し中間地帯を形成するような『忘れられた土地』での歩行なのだ。そして金井美恵子は、この小説を書いて以降、まさに〈書くこと〉の維持がそのまま境界＝リミットの属性を帯びた中間地帯の形成となるような小説を書き進むのであり、そのための方法を、『エオンタ』での、詩人が失語というかたちで表象の基底にふれる過程において見出している。そうして、『忘れられた土地』より後の小説的領土を連続する中間地帯にしてしまうのである。もちろん、それはある時期まで（われわれは、これから示す理由で、それを『兎』までと考えるの）だが、ではいったい、書くそばから領土を境界化する戦略とはどのようなものなのか。

それは、『エオンタ』で繰りひろげられる一つの遊戯からすでにはじまっている。

Pは洗面台に向って、体をかがめAと同じように吐きつづける。（……）

Aは裸の身体の上にバス・ローブをはおり、絨毯の上に横たわる。（……）Aはいつの間にか体を猫のように丸め、頭をPの胸に埋めて眠りこむ。Pの指を咥《くわ》えたまま、胎児のように体を丸く折り曲げ膝と腭《あご》が接するほど丸くなって、眠っている動物のように見えた。ほとんどPには信じられない程の存在。彼女は眠りに陥りながら、完全に眠っていない状態の中で、Pの眼を見ないで彼の裸の胸を指でつつきながら、猫や犬や鳥や蛇の真似をする。頬を紅潮させて、胸や胴や脚を大胆な姿態で開き、恥のために昂ぶった神経は震えて、彼女は涙と涎を垂らす。Pは彼女に向って、彼女が真似する動物の名を告げ、Aは次々に変身をとげながら、ある時は背中を丸め髪を逆立て、爪をPにくいこませて猫になり、ある時は身体の皮膚の全部を五色の光る鱗にして蛇になったりする。Aは様々な動物に変身して、最後には眠った白い動物になる。

これは、詩人（Pと呼ばれる）の〈嘔吐〉と〈失語〉のあいだで起こる光景だが、その眼前で、Aと呼ばれる彼女は「様々な動物に変身して、最後には眠った白い動物になる」。やがて失語する詩人に行われる「物品呼称テスト」にむけて、その予行演習をするかのように、「猫や犬や鳥や蛇の真似」をはじめた彼女に対し、詩人が「真似する動物の名を告げ」ると、彼女は「次々に」その動物へと「変身をとげ」るのだが、そのときこの「絨毯の上」という領土が境界化されていることを見逃してはならない。失語者が物品呼称を行なう「机の上」が事物と言語の境界的フィールドだとすれば、この「絨毯の上」は、人間であることと動物になることとの境界としてあるからだ。より正確に言えば、そうした境界で生起しているのは「もはや人間も動物も存在しない。なぜなら人間と動物のそれぞれが、流れの結合のなかで、可逆的な強度の連続体のなかで相手を脱領土化するからである」（『カフカ　マイナー文学のために』第三章）というような、動物と人間の相互の脱領土化にほかならない。そこに出現するのは、動物の真似をする人間ではもはやない。動物に変身した人間でもなく、単なる動物でもない。動物＝人間の境界を絶えず維持しながら、生成の流れのなかで、あるいは境界を維持しつづけることで生じる強度の更新のなかで、相互に人間であることと動物であることを脱領土化するという出来事――それが起こっているのがこの「絨毯の上」なのだ。境界とは、そこで出会う異質な領域を相互に脱領土化し合う契機であり、その意味で、それじたいがすでに出来事であり強度にほかならない。この動物＝人間という出来事は、『エオンタ』での詩人の失語という表象のデッド・エンドに向かう過程で、徹底した〈嘔吐〉に促されるように生起している。さらに言えば、失語に向かう〈嘔吐〉のなかで「吐瀉物の粘液と、溶けかかった食物の滓」にまみれながら「動物のような呻き声」が漏らされるとき、動物＝人間という境界のなかに、失語の状態と言語行使の状態の、いわば中間態の言語が聴取可能となる。それは〈動物＝のような＝呻き〉とでも言うほかない言語の中間地帯であって、この〈のような〉は、類似に基づく比喩性を奪われており、まさに〈動物〉の領域と人間の発する〈呻き〉とを相互に脱領土化する言語の境界＝出来事としてある。だからそれは、人間の言語の失語状態としての〈動物〉と、人間の言語の発出である〈呻き〉との境界として生起してくる強度的言語であって、繰り返すが、動物の鳴き声に聞こえる人間の呻き声ではない。というのも、そうした比喩性を保つのは人間の言語だからである。

　だが、〈動物＝のような＝呻き〉を恒常的に発することはできない。その代わり、金井美恵子は、そのようにして設営した動物＝人間の発する言語の境界性を、さらに人間の言語の縁《エッジ》に接合することで、人間の言語じたいに新たな境界（それは動物＝人間の境界性ではなく、あくまでも人間の言語のなかでの境界性である）をつくりだし、そこを、一種の中間地帯とする。そう、国境ではないにもかかわらず、少年たちが踏破することで国境化する王国の境界＝領土のように、この小説家が表象のデッド・エンドからの〈転向〉や〈後退〉ではなく〈書くこと〉を維持しつづける際に必要となるのが、そうした境界化した表象の中間地帯なのだ。そのような中間域を、金井美恵子は〈動物

〈のような〈呻き〉に人間の言語を近づけることで設営する。

> Aは急にクウン、クウンと小犬の鳴き声を真似しはじめながら、冷たい鼻先を押しつけて彼の掌を舐めまわす。彼女は犬の鳴き声を真似しながら、あたし犬よ、あたし犬よ、と言いつづける。Pはクスクス笑い、彼女はPの掌に歯を立てて犬のように嚙みつく。（傍点・引用者）

これは『エオンタ』で初めてオノマトペの登場する個所である。『愛の生活』で、さして意図した様子もなく使用している数語（「ギシギシ」「ウトウト」「ピクピク」）を別にすれば、そして『エオンタ』以降、それまでと比較にならない数のオノマトペが用いられることを視野に置けば、この「クウン、クウン」という「小犬の鳴き声」が金井美恵子の小説的領土にまとまって刻まれだしたオノマトペの最初と言えるだろう。それが動物の「鳴き声」を模したオノマトペである点は注目に値するが、まだこの場面では〈動物〉への生成は起こっていない。動物の仕草がその鳴き声とともに真似られているにすぎない。そのかぎりで、「クウン、クウン」は人間の言語であって、境界的ではない。それが境界的に見えるとすれば、真似るべき対象物の属性に擬音的にあるいは擬態的に接近しているためで、その接近は結局のところ、境界の形成にはいたらず、人間の言語を豊かにするのに貢献するばかりである。オノマトペに付与されるクラテュロス性[2]とはそのようなものであって、この動物的オノマトペに何らかの境界性を付与するのが、その近傍でやがて発せられる〈動物=のような=呻き〉（「クウン、クウン」、何度も繰り返される「クッ、クッ」、「クルッ」、「クルクル」、「グルグル」、「クスクス」、「ゲェーゲェー」等々）にほかならない。

より正確に言えば、この動物の鳴き声に始まるオノマトペは、すぐさま「ドロドロ」「ねばねば」「グニャグニャ」といったように〈嘔吐〉の光景に貼りついて、〈書くこと〉の領域と競合している〈食べること〉の失調に加担し、そうすることで〈嘔吐〉が促す詩人と彼女の動物=人間への生成とも地続きとなる。そうしてオノマトペは、人間の言語のなかにあって境界性を帯びた一種の中間地帯を形成するのだが、そのときそれは、単に表象すべき対象=事物の真の姿にせまる奉仕的オノマトペであることを止めている。

ところで、こうしてオノマトペに与えられた中間地帯としての特性は、人間の言語という広大な領土においてどのようにはたらくのか。オノマトペに強度があるかぎり、それは自らが接した領域に新たな境界性を付与するようにはたらくのだが、金井美恵子は『エオンタ』において、そのようなオノマトペの境界性を〈食べること〉の領域の近傍に布置する。

作家は旧式の大きな回転椅子にすわり、椅子をクルッと回転させて、冷蔵庫の中から、食物を取り出して、二人の間にある低くて横長のティー・テーブルの上に置く。彼はその動作を何回も繰り返して、テーブルと冷蔵庫の間でクルクルと椅子を回転させ、時には回転を右回りから左回りにかえたりさえした。直径七センチもある巨大なサラミ・ソーセージ、ロース・ハム、バナナの房、ウニ、ゆでた蟹のオレンジ色の丸ごとのままのもの、プラスチックのケースに入った一ダースの卵、様々な種類のチーズ、ジャム、かじりかけのものも含めたトマト、見事なアレキサンドリアの一房、ちゃんと料理されて平型のタッパー・ウェアーに入ったコールド・チキン、塩昆布、レモン、セブン・アップ、炭酸水、ミネラル・ウォーター、ジンジャー・エール、コカ・コーラを、作家は一つ一つ、冷蔵庫からまるで脈絡なく無際限に取り出しては、テーブルの上に置くという動作を繰り返した。Aは呆然として作家の動作と彼が取り出す雑多な食物を眺めている。（……）

もっと驚いたことには、大時計の下の戸棚が、内側から急に開き、いきなり一人の若い男がとび出して来たことである。男は（……）椅子をガタガタいわせて、二人のところまでひっぱって来た。その男はテーブルの上の食物を見ると、ゲェーゲェーと咽喉を鳴らして胸をかきむしり、あわてて浴室に飛び込んで行った。（……）

男は子供っぽく悲しそうな顔をして、作家の顔を盗み見、回転椅子の肘かけの上に置かれた作家の手を取って、薔薇色の舌の先をチラチラさせながら接吻を浴びせかけ、そのために作家の右手は、唾液でベトベトになって、白い棘皮《きょくひ》類のようになる。作家は咽喉の奥でクッ、クッと笑いつづけ、時々咽喉を猫のようにグルグル鳴らし（……）

オノマトペは、〈食べること〉の光景を囲繞するように、その前後に布置されている。この食物に溢れた光景は、詩人の入院する病院の四階ロビーで、Aが作家に呼びとめられ、その部屋（個室に入院しているにしては部屋はあまりに住居のようだ）に招き入れられた後の場面であり、その作家（単にそう呼ばれている）は食物を「テーブル」に列挙するように並べるものの、卓上はいささかも境界的ではない。それはまぎれもなく食物の領土であり、食物はただ食べられるのを待っている。にもかかわらず、その「テーブル」を前に、Aは、失語した詩人のように事物に名前を与えようと試みるわけでもなく、また『愛の生活』の「わたし」のように、食物に代えて〈献立〉というフィールドを言葉で埋めるわけでもない。「お茶の会《ティー・パーティー》」と後で呼ばれるこのにわか仕立ての宴卓を前にしてAが摂食を余儀なくされるとき、それは、これまで見てきたように、金井美恵子の小説領土において、〈食べること〉に対する〈書くこと〉の一種の敗北を意味するのだが、この小説家は、その食物の繁茂する宴卓の周囲に、食物を並べる作家とそこへの闖入者を配置し、彼らの発するオノマトペによって、境界的でもあるような中間地帯を設営する。

　作家はまず、食物を取り出すのに先立ち、椅子を「クルッ」と回す。それを何度も「クルクル」と回転させながら、彼は冷蔵庫からテーブルに食物を並べる。その光景にAは呆然とし、「ビールを半分も飲」まないうちから、「飲むことを忘れて」ただ見ている。それでも作家は「食べるようにすすめ」るのであり、すると部屋の大時計の下の戸棚から一人の男が出てきて、部屋の隅の椅子を「ガタガタ」いわせ、「テーブルの上の食物」を見て「ゲェーゲェーと咽喉を鳴らし」、浴室で嘔吐する。そうして闖入者は作家の手を取り、舌の先を「チラチラ」させて接吻し、その手を「ベトベト」にし、作家は作家で自らの癖を発揮して「咽喉の奥でクッ、クッ」と笑い、時々「猫のように咽喉をグルグル鳴ら」す。

ところでいったい、こうしたオノマトペがどうして〈食べること〉の領土を境界化しうるというのか。そのためには、作家の発するオノマトペを聴き逃してはならない。その「クッ、クッ」と「咽喉の奥」を鳴らす笑いの周囲に、オノマトペの偏位のようなものが形成されているからだ。「作家はクッ、クッ、と咽喉の奥で笑い」、「またクッ、クッ、と笑い」、椅子を「クルッと回転させ」、またしても「クルクルと椅子を回転させ」、「咽喉の奥でクッ、クッと笑い」、時々「咽喉を猫のようにグルグル鳴ら」す。その、日本語の音声体系のなかでは通常使用されることのない喉音の周囲に、同調したオノマトペが蝟集し、いわば「粒状で断片的なおびただしい小領域」を形成しているのだが、その咽喉をやや緊張させながら発せられるオノマトペは、明らかに、『エオンタ』で初めて発せられるAの「クウン、クウン」やPの「クスクス」と地続きの中間地帯にある。その意味で、「咽喉の奥」を鳴らすようにして発せられるオノマトペは、〈動物の=ような=呻き〉という境界性をまとっている。こうして、宴卓の周囲に撒かれるオノマトペにはさまれるように布置された〈食べること〉の領土は境界化され、「お茶の会《ティー・パーティー》」と呼ばれる宴卓は、〈食べること〉と〈嘔吐〉のいわば中間地帯として自らを準備することになる。そしてそのように喉音を聴取するとき、宴卓での摂食をはばむ闖入者の発する嘔吐の「ゲェーゲェー」というオノマトペもまた「咽喉を鳴ら」す喉音として発せられていることがわかる。

咽喉を絞るようにオノマトペを発し、動物=人間の境界性に隣接すること。そもそも、咽喉を絞ることじたい、食物の摂取をはばむ仕草ではないか。喉音という反=摂食的な発語器官の緊張は、なにより「一つの言語の内的緊張」[3]として実現されているのであり、それをドゥルーズとガタリは、強度的と呼んではいなかったか。たとえば「語に内在する緊張としてのアクセント」や「内的な不調和としての子音と母音の配列」といった通常の言語との偏位を指して、さらにはそれじたい「よじ登り、吠え、群がる」ような動物の言語を例に、「自らの極限へ、裏返し可能な彼岸ないし此岸へと向かう言語の運動」じたいを強度的と言ってはいなかったか。動物の鳴き声を真似た「クウン、クウン」から咽喉を絞って発する「クッ、クッ」、嘔吐を惹起するほど咽喉を緊張させる「ゲェーゲェー」に共有されているのは、そのような偏位としての強度であり、境界性であって、金井美恵子は、動物=人間という相互の脱領土化を可能にする境界性との隣接において、オノマトペという小説言語の中間地帯を設営し、〈食べること〉をも境界化したのである。付言すれば、そうした反=摂食的な一連の喉音によるオノマトペは、宴卓=〈食べること〉の失調としてある「お茶の会《ティー・パーティー》」[4]という中間地帯に、いわば一種のシニフィアンとして付与されているとも言えるかもしれない。

3

こうして『エオンタ』において、人間の言語の行使と不行使（失語）の中間地帯として〈動物=のような=呻き〉とそこに連なる喉音によるオノマトペという「小領域」が設営され、それとパラレルな位相に、〈食べること〉と〈吐くこと〉の境界的な中間地帯としての〈お茶の会《ティー・パーティー》〉（かりに『エオンタ』にちなんでそう呼んでおこう）が設営された過程を確認してきたのだが、『忘れられた土地』以降、この小説家は、そうした中間地帯の設営そのものを小説の領土において積極的に遂行する。はっきり言ってしまえば、その後につづく『夢の時間』（七〇年二月）『奇妙な花嫁』（七〇年二月）『燃える指』（七〇年六月）とは、そのように設営された連続する中間地帯にほかならない。『夢の時間』の冒頭の一文は、そのことをはっきり告げている。

> アイは眠りたかったし、空腹でもあった。夜明けから、ほとんど何も食べていなかったのだ。

〈吐くこと〉と〈食べること〉の中間地帯としての〈空腹〉。『夢の時間』はこの〈空腹〉に貫かれた小説である。もちろん、何も食べないわけではない。夜が明ければ、「食料品屋で牛乳三本とハムサンドウィッチ二包み」くらいは口にするが、それでも

〈空腹〉は維持され、ともかくもホテルに投宿した翌朝には、テーブルの上に「ミルク珈琲、パン、バター、ジャム、オート・ミール、茹卵、グレープ・フルーツ」といった朝食が用意されるのだが、すぐさま「今、自分には全然食欲が無い」というかたちで、摂食は回避され、結果として〈空腹〉がつづく。同じことは『奇妙な花嫁』においても冒頭から繰り返されている。

アイは、もう三十五日間も、食事らしい食事をしていなかったばかりか、大方の人間らしい生活というものから遠く離れてしまったように、ほとんど断食といってもよいほどの暮しぶりをつづけ、彼女が口にした物といったら、この二週間、紅茶と少量の蜂蜜だけ（……）

〈空腹〉が維持されてきたぶんだけ、度合いは増して、ここでは「ほとんど断食といってもよい」ほどの摂食しか遂行されていない。「紅茶と少量の蜂蜜」という食事はなおもつづき、〈断食〉は意志的にさえ遂行される。「アイは、決して物を食べようとせず、少量の蜂蜜を溶かした水を含ませた脱脂綿を吸うだけで」、彼女を半ば拘束している「調査機関」の看護婦は「カンフル注射、葡萄糖注射、ヴィタミン、各種栄養剤の注射を打ちつづけ」る。まだ書きはじめて数篇しか発表していない小説家が、その過半の小説において、これほど〈摂食〉や〈嘔吐〉や〈空腹〉や〈断食〉といったかたちで〈食べること〉とその失調にかかわる小説を書いてしまうことの特異さは、やはり強調しておかねばならない。とはいえ、〈空腹〉や〈断食〉といった食物の減少や不在によって維持される〈食べること〉と〈吐くこと〉の中間地帯には、もはや表象の中間地帯は対応してはいない。代わって、ここで食物の欠如に伴走しているのは、物語内容の水準におけるもう一つの〈不在〉であり〈欠如〉であって、それは『夢の時間』においても『奇妙な花嫁』においても「あの人」と呼ばれる男の〈不在〉というかたちをとって現れる。そうした対応関係が成立しているからこそ、一方の食物の〈不在〉が宴卓の準備によって解消されるとき、もう一方の〈不在〉もまた解除され、男がアイの前に姿を現すのだ。

『燃える指』が冒頭から準備するのは、まずは食物の横溢する宴卓である。

> アイが屋根裏部屋から一階へ降りて来ると、玄関ホールの右側の扉が開いていて、大食堂の中が見えた。食堂の中では三人の女が白いエプロン姿でテーブルを作るために立ち働いていた。（……）それはまさしくパーティーの準備そのものだった。食堂の隣の料理室から料理人の声が聞え（……）デザートは苺のアイスクリームだったのにアイスクリーム屋が間違ってバニラを持って来た、というようなことを早口で言い（……）

〈空腹〉と〈断食〉という食物の〈不在〉が、こうして宴卓に用意されつつある食物によって解消されるのに呼応して、小説の結末で、「あの人」と指呼されてきた不在者が姿を現す。

彼の身体はいたるところ白い繃帯が巻かれ、白い布をとおして赤黄色い悪臭のする膿が滲みでていた。――わたしたち一緒に暮せるのでしょう？　アイは夢中で言った。――一緒に。答えは返ってはこなかったし、男は身動きをせずじっとしていた。――なぜ黙っているの？　なぜ？　あなたは、蘇ったのでしょう？　わたし、ずっと待っていました。あなたが帰って来ると思っていたわ。あなたをさがしたわ。わたしたちはずっと二人なのよ。いつも二人だったのよ。アイは震え声で喋りつづけ、男は黙ったまま身体中から膿を流しつづけ、不快な耐え難い悪臭を発していた。

男は『エオンタ』の失語した詩人と同じくPと呼ばれるのだが、詩人と同定はできない。かといって、その同定を否定もできないのだが、それは何より帰還した男が「白い繃帯」を巻かれて顔も姿も見えないからだ。男が喋らないのは、Pのように失語しているからだろうか。Pのかかえる失語という言葉の〈不在〉が、「繃帯」をまとったP氏自身の〈現前〉として、水準を超えて連繋されたということだろうか。ここでなにより見逃せないのは、男のまとう「繃帯」が〈不在〉と〈現前〉の境界として成立している点である。それは、この「繃帯」によって人物の同定が宙づりにされるかぎりつづく。「繃帯」の下に「あの人」は相変わらず不在であるかもしれないし、現前しているかもしれない。つまり「繃帯」じたいが「あの人」であることとないことの境界なのだ。そして「繃帯」が装着されてあるかぎり、それは〈変身〉を保障し維持する。その意味で「繃帯」は、動物であることと人間であることの、いわば中間地帯を形成している。この「繃帯」によって〈変身〉を維持し、動物であることに隣接することで、宴卓での摂食は宙づりにされ、それはその後、「繃帯」が脱ぎ捨てられるまでつづくだろう。そして金井美恵子は、『燃える指』のあと、『森のメリュジーヌ』（七〇年七月）や『永遠の恋人』（七一年五月）といった動物の登場する短篇[6]をじっさいに書き、まさにその後、「繃帯」そのものを脱いでみせる小説を書いてしまうのである。

ということは、「繃帯」が剝奪され、なかから人間が現れ、もはや動物であることの強度も境界性も失われるとき、その小説からは〈書くこと〉と〈食べること〉の競合も境界も失われ、その結果そこでは摂食行為ばかりが遂行されることになる。そのとき、はたして動物＝人間という境界性と強度じたいが〈食べること〉の領土に呑み込まれてしまうのか。その「繃帯」を剝がしてみせる小説こそが『兎』（七二年六月）である。

4

ところで『兎』は、こんなふうに〈書くこと〉の領土の敷居をまたがなければ、その内部へと入ることができないように始まっている。

書くということは、書かないということも含めて、書くということである以上、もう逃れようもなく、書くことは私の運命なのかもしれない。

と、日記に記した日、私は新しい家の近くを散歩するために、半ば義務的に外出の仕たくをした。（……）

そして、私は散歩の途中、雑木林に囲まれた空家の庭に迷いこみ、疲れて石に腰をおろして休んでいた時、眼の前を、大きな白い兎が走るのを見たのだった。大きい、と言っても、それは普通の大きさではなくて、ほとんど私と同じくらいの大きさだった。けれど、それは兎であり、それが証拠には、大きな長い耳を持っていたし、ともかく、どこから見ても兎にしか見えないのだ。私は石の上からとび上って兎を追いかけたのだが、追いかけて走っている時、まるで気を失うように、突然、穴の中に落ち込んでしまったのだ。気がついてみると、さきほどの大きな兎が私をのぞきこむようにして、すぐ近くにすわっていた。

動物はこのように登場する。先ほどの「お茶の会《ティー・パーティー》」といい、ここでの兎の「穴の中」への落下といい、『不思議の国のアリス』がなぞられているのだが、この兎はいかなる動物的強度も境界性もまとってはいない。「兎さんですか？」と「私」に訊かれると、兎は嬉しそうに「咽喉をクッ ク ッ」と鳴らし、自らが喉音による動物的オノマトペを引き継いでいることを示しもするのだが、その一方で、「でも、本当は人間なのです」と答え、その「全身を覆っている白い毛皮が、赤ン坊の着るロンパースのような仕組みになっていい」て、「桃色の眼が、頭に被っている兎型のフードと仮面に上手に取りつけられたガラスのレンズ」であることを簡単に「私」に見破られてしまう。たとえ着ぐるみを脱がなくとも、その着衣を見破られることで、それが〈変身〉ではなく〈変装〉であることが露呈する。そのとき、『燃える指』において境界を維持していた中間地帯としての「繃帯」が、テクストをまたいで剝奪されたと言える。着ぐるみを脱ぐ兎は「繃帯」を解く男に等しい。もはやそこには〈食べること〉をも〈書くこと〉をも脱領土化する動物＝人間という強度は萌しはしない。いったい、このように動物的強度が奪われるとき、どういうことが起こるのか。それは、この小説家がこれまで〈書くこと〉と〈食べること〉の競合するフロントで組織し維持してきた〝戦い〟そのものの終息を意味するのではないのか。とすれば、それは、一九六八年前後の文学場において、ほとんど数人しか担うことのできなかった〝戦い〟から降りてしまうことではないのか。

現に、強度的でも境界的でもない兎を差し出すときに金井美恵子の小説に起こるのは、〈食べること〉の専横とでも呼ぶべき事態である。〈書くこと〉との競合から解放された〈食べること〉の圧倒的な勝利。それは、物語内容の水準でこれまで回避されてきた圧倒的な摂食の遂行と食の快楽の称揚となって現れるのであり、小説家自身「あと一口」と題されたエッセイで、「かつて『兎』という小説に書いたような官能的な欲望の食卓」と書くほどの、「テーブルにあふれかえらんばかりの御馳走」がならぶ宴卓が数ページにわたり用意されることになる。その一部を引用しよう。

夕食の時などは、時々あたしは父親につきあって、他の家族は決して口にしようとしない料理を、お腹がいっぱいでもう眼を開けているのが精一杯というところまで食べたりしました。(……)食べられなくなると、ローマの貴族のように咽喉に指をつっ込むという野蛮な方法ではなく、特別の薬草で作った下剤を飲んで、すっきりさせて、また食べはじめたものです。父親は食用の兎を飼っていて、月に二度、一日と十五日に、兎を一匹殺して料理を作るのです。(……)父親は庭の物置小屋で、兎の首にナイフを入れて血管を切り、逆さまに吊し、すっかり血抜きが出来るまでの間、ゆっくりといつもより多めの朝食をとるのです。そして、朝食がすむと今度は、兎の腹を裂き内臓を取り出し、血がこびりついてすっかり茶色になっている木桶に入れ、手際よく皮を剝ぐ作業にとりかかります。(……)夕方になると、事務所から帰って来た父親は、物置小屋で兎の料理にとりかかり、肝臓と腎臓と生ソーセージのペーストを兎の腹に詰め物して、玉ねぎやシャンピニオンやトマトといろいろな香辛料を入れて煮込むのです。シチューにすることもあったけれど、父親もあたしも、香辛料のきいた詰め物料理の方がずっと好きでした。(……)

だから、父親とあたしは一日と十五日の晩餐を物置小屋の小さなテーブルで行なうのでした。青い蔓薔薇の模様のある大きな小判型の皿に、飴色に脂光りのする脚付きの兎が盛られ、そのまわりに、溶けかかったトマトや、玉ねぎ、シャンピニオンがこんもりと飾りつけられ、小屋中に湯気と香辛料と兎の血のまじった、うっとりするような匂いが充満して、中世の騎士たちの晩餐のようなはなやかさでした。他には、鳩（これも父親が飼っていました）のお腹に肝臓のペーストと野葡萄を詰め物して葡萄の葉で巻き、キルシュを振りかけた焼き料理、サワー・クリームをかけた内臓のペーストのゼリー寄せ、レモン汁をかけて食べる生の平貝やアオヤギやミル貝、冷たく冷やした数種類の果物のコンポート、赤と白の葡萄酒があったし、生クリームとアーモンドをかけたアイスクリームもありました。食後のデザートの仕上げには、このうえない健啖ぶりをあたしたちは示して、ジャマイカ産のラム入りのココアをたっぷり飲むのでした。長い時間をかけての料理と食事の間、あたしたちはとりたてて話をするわけでもなく、ただ、ひたすら食べることに専念するのです。

この二人が「食事の間」、「とりたてて話をするわけでもな」いのは、発語器官が「たらふく」とつい言いたくなるほどの食物に占領されているからである。口と歯と舌は、食物によって圧倒的に領土化され、〈食べること〉に対するいかなる競合の可能性もそこでは奪われている。そうした〈食べること〉の専横に対して、食欲を失調させる『愛の生活』の〈吐き気〉はどこへ行ったのか。〈書くこと〉の領土さえもともに奪うほどの『エオンタ』の徹底した〈嘔吐〉はどうしたのか。『夢の時間』や『奇妙な花嫁』での〈空腹〉の維持や〈断食〉の遂行の残滓さえ、もはやどこにも見当たらない。

ここで食の快楽とともに差し出される料理には、もはや〈食べること〉と〈書くこと〉の競合を絶えず組織するような境界的な強度はいささかもない。「特別の薬草で作った下剤」による〈下痢〉には、さらなる食欲を促す力はあっても、〈食べること〉そのものを失調させる戦略性はない。食物を徹底して〈嘔吐〉しながら、言葉までを失った詩人の遂行した二重の脱領土化はどうしてしまったのか。疑問はいくらでもわいてくる。そしてドゥルーズが言うように、動物になることが「強度の敷居を踏み超えること」(『カフカ』第四章)だとすれば、着ぐるみを脱いで動物でなくなるとは、強度を失うように敷居をまたぎ直すことにほかならない。つまり『兎』では、兎の着ぐるみを脱いで動物的強度を失うことと、〈食べること〉と〈書くこと〉の競合によってもたらされていた強度を失うことが相即的に起こっている。そしてそのとき、それまでの、表象のリミットにふれ、表象的であることを止める方向へと進みつづけてきたこの小説家のエクリチュールが、分裂的なもう一方の極、すなわち表象の快楽の方へと、いわば自らを振り切るように転位する。『兎』とは、そのような表象をめぐる両極性の、一種の転向点となる小説にほかならない。

とはいえ、同時に視野に収めておく必要があるのは、この『兎』をはさむように、金井美恵子が表象のリミットにふれる方向にむけて『岸辺のない海』(七一年一二月—七三年四月)を書きつづけているという点である。それは、これまでこの小説家が組織してきた〝戦い〟を維持する営為と言えるのだが、われわれの関心は、いま、『兎』とともにはじまるもう一つの方向へ、この小説家がどのように進むのかにある。

5

その点で、『兎』の二年後に、〈食べること〉を徹底的に意識化するように書かれている『空気男のはなし』(七四年九月)は示唆的であり、少なくとも、〈食べること〉の恐慌的な突出という傾向が動物的強度の喪失とともに、『兎』から『空気男のはなし』へと一つの流れとして生じていることは確かである。そのタイトルじたい、「空気男」という語も刻まれている藤枝静男の『空気頭』から来ていると思われるが、物語の内容じたいは、カフカの『断食芸人』を反転させて、サーカスでただひたすら〈食べること〉を見せものにする芸人の話である。この「食欲芸人」は、日に二回の公演を食事を兼ねて行うが、そのとき食べるのは「和風の場合であれば、風呂桶ほどの御飯、同じくらいのおみおつけ、五ダースほどの卵、塩鮭一匹、たくあん三本、英国風であれば、バケツ一杯のオレンジ・ジュース、オートミールバケツ三杯、トースト二十斤、バター一ポンド、オレンジママレード一ポンド、卵三ダース、ベーコンもしくはハム二キロ、ミルクティーバケツ四杯」だという。いささかも官能的な食卓ではないが、〈食べること〉がその量において突出している。『兎』のあとに、ふたたびこれほどまで食物への傾斜をあからさまにする小説が書かれることじたい、一時的な筆の跳躍《ぶれ》などではなく、明らかに表象の快楽の方へと金井美恵子のエクリチュールが振れたことを告げている。

カフカの『断食芸人』に対する問題意識の共有は、これに先立つ時期、金井美恵子の深沢七郎論である「絢爛の椅子」（七〇年三月―七一年二月）と、後藤明生の『パンのみに非ず』（六九年二月）に顕著であって[7]、それはどういうことかと言えば、一九六八年前後の日本の文学場で、真に自らの小説にとってカフカという問題を共有している小説家と、〈書くこと〉の問題を〈食べること〉との脱領土化の〝戦い〟として組織している小説家が、ともに金井美恵子と後藤明生の二人にかぎられているということなのだ。それは、カフカのマイナー性が小説を書く上での戦略としてこの二人の小説家に意識されていることを告げているが、だとすればなおさら、『兎』や『空気男のはなし』でのように、食物の恐慌状態が出来したことじたい異例と言わねばならない。おそらく、動物的強度の剝奪に加えて、カフカ的なマイナー性を揺さぶるほどの別の契機が介在したのではないか。

　その一つの可能性が、『空気男のはなし』という題名から見えてくる。すでに指摘したように、その題名は藤枝静男の『空気頭』に端を発していると思われるのだが、この時期の文学場において、『空気頭』をふくむ藤枝静男の小説を特権化する批評言説が現れていることを見逃してはならない。それは、『空気男のはなし』の三か月前に蓮實重彥によって書かれた主題論的批評の実践ともいうべき「藤枝静男論　分岐と彷徨」（七四年五・六月）であり、さらに主題論的批評については、同じく蓮實重彥がジャン＝ピエール・リシャール論として「批評あるいは仮死の祭典」（一九七〇）をすでに雑誌発表していて、金井美恵子は当然それらを読んでいると思われるが、そのとき、そうした批評言説と金井美恵子の小説とのあいだに生じうるであろう境界解体的な出来事を想像してみる必要がある。それはどういう事態なのかと言えば、蓮實重彦が依拠するジャン＝ピエール・リシャールのフローベール論『フローベールにおけるフォルムの創造』がまさにそうであるように、その主題論的批評のうちには、十九世紀的なエピステモロジーにまで通底するほどのメジャー性が深々と秘匿されていて、この批評性を分有するとき、金井美恵子の小説に起こるのは、カフカ的なマイナー性とテマティスム批評のメジャー性の競合という事態にほかならない。

少なくとも、リシャールの批評は、なによりも〈食べること〉を中心にフローベールの小説を読み解こうとするものだ。蓮實重彦はその冒頭の一文を「フローベールの小説ではたらふくものがつめこまれる」というように、〈食物〉を単なる〈もの〉へと意訳して強調した後で、リシャールの発句じたいにふれて、こう言っている。[8]

つまりこの文章は、フローベールの作品にしばしば大がかりな饗宴が描かれることの指摘で「意味されるもの」を完結させてはいないし、またおびただしい品数の料理への執着が特殊な性向の反映にほかならぬことを了解するわれわれも、論理の展開にそってではなく、「意味するもの」それ自体の漂わす不安な雰囲気に促されて、「食べる」mangerという動詞がおそらくその同意語ですらない別の動詞、あるいは範疇を異にする他の品詞とのあいだに張りめぐらせるだろう意味作用の磁場へと吸いよせられてゆく。

つまりリシャールのフローベール論は、「食べる」という動詞から伸びる意味作用の触手が形成する想像的ネットワークとしてある、ということだ。さらには『食べる』という動詞がくりひろげる多様な関係の推移が描きだすフォルムの一貫性」という言葉にも見られるように、リシャールのこの主題論の批評性は〈食べること〉を中心に対象のテクストを編みなおす点にそのメジャー性が際立っている。それは、単にフローベールが十九世紀の作家だという理由によるのではない。たとえば、博物学の分類に依拠した古典主義時代のエピステモロジーを切断する近代的な知として、フーコーが『言葉と物』[9]で参照するジョルジュ・キュヴィエの「比較解剖学」的な知そのものを、テマティスム言説が共有しているからにほかならない。キュヴィエの十九世紀的な知は、動物の身体・機能をまさに〈食べる〉という捕食行為の視点から体系化している[10]。それは、いかなる食物を捕食し、それをどのように咀嚼し、消化し、吸収するかという相互の行為の連関性と身体の機能・器官とのあいだに相関性を認める視点だが、それはそのまま「咀嚼、嚥下、消化、吸収[11]」といった〈食べること〉から派生する一連の主題性をたどるリシャールのフローベール論に底流するエピステモロジーであって、それをわれわれはここでメジャー性と呼んでいるのだ。

　ということは、そうした批評言説を金井美恵子の小説が呑み込むとき、それまで〈食べること〉と〈書くこと〉の競合する境界として成り立ってきた場所に、圧倒的に強力な（それはフローベールの小説をすべて〈食べること〉との関係性に置いてしまうほど強力な）〈食べること〉への再組織化が生ずることを意味する。蓮實重彦を経由してリシャールの主題論的批評を呑み込むとは、そのような事態を受け入れることであり、それはそのまま〈書くこと〉に対する〈食べること〉の圧倒的な優位をもたらさずにはおかない。そのとき、カフカ的なマイナー性じたいもまた主題論的メジャー性に呑み込まれざるをえない。

『兎』と『空気男のはなし』で生ずる〈食べること〉をめぐる表象の快楽への変位とは、そのように理解できる。とすればそのとき、われわれにとっての最大の関心は、一作ごとに〈書くこと〉と〈食べること〉の相互の脱領土化を〝戦い〟として遂行してきた金井美恵子にとって、主題論的批評を呑み込み、このように圧倒的な〈食べること〉の専横を招来したあとで、出発点から維持してきた〝戦い〟はどうなってしまうのか、ということだ。〝戦い〟は単に放棄されたのか、別のかたちで新たに遂行されるのか。金井美恵子は、これまでとは異なる陣形での〝戦い〟を組織しようとしているのだろうか。〈食べること〉の突出もまた、このように〝戦い〟を遂行してきたなかでの、一つの戦略的な展開というべきなのか。だとしたら〈食べること〉を氾濫させた上で、いかに〝戦い〟は可能か、という新たな問いがこの小説家に差し向けられることになるだろう。そしてそれは当然、これまでの〝戦い〟とは別の、新たな局面を押し開いてゆくだろう。いや、それ以上に、こうして呑み込んでしまったテマティスムのメジャー性に対する新たな〝戦い〟はどう組織されるのだろうか。それとも組織されないのだろうか。そうした問いが差し向けられる場所に、金井美恵子は『兎』

を書くことで踏み込んだのである。

注

1　絓秀実『革命的な、あまりに革命的な』第三章参照。

2　プラトン『クラチュロス』参照。クラチュロスにとっては、言語とはそれが参照する対象（存在）の本質を正しく映しとっていなければならない。いわばそれは、記号のうちに恣意的な結合（シニフィアンとシニフィエの）を前提とするソシュールの言語観の対極にあり、その意味で、クラチュロス的言語観にとっては、あらゆる言葉は動機づけられた結合でなければならない。ちなみに、オノマトペは、それが参照する対象の「音」や「態」を擬している点で、クラチュロス性を帯びている。

3　ドゥルーズとガタリの『カフカ　マイナー文学のために』第三章。以下の引用も、同じ文脈からのものである。

4　この「お茶の会《ティー・パーティー》」にルビが振られていることからも、ルイス・キャロルの『不思議の国のアリス』が作者の視野にあることは確かだが、ここで重要なのは、たとえば『岸辺のない海』の冒頭近くで、老婦人の出す紅茶もまた、この「お茶の会」の変奏として、摂食の機会を差延させる中間地帯を形成しているということである。完本『岸辺のない海』への解説で蓮實重彦は「説話論的な凶器」としての「果物籠」のはたす役割を指摘しているが、われわれの文脈においては、その〈凶器〉がなによりも「果物」という食物からできていることが際だつのであり、それが女性のストッキングを破るという〈凶器〉として行使されるということは、果物の摂食の回避によって〈書くこと〉が前進する、と言い直すことができる。そして、語りの開始とその維持の折り合いをつける際に、この小説家が『岸辺のない海』においても「果物」という食物を用いていることはあらためて注目に値する。

5『奇妙な花嫁』には、アイが看護婦の監視のもとを脱出した後に、ガソリンスタンドで「菜食主義」の双子に〈夜食〉を提供される場面がでてくるが、この断食のなかでの質素だが意義深い饗応の卓については、Ⅵ章の「4」でふれる。

6 金井美恵子においては、動物じたいが登場することで、中篇小説が短篇小説へと移行しているが、これは、カフカの場合と向きは逆だが同様のベクトルとなっている。ドゥルーズとガタリによれば、カフカの場合、動物が消えることで、短篇から長篇への移行が認められるという（『カフカ』第四章）。

7 後藤明生はのちに、深い共感と理解と洞察に富んだ一著『カフカの迷宮』（一九八七）を上梓しているが、実作者としての視点からも読み込まれるこのカフカ論は、用語もスタイルも異なるものの、結果として、ドゥルーズのカフカ論とじつに多くを共有している。他方、金井美恵子は「絢爛の椅子」で、断食が「作家の行為」だといみじくも指摘している。「わたしの口に合う食物の不在、欠如。不在と欠如にさらされた不安な魂は死に向っておのれの信念を生きてしまう。しかしこれはなんという奇妙で本質的な不在だろう。口に合う食物は絶対的に不在なのだ。もし、それが見つかっていたら？　見つかるはずがない。断食芸人は自分の口に合う食物が絶対的に存在しないことを知っていたのだ。それはまさしく死と親しいまじわりを結んでしまった人間の特質であり、死との親しいまじわりの中から、あたかも、そのまじわりが生み出す冷たく暗い情熱のようにして、作品行為は成立する。断食とは、その本質的な不可能と自己矛盾において、作家の行為なのだ。」

8 蓮實重彥『批評、あるいは仮死の祭典』所収の同名のリシャール論参照。

9 『言葉と物』第八章・三節「キュヴィエ」参照。

10 ジョルジュ・キュヴィエは、古典主義的な分類方法を根底から変えた比較解剖学の担い手の一人であり、さらにはその知を化石の解読に応用することで古生物学を創始した十九世紀の科学者だが、自らの方法を平易に語った『四足獣の化石骨研究・序文』が、当時、きわめて広範に読まれた。ここでは、生物（つまり有機体）を〈捕食〉という視点から体系化するその方法を、この「序文」を参照しながら要約した。さらに詳しくはⅦ章「有機体のポリティーク」を参照。

11　蓮實重彥「批評、あるいは仮死の祭典」には、「『フローベール』（リシャールのフローベール論）の冒頭で問題となった『食べる』という動詞がより高い次元で開花させねばならぬ『第二次的意味』は、咀嚼、嚥下、消化、吸収の諸段階で徐々に完成されてゆく事物と存在との最も奥深い地点における、最も官能的な接合のイメージにほかならなくなってくる」とある。Ⅶ章参照。

分割・隣接・運動

――金井美恵子的〈強度〉の帰趨(2)

1

『兎』(七二年六月)で起こっていて、まだ言及していない出来事がある。いわば三番目の出来事ということになるが、それはいったいどのようなものなのか。すでに、二つの出来事については前章で触れた。まず、『兎』で起こる第一の出来事とは、登場する〈兎〉が「赤ン坊の着るロンパースのような仕組み」の「白い毛皮」をまとった人間であると見破られることで、動物的〈強度〉が失われる点にあった。ドゥルーズとガタリが「動物のなかにあるすべては変身である」、「動物になることは、動かないまま、その場で行われる旅であり、強度においてはじめて体験され、あるいは理解されうるものである」(『カフカ』第四章)と言う意味での〈強度〉の剝脱である。それはまた、『エオンタ』の詩人に失語をもたらす契機となった〈動物=のような=呻き〉から移譲された〈強度〉の喪失をも意味する。そしてそうした〈強度〉が奪われるとき、第二の出来事が起こる。「テーブルにあふれかえらんばかりの御馳走」として用意される食物の恐慌的な横溢、という出来事であって、それは、〈食べること〉による小説そのものの圧倒的な領土化にほかならない。そのままでは、金井美恵子の小説が〈食べること〉の領土性に対して組織してきた脱領土化の〝戦い〟が、放棄されかねない。第三の出来事が起こるのは、まさにそうした〝戦い〟が動物的〈強度〉の剝脱によって遂行不能になるときであり、着ぐるみをまとった〈兎〉が人間として語りはじめるときである。

そうやって、彼女は、ゆっくりと、記憶をたぐるように話しはじめた。

「朝、目を覚まして、家中を歩きまわったけれど誰もいませんでした。台所も食堂も居間も、家族の寝室も納戸も風呂場も手洗いも、全部調べたし、念のために洋服ダンスも開いてみたけれど、誰もいなかったのです。台所ではミルクがガスにかかったまま沸騰して、白いクリームが泡立て卵《メレンゲ》のようにミルクパンからあふれ出し（……）家中に誰もいないのです。あたしはミルクパンのかかったガスを消し、テーブルの上のオレンジ・ジュースを飲み（……）」
（傍点・引用者）

これは「彼女」と指呼される少女が、なぜ〈兎〉のような恰好をするようになったのか、その顚末を「あたし」という一人称で「私」に語りはじめる場面である。そのとき生起するのは、一行の空白をはさんでの話者の二分化であり、〈語ること〉の分割という事態にほかならない。「書くということは、書かないということも含めて、書くということである以上、もう逃れようもなく、書くことは私の運命なのかもしれない」と日記に書いた話者の「私」を前に、〈兎〉の姿をして現れた「彼女」が「あたし」という主語で語りはじめるとき起こるのは、語る主体の二重化である。

たしかに、『愛の生活』においても「わたし」が語る主体を担い、『森のメリュジーヌ』においても「ぼく」が語る主体を担ってはいるが、『兎』にいたるテクストにおいては、いずれも一人称の語る主体が同時に語られる物語内容の当事者でもあることから、語りの領域と物語内容の領域との分離はなされていない。それは基本的に「彼女がぼくに話した」ことを語る『腐肉』(七二年五月)においても変わらない。そこでは、「寝台の下には、確かに、腐りはじめて変色した血と汗にまみれた肉の塊があり、それが死体なのかどうか、はっきりとはわからなかったけれど、屠殺人の肉であることは確実だとぼくは思った」というように、「ぼく」があまりに物語内容にかかわり過ぎていて、それゆえ、言表行為の主体と言表の主体という審級の違いはあるにせよ、語る主体の分割は起こっておらず、それは『腐肉』の後を受けた『兎』においてはじめて、「私」と「あたし」によって生じている。

これが『兎』において起こる三番目の出来事だが、語る主体の分割が、動物的〈強度〉の剝脱と同時に生起していることを見逃すことはできない。「あなたは、兎ですか?」と問う「私」に対し、「あたし」は「でも本当は人間なのです」と言って、「なんで、こんな姿をしているのか」を語りだす。動物でないことを告げることが、そのまま言表における「あたし」の誕生となっているのだが、そのとき、それまでの動物的〈強度〉に代わって、語る主体の分割がはたして〈強度〉の新たな支持体となりうるのか。『エオンタ』において、動物をまね、動物になることと軌を一にして失われた詩人の言葉が、こうして『兎』において、新たに誕生した言表の主体の言葉として再び見出された、と考えられるとすれば、そうした言葉の獲得が動物的〈強度〉に代わりうるものなのか。要するに、動物的〈強度〉の剝脱と語る主体の分割が同時に生起するとき、その二つの出来事のあいだで〈強度〉の移譲が共起しているのだろうか。かりに〈強度〉が自動的に移譲されるとはかぎらないとしたら、〈語ること〉の分割は、いかにして動物的〈強度〉に代わる新たな〈強度〉を形成するのだろう。この問いが切実であるのは、言うまでもなく、『兎』において、動物的〈強度〉の消滅と相即的に〈食べること〉の圧倒的な領土化という別の事態が出来しているからであり、この食物の恐慌的横溢が、これまでこの小説家が維持してきた〈書くこと〉をめぐる〝戦い〟を遂行不能にするからである。語る主体の分割は、いかに〈食べること〉の専横を脱領土化できるのか。それが『兎』のあとを書きつづけるときに、金井美恵子に差し向けられる問いにほかならない。

2

ところで、〈語ること〉の分割には、きわめて危うい一面がはらまれている。その危うさが顕在化するのは、〈語ること〉の分割と〈食べること〉の恐慌的横溢という『兎』で差し出されたのと同形の問題が再提起される『空気男のはなし』（七四年九月）のあと、『アカシア騎士団』（七四年一一月）においてである。「私が彼を知ったのは、木工場の主人としてだった」とはじまるこの小説は、すぐさまこんなふうに、語る主体の分割という出来事を、変奏しながら共有してしまう。

彼の、いわばまあ、一種の告白とでも言うべき話を聞いたのは、むろんその聞き手に私が選ばれたからなのだろうけれど、なぜ私が選ばれたかといえば、おそらく小説を書いていたためだったろう。共感とはいわないまでも、感心したり感動したりしてくれる相手がいないかぎり、自己について語ったりする人間はいない。

私は彼の話を書こうと思う。ようするに、木やワニスの揮発性のにおいでも鎮めることの出来ない神経の話ということになるだろうか。

「私」は「小説を書いてい」て、「彼の話を書こうと思う」のだが、その話は「彼」が「十五年も以前」に書いた小説に関係している。そのころ「彼」は一枚の「版画から、一つの短い小説を書いた」。版画の裏側には〈アカシア騎士団〉という言葉が書いてあるばかりで、「彼」は小説の題名をその言葉から借り、「アカシア騎士団というのが何なのかも」分からずに勝手に小説を書いたのだが、あるとき「未知の人物」から手紙がとどき、その「小説のなかに書かれたいかにも子供じみた架空の少年団は現実にあったし、そこで行なわれた殺人も現実のものだという」。いまはもう「反古同然」となったその小説は「読み返すことが出来ない」。そのことが「彼の中で幻想的な輝かしさ」を育み、「彼」はその小説を思い出そうと努め、そのことに熱中する。「その記憶をたどる作業はふたたび『アカシア騎士団』という小説を書」くことに酷似していて、そのことに気づいた「彼」は愕然としながらも、失われた小説を「書き写すのではなく、まったく新しく、同じ小説」(傍点原文)として書きはじめ、作中には、そうして成った小説じたいが紹介されてもいる。

言表行為の主体を小説家とし、言表の主体をも小説家(ただし、いまはもう書いていない)とすることで、ここでは語る主体の分割が書く主体の分割として変奏されているが、だからといって基本的に問題設定が変わるわけではない。小説家という役割を与えられた人間が話者を担当しているにすぎない以上、ここでは〈書くこと〉と〈語ること〉は等価と見なすことができる。[1] ただいくぶん異なるのは、『アカシア騎士団』においては、〈語ること=書くこと〉の分割が何重にも起こっていることだ。「私」の書いている小説と「彼」の書き直した小説のあいだで、その書き直した小説と「彼」が最初に書いたもはや手元にはない小説とのあいだで、一枚の版画から題名を借りたその最初の小説と「彼」に手紙を寄こした見知らぬ人物の体験したという出来事とのあいだで。つまり『アカシア騎士団』においては、分割じたいが増殖している。

そしてこの小説に危うさが萌すとすれば、それはこのような書く(語る)主体の分割が、『兎』や『空気男のはなし』に見られたような〈食べること〉の圧倒的な領土化と拮抗関係をもたないことで、自らを充分に戦略化しうる契機を欠いているからである。そのとき、〈書くこと〉の分割という出来事は、それじたいで自律した一種の自己言及性を発揮し、自らの起源を宙づりにする形式としての〈小説の小説〉といったポストモダン的意匠になじみはじめる。当時、ポストモダンという言葉が使われていないとしても、同様の傾きじたいは、『アカシア騎士団』（七四年一一月）につづいて、『プラトン的恋愛』（七五年二月）、『競争者』（七六年七月）、『才子佳人』（七六年九月）といった小説が書かれていくことで、いっそう強まるように見えたし、見えることは確かだ。というのも、それらの小説はどれも、書く主体の分割が遂行され、そのことが〈小説の小説〉やら〈メタ小説〉といった裁断を拒むようには見えないからである。そのような形式的意匠への傾斜ばかりが際立つとき、これまで維持してきた〝戦い〟のラインは、勢い、後退せざるをえない。つまりそれは、『兎』という小説じたいを領土化した〈食べること〉の恐慌的専横に、〈書くこと〉の戦略までが呑み込まれることを意味する。

3

しかしながら、そうした可能性としての臆断を跳ね返しつつ、『兎』で差し出された〈食べること〉の領土化という事態に対する〝戦い〟を、金井美恵子は『プラトン的恋愛』（七五年二月）において一挙に組織する。それも、いささかもそのような気配を見せずに、むしろまたしても書く主体の分割をめぐるテクストを生産しているのではないかと思わせながら。

わたしが〈作者〉であることを、彼女に証明しなければならないのだとすれば、文章を書くこと、あるいは作品を書くことによって証明しなければならないだろう。彼女を知ったのは、といっても、この場合、果して知ったという言葉が正確にあて嵌《は》まるかどうかわからないのだが、ともかく、わたしがはじめて小説を書いた時以来、彼女とわたしの奇妙な関係がはじまった。手紙がとどいて、のっけから、あなたの名前で発表された小説を書いたのはわたしです、と書き出してあった。同じ書き出しの手紙が、ちょうどわたしの書いた小説の数だけ手許に溜り、わたしはその奇妙な手紙を無視しつづけようとしながら、実は無視することなどまったく出来ずにいたというわけだ。ようするに、わたしは小説を書きつづけることによって常に彼女と一緒だった。（傍点・原文）

これは小説の冒頭だが、そこからすでに書く主体の分割が示唆されている。「わたし」の書いた小説をはさんで、〈作者〉である「わたし」と〈本当の作者〉は自分だと主張する「彼女」との関係が生じる。その関係は、文字通り、小説という〈書くこと〉の領土を分割することで成り立つ関係である。とはいえそれは、「わたし」が小説を書くたびに、「彼女」からの手紙で表明される関係でしかない。二人のあいだに完璧に書く主体の分割が成立するのは、『『プラトン的恋愛』という題名だけ決っている小説を書くという計画があっ」て、その小説のためのノートや他の仕事をかかえて「わたし」が逗留した温泉宿で、予想通り小説は一行も進まず、数日が過ぎたある日の昼食後、散歩に出た「わたし」が「彼女」に出会うときからである。「おずおずとした態度にもかかわらず、どことなく押しつけがましさの感じられる様子で」、「わたしのことを良く知っている、といった調子で彼女が話しかけてきた時、直感的にわたしはこの女こそ〈本当の作者〉だということを悟」る。そして「わたし」と「彼女」は〈書くこと〉の領土を分割するかのように、そのいまだ書かれていない小説をめぐって言葉を共有する。

それから彼女は、お昼をまだすませてないので一緒にどうか、とたずねるので、すませていますけれどお茶くらいなら付きあいます、とわたしは思わず釣りこまれて答えた。公園の入口近くの軽食レストランの窓際のテーブルにむかいあい、彼女は一番値段の高いロースト・ビーフのサンドウィッチと蟹サラダとコーヒーを注文し、わたしはコーヒーだけを注文した。そのレストランで、わたしたちがどんなことを話したのか、実は良く覚えていない。（レタスやセロリをパリパリ嚙む音に混って、彼女が「プラトン的恋愛」という、まだ書かれていない小説について語ったことを除いては。）ロースト・ビーフ・サンドウィッチからこぼれる肉汁のついた指をなめながら、〈本当の作者〉は「プラトン的恋愛」について語った。

食卓をともにすること。ここに、これまでの〝戦い〟を維持するための戦略が鮮やかに示されている。『兎』や『空気男のはなし』において、〈食べること〉の圧倒的な領土専有を前に、もはや〝戦い〟を維持する気のないようにも見えたこの小説家は、しかしここで、〈書くこと〉の分割を〈食べること〉に隣接させている。それは、カフカをめぐってドゥルーズとガタリが「〈接触〉と〈隣接〉は、それじたい能動的で連続した逃走線である」と言う意味での〈隣接〉であって、それゆえ戦略的な〈隣接〉にほかならない。食べ物と飲み物の並ぶテーブルを共有し、ともに飲み、食べながら、〈作者〉と〈本当の作者〉が書くべき小説について言葉を交わすとは、そういうことなのだ。つまりそのとき、〈隣接〉を介して〈書くこと〉の共有＝分割が〈食べること〉の共有＝分割としても遂行される。〈隣接〉とは、そうした〈運動〉を共有＝分割する契機であって、ドゥルーズとガタリは「言表行為の主体と言表の主体という主体の二分化は、その二つの代理者の一方または両方での主体の運動にかかわ」る（『カフカ』第六章、強調原文）と言っていたではないか。そう、〈隣接〉によって、書く主体の分割という〈運動〉が〈食べること〉の領土に伝わり、『兎』において突出した〈食べること〉の専横的な領土を分割しはじめる。『プラトン的恋愛』で起こっているのは、このように〈語ること〉ないし〈書くこと〉の分割が〈食べること〉の領土をともに分割するという出来事なのだ。

ところで、〈本当の作者〉との邂逅の後のことだが、家にもどった「わたし」のもとに、「彼女」からの手紙がとどくと、そこに『プラトン的恋愛』の原稿が入っている。それを「わたし」は「わたしの作品」として「発表するだろう」と考えるのだが、そのとき、書く主体の分割が完全に遂行されたことになる。そしてそれは、この小説家にとって、他者の言葉を自らの言葉として分割＝共有する方法の戦略的な再確認と言えるだろう。裏を返せば、会食という〈食べること〉の共有＝分割から〈書くこと〉の領域に再び送り返されてきた分割の〈運動〉が、『プラトン的恋愛』の書く主体である金井美恵子自身にも波及せざるをえない、ということになる。

4

『兎』で生じた〈食べること〉の圧倒的な専制に対し、金井美恵子は、そうした領土化を破砕する戦略として、話者の誕生を契機とした〈語ること〉および〈書くこと〉の分割を組織し、それを会食（テーブルを共にする）というかたちで〈食べること〉の分割＝共有に隣接させているが、そこには、たとえ『プラトン的恋愛』という一つの小説の起源にすぎないとしても、起源の分割が含意されていることは確かで、そのことじたいに否応なく一種の政治性が萌しうることを見逃してはならない。とはいえ、『プラトン的恋愛』にしろ、これから読むことになる『競争者』（七六年七月）にしろ、それだけを参照するかぎり、そうした政治性の輪郭は曖昧なままで、充分には開示されてこない。むしろ、その輪郭を垣間見せているのは、いまだ書く主体の分割やら小説の起源の分割といった問題系が十全には視界に浮上する以前の、〈書くこと〉と〈食べること〉の競合が〈断食〉というかたちで組織されつつあった時期に書かれた『奇妙な花嫁』（七〇年二月）においてである。

　それは、アイという主人公がほとんど断食状態のまま組織の監視下から逃れ、ようやくたどりついた「ガソリン・スタンド兼モーテル」で、「何か食べるものと、休む場所」を求めたときの状況にかかわっている。クラクションを鳴らすアイのもとに、太った二人の男が飛び出してくる。彼らは「どこか雪だるまを思わせる体つきで、なにからなにまでそっくり同じ」で、よく見ると「双生児」なのだ。そして〈食べること〉の共有＝分割は、「朝から何も食べてないのです」と言って「食べるもの」を求めたアイに対し、ここでは食事を出さないといったん断った双生児が、「ぼくらの夜食でよかったら、御一緒にいかがですか？」と答えることで実現する。

――ジャガ芋をゆでて、裏ごしにして植物性油でよく炒め牛乳でのばしスープでゆるめて塩味で味付けしたポテトポタージュに、玉ねぎのみじん切りの油炒めとクルトンを浮かしたものと、林檎と玄米パン、です。ぼくらは菜食主義を実行してるんです。それでも、こんなに太っちまって！　それでよかったら、どうぞ御一緒に。

　双生児という意匠じたいに、すでに主体の分割が萌している。ドゥルーズとガタリは「言表行為の主体と言表の主体」の分割をめぐって、それは「その二つの代理者の一方または両方での主体の運動にかかわ」り、その分割は「親子への二分化であるより兄弟への二分化」であり「家族での二分化であるより、職業上の二分化であって」、「カフカにおける分身の大多数は、二人の兄弟ないしは二人の官僚というテーマについてである」と示唆してはいなかったか。そして『奇妙な花嫁』の双生児もまた、そうした示唆を予めなぞるかのように「兄弟への二分化」であり「職業上の二分化」であって、彼らがじつは「ある謎の組織のメンバー」で、「KH2と呼ばれる部員」であり、アイが姿を見せたことを組織に連絡するのであれば、広い意味で「二人の官僚」と言えなくもない。彼らは『鏡の国のアリス』のトイードルダムとトイードルディーのようでもあり、カフカの『城』のソルティーとソルディーのようでもあり、さらには後藤明生の『ある戦いの記録』の「双生児」のような「二人の看護婦」のようでもあるが、それはドゥルーズとガタリが指摘するように、「官僚的特性」をまといながら「いっしょになって運動をする」分身=分割にほかならない。この双生児こそ、分割という〈運動〉のいわば端子であって、しかも「玄米パン」を食べる菜食主義者で官僚的なこの端子は、アイとともに〈食べること〉を共有=分割しさえするのだが、そのはたらきが何より貴重なのは、〈食べること〉と同時に〈書くこと〉の領域にも隣接し、分割という〈運動〉を波及させているからである。いったいそれはどのようにしてなのか。それは、二人の相互に繰り返される奇妙な〈運動〉の遂行とともになされる一つの名前の分割にかかわっている。

双生児は微笑んだまま驚くべき素直さでアイの命令に従い、むしろアイの方が驚いてしまって、彼女は両腕を抱きしめるようにして、上目遣いに双生児の後ろ姿を見ながら、右脚をブラブラさせた。二人のカラーの後ろには、HIROとHITOとそれぞれ縫い取ってあり、二人はクスクス笑いながらお互いの体の割には長すぎる右腕と左腕を相手の太った腰にまわして、尻を抓《つね》りあった。カラーとちぢれた短い髪の間から見える、太って三重ほどにくびれのある首筋が、クスクス笑うたびに微かに痙攣し、一人がもう一人の尻を抓りあげると、すなわち、右側に立っているHIROが左側のHITOの尻を親指と人差指で力をこめて抓りあげると、HITOは奇妙な叫び声をあげて飛びあがるのだが、HIROの腰にまわした腕をはなさないので、HITOのジャンプは奇妙に中途半端にゆがんでしまうのだ。それから、HITOはHIROの尻を抓りあげ、HIROはHITOとまったく同じに叫び、ジャンプし、ふたたび同じことを繰り返し、アイがふたたび命令的に、前を向いて！　と言うまで、双生児は同じことを繰り返し、尻をくねらせながらジャンプしつづけていた。

この光景の直後に「何か食べる物と寝る場所を」というアイの要請がなされ、〈食べること〉の分割＝共有がつづくのだが、要は、尻の抓り合いとジャンプを交互に繰り返すという奇妙な〈運動〉をつづける双生児の名前が、HIROとHITOというように、〈御名〉の分割となっている点である。しかも『奇妙な花嫁』は、アルファベットを付された断章＝ブロックから構成されていて、HIROとHITOが登場するこの個所は「J」となっている。それだけでは意味をもちえない「J」が、「玄米パン」を食べるHIROとHITOのことが語られる章に付されるとき、そこからは濃密にJapanが示唆され、米の栽培の象徴的統括者[2]である「裕仁」という存在が否応なく立ち上がってくる。その意味で、この双生児が末端に属している官僚性とは、天皇制という名の「J」の国に固有のヒエラルキーであると言うことができる。そしてそのような含意が色濃く立ちこめるとき、〈御名〉の分割は、決して西欧的な意味でのロゴスまでを含まないものの、また第二次大戦後、象徴という仕掛けのもとにその直接性が曖昧になってはいるものの、「J」の国の法と制度の諸階梯を統合しうる大いなるシニフィアンの分割を示唆しうるのであって、それゆえ、〈御名〉の分割は〈書くこと〉の領土の分割と重なりうる。〈御名〉に楔のように打ち込まれた分割の〈運動〉を双生児を介して〈食べること〉の領土に隣接させること。『奇妙な花嫁』の「J」の章で起こっているのは、そのような分割の増殖であり、そこから、金井美恵子に固有の、不意の政治性とでも呼びうる事態が立ち上がってくる。

ところで、金井美恵子は『小説論』（八七年一〇月）で、深沢七郎の『風流夢譚』に言及している。正宗白鳥のもとを訪ね、「あれを書いたことはまちがいだったのだろうか」と訊く深沢七郎に、「小説なんてのは何を書いてもいいんだ」と怒ったように答えた正宗白鳥の話を紹介しながら、金井美恵子は、「〈小説家〉というものになって間もないころ」それを読んで、その擁護の仕方に「非常に感動した」と同時に、「小説家自身の書く欲望について、非常に厳しい言葉だと思った」と述べている。それじたい「小説というもののもつ自由さ」と「恐ろしさ」への自覚の表明と言えるだろうが、そこから見えてくるのは、『奇妙な花嫁』での、〈御名〉の分割＝切断が、明らかに「実在の皇室の人たちが出て来て首をちょん切られたりする」（『小説論』）深沢七郎の小説へのオマージュであるということだ。[3] 皇族の首の切断を〈御名〉の分割＝切断として、自らの小説にさりげなく移し置くこと。その地続きの場所に、書く主体の分割も〈書くこと〉の分割も位置している。『奇妙な花嫁』を通して『プラトン的恋愛』を読むとき可視となるのは、そうした分割＝切断という〈運動〉に潜む政治性にほかならない。

5

『奇妙な花嫁』の屈折を通すとき、『競争者』（七六年七月）もまたそれだけを単独で読む場合に比べ、異なる相貌を顕わにする。そうして見えてくるのは、この小説が冒頭から、これまでこの小説家が組織した戦略についての簡略な縮図（それを、戦略の〈歴史〉と言ってみたい気にかられる）となっている点である。まるで『兎』や『空気男のはなし』をなぞるように、そこではまず、急行列車の食堂のテーブルに料理が豊富に並べられ、それをぺろりと平らげる「自分でもあきれるくらいの食欲」が示され、〈食べること〉の領土が展開する。すると「わたし」の他に食堂車に一人しかいなかった客が「よろしかったら御一緒にウイスキイでも召しあがりませんか」と誘うのであり、たとえ食後酒でしかないとしても、それはまぎれもなく〈食べること〉を共有＝分割する〈運動〉を形成し、そうして起動しだした〈運動〉は書く主体にまで及ぶ。というのも、「わたし」は小説家と言えるかどうか分からないが、「おそらく永遠に小説の冒頭の部分しか書かない」という条件がつくものの、明らかに書く主体であり、話を聞けば、食卓を分かち合う男もまたかつて小説を書いていて、すでにそこに書く主体の二重化が生じているのだが、もう一つ、男が披露する話もまた書く主体の完璧な分割にかかわるからである。（もちろん、語る主体の二重化も生じている。）そして、書く主体の分割は幾重にも増殖する。

男は小説を書き、親切な作家の批評によって認められ、デビューを果たす。男はそのころ「初めての恋をしてい」て、やがて、彼女の家に他の男がよく来るらしいことに気づく。というのも、「その男が置き忘れていったノートを彼女の部屋で発見した」からで、男は「そのノートをこっそり持って帰」り、読んでみる。

そのノートには、わたしの書いた文章が書いてあったのだが、未知の男がわざわざ、わたしの本から一字一句写しとったものだったわけではない。それはわたし自身のノートに、そっくりそのまま同じだった。それからというもの、彼女の家に行くと必ずノートが置いてあって、そのノートには必ずわたしが書いたのと同じ文章が、書いてあるのだった。

このノートじたいを〈書くこと〉の分割線が横断している。その分割線は、書く主体ばかりか、〈書くこと〉の起源をも分割する。そのノートによって「わたしの書いたものは常にすでに（あるいは同時に）別の者によって書かれている」のだから。「わたしは書く、とわたしが書くと、あの未知のノートの書き手も、わたしは書く、とノートに記す」。それが「わたしの書くあらゆる文章、あらゆる単語のうえに起り、そして、起りつづけるだろう」ということ。書く主体ばかりか、書かれた小説もまた完璧に分割されている。とはいえ、そのような〈書くこと〉の起源じたいを分割し、二重化するノートは鏡に似ているが、鏡とは決定的に異なっている。というのも、分割されたどちらか一方が鏡像というわけではないからだ。鏡像なら、むしろ〈書くこと〉の起源を強化するようにはたらくだろう。だが、「未知の男」の置いてゆくノートは、鏡像でもないし鏡像を差し出しもしない。そのノートは、いわば起源を反映するだけの鏡が破砕された後に置かれた鏡像なき言葉の鏡、とでも言えばよいだろうか。

　ところで『競争者』において見逃せないのは、分割の〈運動〉が増殖していることだ。男の語った話を紹介する「わたし」にもまた、同様の事態が起こる。男の話を語るなかで、「ここでちょっとわたし自身のことを書かせてもらえば」と断って、「わたし」はこう切り出す。「こうした競争者《ライバル》というものの出現が、何もあの男が深刻に考えたように、彼のうえに特別におきた奇妙な出来事ではない、ということだ。わたしは、こういうことが誰のうえにでもあることだと思っていた。わたしの場合は、どういうわけかわからないのだが、ノートが送られてくるのである」。男の身に起こったように、まったく同じ言葉が書きつけられたノートが「わたし」のもとに送付される。そのノートが「わたし」という書く主体を分割し、〈書くこと〉の起源をも分割するのは、明らかだ。ノートの送付じたいが、分割の〈運動〉を伝える隣接化にほかならない。そうした分割を免れるために、「わたし」はただ一つのことを望む。

わたしが何よりも、そのノートの送り手に対して望んでいることは、実は、彼が、いや、わたしたちが、と言おう、ノートに、わたしよりも、一つの単語でもいいから新しい言葉を書き加えてくれることだ。そうしたら、その言葉はわたしのものになるだろう。わたしから離れて、限りなく離れて、そしてわたしたちのものとなるだろう。

送られてくるノートに、「わたし」の書いたものより「一つの単語でもいいから新しい言葉」が書き加えられているとき、分割は完全には遂行されない。そのかぎりにおいて、「わたし」の書いたものは「わたしのものになるだろう」し、かろうじて書く主体の審級もまた維持されるだろう。それが、分割の増殖に対抗するささやかな手段なのだ。〈食べること〉の圧倒的な領土化を阻止する戦略として企図された〈書くこと〉の分割が、書く主体をも分割するのは当然の帰結だが、こうした分割の増殖は書く主体にとって深刻な事態のはずであり、おそらくそのせいで、「わたし」は「永遠に小説の冒頭の部分しか書かない」のかもしれない。もちろん、相手の男がノートに小説の冒頭しか書いて寄越さないから、とも考えられるが、要するに、〈書くこと〉の起源の分割を食い止めるのが、「一つの単語でもいいから新しい言葉」の付加であって、話者であり書く主体である「わたし」を襲うこの事態が、小説家自身に及ぶとき、それがひどく深刻な事態となることは想像に難くない。

6

書く主体が分割されるということは、原理的にいえば、分裂した自らの言説を、そして言説の分裂じたいを生きるということだ。それは小説家にとって、あまりにも危機をはらむ事態である。どれほどの深度において、この書く主体の分割という事態が小説家自身に及び、捉えたのか、それを明言することは難しい（とはいえ、それは、作者がどれくらいそうした危機的な事態を意識していたか、ということとは関係ない）が、すでに『プラトン的恋愛』において、作中で〈作者〉と〈本当の作者〉に分割＝共有される小説と同名の小説を金井美恵子が書いている以上、その分割はカッコ抜きの作者にまでとどく構造を有している。『才子佳人』（七六年九月）においても、作中で幾重にも分割される小説とそのことを書いている作者自身の小説が同じ題名（言うまでもなく、『才子佳人』である）を分有していることで、やはり書く主体の分割が作者自身にまで及ぶ構造になっている。『才子佳人』は、「ある機会から所有することになった」同じ題名の「二つの小説の原稿」とその「二人の作者」（M子とYと呼ばれる）について、やはりその題名と同じ『才子佳人』という題で小説を書きたいと思う「私」をめぐる小説だが、そのことを書く金井美恵子の小説もまた『才子佳人』であり、言うまでもなく、その隣りには武田泰淳の『才子佳人』がある。

何重にも分割＝共有される小説。そうした自らに跳ね返るリスクを前に、この小説家はほとんどそれが戦略であることさえ示さずに、新たな戦略を組織している。それは、書く主体の分割を代補する戦略でもあって、おそらくそのために、この小説家にとって、書く主体の分割＝分裂が破局的なかたちをとらずに済んでいるのかもしれない。それは要するに、分割された書く主体を、同時に、いわば複数の他者の言葉で充塡するという戦略である。そのとき、他者の言葉じたいが摂取すべき対象となる。すでに〈食べること〉の領土は分割されていて、もはやそこに〈書くこと〉の分割を隣接させる必要はない。問題は、そうした過程で、伝えるべき分割の〈運動〉を強化したために分割が増殖し、それが小説家自身にまで及ぶということだ。それゆえ、書く主体の分割を代補的に充塡するものが必要となるのであり、それを他の書く主体からの言葉で遂行することを選んだ点に、金井美恵子の果敢さが際立つ。その充塡行為は、ほとんど他者の言葉を食べるように捕捉することから成り立つ。金井美恵子が組織するのは、だから他者の言葉を摂食するための方途であり、それが、書く主体を分割した後も書きつづけるための、この小説家の方法となる。

その端緒は、『競争者』の「わたし」が自らの書く主体の分割という事態に対して抱く「一つの単語でもいいから新しい言葉」を付加してほしいという願いにある。金井美恵子は、いわば新しい「一つの単語」を書き加えることで、他者の言葉を摂食する方法を『才子佳人』において発見したのである。それは「まったく同じ」に見えるYとM子の小説の、微差に萌す。異なるところといえば、M子の小説は、冒頭に「Yという作者」についての「簡潔な文章」があり、最後に「Yの小説の最終行に続けて、『と、Yは書いた』という短い言葉が付されている」点である。しかも「私」は、そのことを種明かしふうに説明さえしている。

　M子の最後につけたした文章には、Yの書いたという小説を、というよりも、記述されたものを、からかったような感じがしなくもない。入沢康夫は作品の構造について書いた文章のなかで、自分の今書いている文章の最後に、「と、入沢康夫氏は書いた」と書き足したくなる誘惑的な気持のことを書いていたが、記述されたものの末尾に、こう記すことによって生じる効果には、インチキ臭いまでに本質的なところがある。（傍点・原文）

他者の言葉のあとから、「と、＊＊は書いた」と添えること。これが、書く主体の分割を繋ぎ止めるための言葉を捕捉する方法であり、金井美恵子が発見した他者の言語の、いわば捕食装置である。[4] この装置を最後尾に隣接させるだけで、いかなる言葉でも文章でも小説でも、自分のものとして捕捉可能となる。分割された〈書くこと〉の起源を、捕捉した他者の言葉で充填すること。それはまさに他者の言葉を食べることにほかならない。その意味で『才子佳人』とは、言葉を摂食可能なものに変える小説であり、そこに食べ物が招喚されていないのも、すでに言葉が摂食対象になっているからではないか。そして金井美恵子は、そこへ向けて作品ごとに戦略を更新している。『アカシア騎士団』では、自らの失われた小説を「書き写すのではなく、まったく新しく、同じ小説」（傍点原文）として書くという原理的に完成不可能な試みを示し、『プラトン的恋愛』では〈作者〉に代わって書くべき小説を書く〈本当の作者〉を発明し、『競争者』においては「わたし」の書くのと「あらゆる文章、あらゆる単語」まで同じ小説を書く他者を据え、そうして書く主体の分割を完遂したところで、『才子佳人』においては、書く主体の分割をぎりぎりのところで食い止め、分割された他者の言葉を丸ごと捕捉する戦略を差し出している。その「と、＊＊は書いた」という方法が、どんなに「インチキ臭」く見えようが、「本質的」でもあるのは、金井美恵子がこれまで組織してきた〈書くこと〉をめぐる〝戦い〟を維持する戦略たりえているからである。

　金井美恵子は、後年、そうした戦略とほぼ同じことを、小説的意匠としてではなく、もっと直截に、もっと簡明に語っている。『金井美恵子全短篇Ⅱ』の付録インタヴューで、蓮實重彦に答えて、「なにしろ、真似から始めて今でもずっと誰かの真似をね、してるわけです」と言い、『小説論』のなかで、「簡単な言葉で言えば、これは後藤明生が小説論のなかに書いていた言葉ですが、『読んだから書いた』というのが、小説家として、なぜ小説を書くのか、という質問に対する答えだ、ということになるでしょうか」と言っている。金井美恵子が、書く主体の分割という事態が自らに向けられても書きつづけられたのは、おそらく、「読んだから書」き、「ずっと誰かの真似」をしているからであって、読んだものを真似て書くとは、極論すれば、「と、＊＊は書いた」と言って他者の言葉を捕食することではないか。その意味で、『才子佳人』で戦略として差し出された捕食装置は、この小説家がこれまで行っていた方法を、言葉を摂食可能なものにする戦略として再発見したということであると同時に、捕食した他者の言葉を、自らの言葉に隣接する戦略でもあって、それは自らのテクストそのものを、隣接という強度の伝達運動そのものの媒体にすることを意味している。別の言い方をすれば、金井美恵子が自らの書法を、小説的装置としてであれ、そこまで開示しなければならないほど書く主体の分割の危機は深刻だったということかもしれない。そして、これがあと数年もすると、たちまちポストモダンの風景のなかに回収されかねない要素に充ちていることもまた、明らかである。

つまり『才子佳人』において、他者の言葉を食物と同じように食べる装置と戦略が見出されたからこそ、やがて、食べてしまった他者の言葉との、いわば隣接体とでもいうべき『文章教室』（八三年一二月—八四年一二月）が可能となったと言えるだろう。しかしながら問題なのは、そのようにして摂食した他者の言葉のなかに、分割された〈書くこと〉の起源に代わりうるものがまぎれこんでいる可能性であり、たとえば蓮實重彦を介して捕食されたジャン＝ピエール・リシャールのテマティスム言説がそうである。いったいそのとき、どういう事態が出来してくるのか。いまここで事実だけを記せば、やがて金井美恵子は〈水〉をめぐる連作『くずれる水』を書きはじめるのだが、そのことは、この小説家が摂食し共有した言葉のなかに、やはりテマティスムの言説がふくまれていることと無関係ではない。というのも、蓮實重彥の訳したジャン＝ピエール・リシャールのフローベール論では、〈食べること〉をめぐる主題論につづいて、〈水〉をめぐる主題論が展開されているからだ。[5] さらには蓮實重彥のリシャール論、〈水〉を主題にした古井由吉論もあるのだが、要するに、金井美恵子の摂食するテマティスムの言説には、十九世紀的なエピステモロジーのメジャー性が秘匿されていて、それが、書く主体の分割されたあとの〈書くこと〉の起源にまで浸透してしまうということなのだ。そのときいったい金井美恵子がこれまで維持してきた〈書くこと〉をめぐる〝戦い〟はいかなる局面をむかえるのか。それは、小説的言説にとって、テマティスムというメジャーな言説を摂食してしまった場合、それをどのように咀嚼し、嚥下し、消化し、吸収するのか、を問うことに等しい。そしてそうしきれないとき、呑み込んだ方がメジャーの言説に呑み込まれることになる。『才子佳人』を書いた金井美恵子は、まさにそうした場所にいるのである。

注

1 「私は彼の話を書こうと思う」といって書かれた部分がこの小説の大部分を占めるという体裁になっているが、その「私」が作者と同定しえない以上、『アカシア騎士団』での〈書く私〉は話者の審級に相変わらずとどまっている。そしてこれ以降、金井美恵子は『プラトン的恋愛』『競争者』『才子佳人』といったように、話者が同時に小説を書く者として、ときには「作者」とか「本当の作者」と呼ばれる存在として現れるが、それらがみな話者の審級にあることは変わらない。

2 金井美恵子は天皇制の問題を〈食べること〉の問題系、とりわけ日本における主=食の問題として小説の言説にとりこんでいるが、「新潮」（二〇〇一年八月号）の「文芸時評」で指摘したように、一九七〇年代の文学場で、〈食べること〉から天皇制にふれているのは、ほかに野坂昭如がいるばかりである。

3 金井美恵子には「絢爛の椅子」と「深沢七郎へ向って一歩前進二歩後退」（ともに『書くことのはじまりにむかって』所収）という批評があるが、前者においては、同じ正宗白鳥の発言にふれて「その、〈何を書いてもいい〉という意味を含めて、小説は世界すべてを書き得るのである」という文言が刻まれている。ちなみにそこでは、カフカの『断食芸人』と深沢七郎の『絢爛の椅子』の同質性に触れながら、後者の主人公・敬夫について、自身が犯した殺人について「自らに課した語ることの禁止」を破るように語る「錯誤」を、「小説を書くという性急で放縦な行為の持つ本質的錯誤」と言い、「敬夫は作家である」と指摘している。

4 入沢康夫の文章については、『詩の構造についての覚え書』（一九六八）参照。また、こうした他者の言語の捕捉方法が、いわゆるポストモダン的な〈引用〉といかに異なるかについては、本書Ⅲ章の注1を参照されたい。

5 リシャールの「フローベールにおけるフォルムの創造」では、フローベール的な意識と対象との想像的関係を、〈食べること〉の主題論から〈水〉をめぐる主題論への転調として実現しているが、この転調は、金井美恵子の小説がたどる転調（〈食べること〉から〈水〉へ）そのものである。リシャールのフローベール論を読むことが、そうした転調を引き起こした可能性と機制については、次章で詳しく見る。

Ⅶ

有機体のポリティーク
——テマティスム言説批判

1

テマティスム（主題論批評）といえば、一九六八年前後の日本の批評の場において、同時代のリアル・タイムの批評方法としてはまだじゅうぶんに認知されてはおらず、フランス系の〈新しい批評《ヌーヴェル・クリティック》〉の一傾向として、たとえばジョルジュ・プーレの著作の一部が紹介され、ジャン＝ピエール・リシャールの主として詩論（『詩と深さ』や『現代詩11の研究』）が邦訳されつつあったものの、日本文学を対象としたものとしては、かろうじてバシュラール流の物質とその想像性に依拠した批評がわずかに書かれていたにすぎない。真にテマティスムが実践に移されるのは、蓮實重彦の古井由吉論（七三年九月）や藤枝静男論（七四年五月・六月）および後藤明生論（七五年二月）、さらには夏目漱石論（七八年一〇月）を待たねばならないが、そのマニフェストの働きをしたのは、蓮實重彦のリシャール論「批評、あるいは仮死の祭典」（初出一九七〇年）であって、すでに一九六八年には、蓮實重彦自身によってリシャールのフローベール論（「フローベールにおけるフォルムの創造」）が全集の別巻に訳出されている。その意味で、批評言説としてのテマティスムの文学場への登場は、「六八年」的な問題系と重なるのであり、それは、同時代の日本の批評に対する距離と異和の表明として機能した[1]（そのことは蓮實重彥の『小説論＝批評論』の冒頭や巻末で示された小林秀雄、吉本隆明、江藤淳らの批評スタイルへの言及に現れている）と同時に、一部の新しい小説家と批評家を刺激したのである。

テマティスムに反応した小説家がごく少数にかぎられたのは、その方法論に興味を示すほどの批評性をもった小説家がきわめて少なかったということを語っているが、それ以上に、小説にとって、テマティスムの言説を取り込むことが批評性の獲得と裏腹の危うさをはらんでいるからでもあって、その危うさは、なによりもテマティスムじたいに小説を再組織化する趨勢が潜在的にあるからである。それは、比喩的な言い方をすれば、小説家によって布置された小説言語の磁場をまったく別様に再磁気化するような力であり、だから小説家がテマティスムの言説を取り込んだ上で、そこから自らの小説に対する批評性を獲得するには、そうした再磁気化に拮抗するだけの何らかの強度をもちうるかどうかが問われることになる。

そうしたテマティスムに応接した数少ない小説家のなかに、金井美恵子と中上健次が入る[2]のだが、金井美恵子の小説に関しては、これまでに二度、テマティスムの言説を取り込むことが惹起する危うさについて手短に指摘した。一つは、〈食べること〉と〈書くこと〉の競合する金井美恵子の小説に、蓮實重彥のリシャール論を介して、強力に〈食べること〉への再組織化が生じていることを示唆した際であって、『兎』

や『空気男のはなし』での食べ物と〈食べること〉の圧倒的な突出がその再組織化に対応している。金井美恵子は、そうした〈食べること〉の専制に対し、〈書くこと〉の分割、書く＝語る主体の分割という出来事を接近させ、その運動を伝えることで〈食べること〉の分割＝共有を誘起していて、そのことじたいは『プラトン的恋愛』や『競争者』において見事に成し遂げられているのだが、他方、その結果として、書く主体の分割という事態が小説家にも及びうる一種の危機の芽として残されることになる。そして金井美恵子は、その危機を相殺するべく、新たに他者の言葉を〈食べる〉ための捕捉装置を『才子佳人』において設営する。それは「と、＊＊は書いた」という文言を他者の言説に付与することで、その言説全体を捕捉するというものだが、問題はそうして捕食した他者の言説のなかに、リシャールのフローベール論と、それに依拠した蓮實重彥の『ボヴァリー夫人』論が混じっていることであって、金井美恵子じしん「『ボヴァリー夫人』と私」（「文学」八八年一二月）という一文でこう語っている。「一九七八年の『外国語科研究紀要』（東京大学教養学部外国語科）に載っていた蓮實重彥氏の「『ボヴァリー夫人』論——説話論的持続の問題」を（……）読んで、私はその日のうちに「フローベール全集」を古本屋に電話して注文し、まずは、とりあえず文庫本で『ボヴァリー夫人』を買い、近所の古本屋で『感情教育』を買ってきて、すぐに読みかえした。読みかえした、というのは、前に読んでいたことは読んでいたからではあるのだが、幾つかの鮮やかに記憶している部分はあったものの、ほとんど初めて読むのと同じで、これを皮切りに、それから後何度『ボヴァリー夫人』を読みかえしただろうか。／一九八一年に「説話論的持続の問題」のつづきが、同じ『外国語科研究紀要』に「小説的空間の問題」として発表されたのだが、七八年と八一年の間には単純に計算して三年という短かからぬ月日が介在しているにもかかわらず、記憶のうえでは、一ヶ月もたたずにすぐ「小説的空間の問題」を読んだような気がしてならない。」

そして金井美恵子は、その二つの読書に呼応するように、一九八〇年から八一年にかけて『水鏡』『河口』『くずれる水』『水いらず』『洪水の前後』という〈水〉の主題の環流する作品を書くのだが、そのときいったいどのような事態が起こっているのか。テマティスムの言説を小説家が呑み込むとき、そのエクリチュールはいかに再組織されるのか、その機制を、われわれはつぶさに見ておかねばならない。

2

蓮實重彥が「批評、あるいは仮死の祭典」で言うように、リシャールはフローベールの小説を『食べる』という動詞がくりひろげる多様な関係の推移が描きだすフォルムの一貫性」として読む。〈食べること〉から展開する「多様な関係」とは、具体的に言えば、「咀嚼、嚥下、消化、吸収の諸段階で徐々に完成されてゆく事物と存在との最も奥深い地点における」関係性ということになる。蓮實重彥はそこに、リシャールが「最も官能的な接合のイメージ」を読みとっていることを忘れずに指摘しているが、要は、リシャールのテマティスムが、そうした「事物と存在との最も奥深い地点」に見出される趨勢や傾向を、作者の世界に対する「根本的な姿勢」として措定することで、存在の趨勢に集約されるかたちでの〈主体化〉を組織する点にある。そしてそれが「根本的」で「基本的」な姿勢である以上、その姿勢はそこを「出発点」として「生体験のあらゆる領域にも拡がりだしていなければならない」。リシャールはそうした「あらゆる領域」に波及している（はずの）趨勢を「遍在性」と呼んでいて、だから彼のテマティスムは、深層と遍在という二つのロジックを動員しながら、「＊＊的存在」と形容される〈主体〉（ときに「自我」とか「意識」と呼ばれもする）を再構成しているのだ。存在と事物が「最も奥深い地点」で交わす関係性を捉えること。それゆえ、最深部へと降下する方法を見いだし、そこで把握した「根本的な姿勢」を今度はテクストの「あらゆる領域」に送り返し、同様の姿勢を細部に認め、遍在のネットワークを構築すること。これがリシャールの遂行する主題論的な〈主体〉回復の射程であると同時に、小説家の布置した言葉を再構成する際の方法でもある。

だからそこでは、〈食べる〉という契機によって可能となる「咀嚼、嚥下、消化、吸収」という推移もまた、「最も奥深い地点」へと降下する方途となっている。リシャール自身、「知覚すること、思考すること、愛すること」[3]は対象を「むさぼり食うこと」だというように、捕食行為を比喩化しながら、「消化、反芻といったこれらの消化に関する比喩は、もはや、感覚が自分のものとなるだけではなく、自分自身になっていく内部変化の過程を想起させる」と言っている。つまり、摂食や捕食というかたちで出会った存在と事物が、当初かかえていた「距離」や「異質性」を消化＝解消し、事物（対象）を存在（意識や自我）へと同化＝吸収して行く「内部変化の過程」こそが「最も奥深い地点」へと降下して行く過程であって、リシャールは、そうした深化の過程で捕捉した存在と事物のとりうる関係性＝姿勢の類似物を、〈主体〉を構成する細部としてテクストの「あらゆる領域」に見いだし、そうすることで、テクストを一種の有機体として組織する。そう、リシャールのテマティスムが原作者の意図を超えて遂行する再構成とは、テクストの有機体化であって、そのとき、彼のテマティスムは対象とするテクストに十九世紀的な意味での身体性（有機体としての属性）を付与していることになる。言い添えれば、だからこそテマティスムは十九世紀のテクストに馴染むのであり、これを本質的に十九世紀的ではないテクストに援用するとき、そこに生ずるのは、不必要な、ときに反動とも抑圧ともなりうるテクストの有機体化という事態にほかならない。[4]

　そしてリシャールがテクストを有機体として組織する際、いわばその全身に遍在させる「根本的な姿勢」を「機能的必要性」と置き換えるとき、そこにもう一人、〈食べること〉からくりひろげられる「多様な関係の推移が描きだすフォルムの一貫性」を、文字通りの〈有機体〉として再構築した人物が浮上してくる。それは、フーコーが『言葉と物』において、対象の可視性にもとづいた分類的思考に依拠する古典主義的エピステモロジーを、不可視の身体という厚み＝深層を見いだした比較解剖学という領域において、近代的な知へと切断した人物として参照するジョルジュ・キュヴィエである。キュヴィエによれば、「あらゆる有機体［器官をもつ生物］は、一つの集合体、つまり唯一の閉じた体系を形成していて、そのすべての部分は互いに呼応している」（『四足獣の化石骨の研究』[5]）という。これは、生物という閉鎖系において各器官どうしが呼応のネットワーク（有機体）を形成することを指摘するものだが、そこで見逃せないのは、キュヴィエがその説明に、フローベールのテクストを有機体として組織するリシャール同様、〈食べること〉に端を発する一連の機能と形態の対応性を導入している点である。何を、どのように捕食し、咀嚼し、消化するのか。これまた、存在（動物）と事物（食物）との関係にほかならないのだが、肉を食べるか草を食べるかで、鉤爪があるか蹄があるかという捕捉器官の形態が決まり、それに呼応して歯の形態（咀嚼器官）も、消化器官も決まってくる。しかもキュヴィエが有機体の組織＝体系化において〈食べること〉を優先するのは、呼吸や消化や循環といった機能のなかで、血液やその脈管よりも「消化があらゆる動物に実在する」（フーコー）、つまり遍在するからである。この過程をフーコー的に要約すれば、「動物は食物を摂取しなければ《ならない》」「動物は食物を摂取しなければ《ならない》のであるから、獲物の性質とその捕獲の様態とは、咀嚼や消化の機構と無縁ではありえない（そして逆に、咀嚼や消化の機構も、獲物の性質と捕獲の様態と無縁ではない）」となる。動物という名の有機体［器官をもつ身体］を再組織化するキュヴィエの方法が、どれほどテクストという名の有機体［小説的細部をもつ身体］を再組織化するリシャールのテマティスムに共有されているかは、言うまでもないだろう。その意味で、大いに捕食活動がなされるフローベールの小説を〈食べること〉に端を発する一連の関係として読み換えるリシャールは、まさにキュヴィエのように有機体を再組織しているのであり、そこに、彼のテマティスムが近代の認識基盤に通底するある種のメジャー性を分かち持つ理由もまたある。そしてキュヴィエの方法を指して、フーコーが「このように機能との関係において器官を観察するとき、いかなる『同一の』要素もないところに『類似関係』があらわれる」と言うとき、それはほとんどフローベールの小説のうちに「密接的に反響しあ」う「小説的な細部」を読みとる蓮實重彦の方法そのものに妥当するのである。

　蓮實重彦は「『ボヴァリー夫人』論——小説的空間の問題」で言っている。「一篇の虚構を虚構として読む」とは、「そのさまざまな小説的な細部のあいだに張りめぐらされている意味作用の網状組織の一瞬ごとの変化を、そのつど把握することにほかならない」と。それは、小説の「細部」どうしを繋いでできる「意味作用の網状組織」として、テクストを再構成するということである。つまり蓮實重彦もまた、フローベールのテクストを〈意味性〉の有機体として再組織化している。だいいち、その「一瞬ごとの変化を」把握する必要のある「網状組織」とは、まさに生きている組織（有機体）そのものではないか。そうして〈意味性〉の網目は、細部どうしの連繫によってテクストのあらゆる領域に張りめぐらされていく。蓮實重彦は、そうした小説的な細部＝器官の類似や呼応を、ときに「共鳴」という言い方で呼び、またときに細部どうしの「模倣」の「反復」とか「変奏」と呼ぶこともあるが[6]、たとえ類似を「模倣」と言い換え、遍在を「反復」やら「変奏」と言い換えても、その批評姿勢は、テクストという「同一の」要素もないところに〈意味性〉の「類似関係」を組織化し、それらをテクスト全体に遍在＝反復させていく点でキュヴィエ的方法と変わらない。

たとえば、異なる「手」という細部＝器官のうちに看取される基本的な姿勢＝趨勢について、蓮實重彦は「共鳴は、手が代表する露出された皮膚同士の間にかたちづくられる。その軸になるのは硬さと柔らかさを両極に持つ触覚である」[7]（傍点原文）と言い、『ボヴァリー夫人』の「いたるところ」で「粗野で荒々しい肌の手」と「しなやかで溶けてしまわんばかりの手」が「軟＝硬の双極性」を形成している、と語っている。われわれはそこから、「カチカチと鳴る乾いた音」をたてる「鉤爪」と「音など滅多にたて」ない「ふっくらとして丸味をおびた肉質」という同様の双極的な趨勢を付与された金井美恵子の『柔らかい土をふんで、』冒頭の猫の足を思い起こさずにはいられないし、そうした点にテマティスムの小説細部への浸透ぶりを見ないではいられないが、さらにここで確認したいのは、「皮膚の硬さ」を共有するシャルルと「農業共進会」で表彰される老婆の手が「親しく連繫しつつ」共鳴し、その共鳴が「皮膚は粗く、腱は固」いイポリットの足にまで変奏されている点である。

蓮實重彦は「共鳴が二つの異なった手の間に起るばかりではなく、露出された足との間にもかたちづくられる」と言っているが、この、まったく異なる身体に属しているはずの手や足を属性＝姿勢の類似性によって共鳴し合う細部として見る批評家の視線は、あらためて、種を超えて対応＝共鳴する器官どうし（たとえば「蝙蝠の翼」と「アザラシの後部の鰭」など）のあいだに「一種の恒常性」を見抜く比較解剖学者の視線そのものである。キュヴィエは言う。「自然は腕と一緒に鰭を創ったのである。その変奏に応じた二次的特徴のなかには、一種の恒常性がつねにあることに気づかなければならない」と。つまり、器官と器官のあいだにキュヴィエが見いだす「一種の恒常性」こそ、小説の細部と細部のあいだにテマティスム批評が読みとる意味作用の共鳴であって、キュヴィエとリシャールと蓮實重彥に共有されているのは、それが器官の網目からなる生体組織（キュヴィエ）であれ、存在趨勢の束としての主体化（リシャール）であれ、網状組織としての意味性（蓮實重彥）であれ、どれも有機体を組織する方法的な類似性にほかならない。そしてそれらは、ドゥルーズが〈器官なき身体〉にふれて「主体は有機体に劣らず地層に属し、地層に依存している」と言い、「われわれにかかわる三つの大きな地層」、「つまりわれわれを最も直接的に拘束する」地層と言って列挙する「有機体、意味性、主体化」（『千のプラトー』[8]）にあまりにも見事に対応しているではないか。しかも付言すれば、キュヴィエは、比較解剖学を古代生物の化石骨に援用することで、地球の生成へと探査の針をのばす地層の研究にいち早く着手していることを、ここで想起しておくこともあながち無駄ではないだろう。それゆえテマティスムの言説とともに金井美恵子が呑み込みうるメジャー性とは、そのようにして確保された有機体という名の強固な地層性であり、領土性ということになる。

3

テマティスムの言説をむさぼり読むとは、それゆえ有機体性を摂取することだ。金井美恵子が蓮實重彦＝リシャールを通してフローベールを読むということは、フローベールを有機体化する機制そのものを摂取することであって、それは小説家にとって、自らの小説的言説が有機体化されうることを意味する。そのとき起こるのは、テマティスム言説という有機体への吸収＝同化という事態であり、〈書くこと〉を絶えずそれまでの自らの書き方《エクリチュール》への累加的な批評性として実践してきた金井美恵子にとって、それは、維持してきた〈書くこと〉の戦略性じたいをなし崩しにされることにほかならない。それは自己の小説的言説を有機体のメジャー性に委ねることだが、ではいったい「有機体、意味性、主体化」という「三つの大きな地層」によって代表される有機体のメジャー性とは、どのような射程と階層性をもつものなのか。それは、金井美恵子の小説的言説が同化＝吸収されうる領土の射程を問うことでもあるが、ドゥルーズとガタリは『千のプラトー』で、〈器官なき身体〉という視点を戦略化しながら、有機体のポリティークの輪郭をこのように差し出している。

「身体は決して有機体ではない。有機体は身体の敵である。〈器官なき身体〉は器官に対立するのではなく、構成され、場所を与えられねばならない〈真の器官〉と連帯して、有機体に、器官の有機的な組織に対立するのだ。神の裁き、神の体系、神学的体系とはまさに、有機体、つまり有機体と呼ばれる器官の組織を作り出す〈者〉の仕事なのだ。（……）有機体がすでに神の審判であり、医者たちはこれを利用し、そこから自分たちの権力を引き出すのだ。有機体はいささかも身体でも〈器官なき身体〉でもない。それは〈器官なき身体〉の上にある一つの地層、つまり蓄積、凝固、沈殿などの現象にほかならない。[9]」

ドゥルーズとガタリがいう「身体」とは、近代的なエピステモロジー（比較解剖学にしろ、近代医学にしろ、生物学にしろ、生理学にしろ）が発見した有機体ではない。有機体という視点こそが「身体」を領土化することで可能となったのだ。テマティスムがテクストという身体を有機化することで成り立つように。そしてドゥルーズは、そうした有機体の体制から「身体」を奪い返そうとしている。そのための、有機体を解体する戦略こそが〈器官なき身体〉にほかならない。反対に「身体」のうちに有機体を見いだす視線は、その向こうに「神学的体系」を想定する視線でもある。有機体が発揮するメジャー性とはそのようなものであり、小説テクストを意味作用の有機体として再組織するとは、だから「神学的体系」にさえ帰着するメジャー性を回復することを意味する。[10]金井美恵子がテマティスムの言説を摂取するとき同時に取り込まれるのは、そのようなメジャー性であって、そのとき小説家は、もはやこれまでのようには書くことはできないだろう。有機体のポリティークに従うかたちでしかテクストを生産できなくなるからだ。それが、テマティスムの言説を呑み込むとき、ある種の批評性の獲得と引き換えに小説家が支払わねばならない代償である。

しかも、蓮實重彥のリシャール論には、そしてリシャールのフローベール論には、まるで金井美恵子自身のそれまでの戦略に対する言及と見紛うばかりの指摘があって、そのことじたいは、金井美恵子とフローベールの強い親近性を示唆しているものの、その反面、いっそう両者の言説の同化を促進しもする。蓮實重彥は「批評、あるいは仮死の祭典」でこう言っている。「つまり、リシャールがまず執着をみせたフローベールの饗宴への心的傾斜は『食欲』から『病的飢餓』を通過して『不消化』へと到達し、つまり『食べる』ことの失敗をまざまざと具現化してみせたときはじめてその意味作用を完全なものにするのである」と。食欲・飢餓・不消化。このリシャール＝フローベール的な〈食べること〉の想像的軌跡は、金井美恵子の小説に頻出する「空腹」や「断食」を「飢餓」の変奏と見なし、「吐き気」や「嘔吐」や「食欲の失調」を「不消化」の変奏と見なすとき、ほとんど金井美恵子の〈書くこと〉の戦略の軌跡をなぞることになる。それだけではない。リシャールのフローベール論には、蓮實重彥の要約以上に、金井美恵子の戦略と共鳴し、それを同化しうるような示唆がなされている。

「食欲がおき、いきおいがつきさえする前に、そしてはじめて意識というものが感じられる時から、フローベールは自分のうちにこみあげてくる吐き気を感じとっていた。」

食欲と吐き気を同時にもつこと。それを金井美恵子は、自らの書法上の戦略として実践していたではないか。たとえ両者に、存在が事物に対して示す主題論的な姿勢と書法上の戦略という水準の違いがあるにしても、ここで示される等質性が、金井美恵子がこれまで〈書くこと〉と〈食べること〉の競合するフロントで維持してきた〝戦い〟を、有機体の言説へと同化＝吸収するようにはたらくことは確かだ。しかも、この指摘にいたる過程にも、金井美恵子の書法と共鳴するテマティスムの言説がリシャールによっていくつも差し出されている。たとえば、「獲もの」とみれば「がつがつとおどりかか」り、その場で「食べつくそう」とする『ボヴァリー夫人』のエンマ。その対象に対する姿勢を受けつぐ「聖アントワーヌの豚」がつづいて提示され、その「腹の中」で「うごめいている」ものの不消化が示され、つづいて書簡からの引用をはさんで、「交互に食べたり吐いたりでいそがしいアウルス・ヴィテリウス」の姿が差し出され、「フローベール的貪欲さ」、「消化の失敗」、「空腹」、「満腹することの不可能性」といった言辞が並ぶ。そうして『聖アントワーヌの誘惑』の、「腹の皮がさけそう」なくらい「満腹」なのに「腹がへっている」と叫ぶ「大食い」が引用とともに提示され、『空気男のはなし』を思わせる「途方もない大食の悲喜劇」が指摘され、ついにはそうした「食欲の弁証法」が無力感の告白にたどり着く。金井美恵子においては、〈書くこと〉と〈食べること〉の競合が絶えず〈不在〉や〈欠如〉の感覚に触れている点でも、リシャールの描くフローベールの「食欲の弁証法」と驚くほど多くの類似点を共有している。いったい、これほどの共鳴のネットワークに取り囲まれて、金井美恵子の小説は、有機体の言説に同化されずに済むのだろうか。

4

じっさい、それはほとんど不可能に近い。いや、もうすでに有機体への同化がはじまっているのではないか。繰り返すが、リシャールが「食欲の弁証法」を設定する水準は、金井美恵子が〈書くこと〉の〝戦い〟を組織してきた水準とは異なっている。リシャールの言説はあくまでも物語内容の水準にかかわり、金井美恵子の書法をめぐる〝戦い〟は小説表現の水準にかかわる。〈書くこと〉の分割、書く（語る）主体の分《テマティ》割《スム》という事態は、明らかに物語内容の水準では生起しえないからだが、しかし、有機体の言説は、そうした水準の差異をも無化するような同化のための媒介物《メディア》を招喚してやまない。有機体の言説から身体を引き剝がそうとすると、その身体を囲繞し、ふたたび同化を促すメディア。それは浸透によって同化を遂行する〈水〉というメディアにほかならない。蓮實重彥は、「食欲の弁証法」につづいて、リシャールのテマティスムが〈水〉をめぐって「第二のはじまり」を仮設していることを次のように指摘している。

「『消化』が最終的に不成功に終り、『食欲の弁証法』が無力感の告白へとたどりつき、さらに外観の堅固さを失って融合しあった不定形な物質の海へと意識をなくした主体が溺れこんでゆくとき、いわゆる『水コンプレックス』として存在を捉える崩壊意識の中に、いわば最初の瞬間そのものを否定する第二のはじまり、つまり始まりでない始まりがそれ自体のうちに終りと過程とを含んだかたちで姿をあらわしてくる。」
「食欲の弁証法」から「水コンプレックス」へ。リシャールのテマティスムが描くこの転調は、有機体《テマティスム》の言説がなぜ〈水〉を必要とするかを示している点で、注目に値する。「食欲の弁証法」が失調するとは、事物（食物）を呑み込んだ存在がそれを同化＝消化できないということであって、そのとき同化のための別の契機が必要となる。リシャールによれば、それゆえフローベール的存在は、もはや「食の弁証法」によっては同化できない事物のうちに「表面とか限界」を見いだし、そこでの「柔軟さしか必要としない浸透」という姿勢を思いつくのだが、その浸透を十全に遂行するには、「生はやわらかく、液状にならねばならない」。そうして存在は自らを液化することで対象へと浸透し、存在＝生は「溶解」というかたちで一種の「崩壊」を経験する。それは「生きている存在の中にあらゆる内的な境界を溶解させてしまう」ことだが、リシャールはこれを何よりも「恋におちる」こととして差し出す。つまりフローベール的「恋」とは、自己の液化による対象への浸透によって境界を溶解させる体験にほかならない、ということになる。そうした自己の液化の例として、リシャールはフローベールの「水滴」のような「発汗作用」を挙げる（エンマの露わな肩にふき出す「細い汗の雫」がそうだ）し、液化によって溶解する境界に舌と「桃」という果実の浸透＝溶解（「自分の心が舌の上でとける桃よりもやわらかく、もろいものに感じられる」と『十一月』の主人公は言う）を挙げてもいる。

　そしてテマティスムの言説を摂取した金井美恵子は、『あかるい部屋のなかで』の

「あとがき」（八六年一一月）で、「共感というのは、少し汗ばむことだ」といみじくも言っていて、それこそ「共感」とは「内的な境界」の「溶解」にほかならないからであり、『春の声』（七九年八月）には「押しつぶされた乳房の間の白く細長い隙間に、二つの身体から滲み出す汗がまじりあって溜り」というように、境界を液化によって廃棄しようとする「汗」がはっきりと刻まれている。そればかりか、桃の「発汗」ともいうべき果液の滲出については、繰り返し変奏されてテクストを潤している。たとえば『耳』（七一年一一月）には、「家政婦は桃の汁を飲ませてくれ、それは全身が甘い果汁にひたされて潤って行くような陶酔として染みわたり、少女の肉体はまるで透明なガラスで出来た涸渇の壜のように果汁に飢えていた」とあって、有機体の〈水〉が「果汁」へと変奏されているが、これは、リシャール自身がフローベール論において、「熟れきった果実」と「雪どけのしずく」とのうちに等価な想像力の趨勢をとらえる見方にじかに連なるものだ。そこに共有されるのは「飽和と分離といううごき」であり、果実は飽和＝成熟して汁や蜜を生成し、雪は溶解して水滴を分離する。さらに「一つ段階をふみ超え」れば、たちまち「成熟は腐敗となる」のだが、リシャールの行うこうした対象の主題論化（つまり有機体化）の根底には、液化とは「成熟が飽和点に達して流れるようにあふれてくる」ものであって、果液の「滲出」＝「浸透」じたい「自らの外部に流れ出した」しずく状の「生」である、という理解がある。そして見逃せないのは、これと前後して、金井美恵子のテクストに桃や水蜜桃からの果汁や果液が頻繁に滲出し浸透しはじめるという事実にほかならない。[11]

なかでも『桃の園』（七六年一月）は、「ある春の日に、ピンクの花を咲かせた黄桃の実のなかに、甘い蜜が湧いて、熟して、したたるように」という深沢七郎の言葉をエピグラフに引き、「夢の燈明のような桃色の果実が熟している」斜面全体が「桃園」になっている丘陵地帯を舞台にしていて、まさに「成熟が飽和点に達して」いるようなテクストで、全篇を「桃の実の熟した蜜がしたたらせる蜃気楼」が覆っている。桃から滴る蜜の靄（これこそ液化ではないか）の浸透によって一つの有機体となったテクスト。その有機化を支持しているのが、成熟と飽和を共有する少女というもう一つの有機体であって、金井美恵子は、果液の「滲出」する場所としての果皮を少女の皮膚に結びつける。「黄金色の産毛に飾られた少女の膚」もまた、その内側で生起する成熟と飽和を滲ませる表皮なのだ。そこでは当然、液化という事態までが共有されていて、一方の表皮に果汁の滲出が起こるとすれば、他方の表皮に生起するのは、汗や体液の滲出という液化にほかならない。成熟と液化という有機体的《テマティック》な物語性を分かち合う桃の果皮と少女の皮膚。それらは、汗や果液という姿をまとった有機体のメディアとしての〈水〉によって見いだされた表皮であり、まさに主題論的〈水〉が浸透し、かつ滴状となってとどまる表皮である。そしてそのことは、皮膚も果皮も、テマティスムの支持体として有機体に組み込まれたことを意味していて、つまりそうした表皮を獲得することで、金井美恵子のテクストじたいが有機体化＝主題論化されているのである。

「表面」を見いだし、「液化」を促し、「浸透」をはたすこと。そのとき「境界」の廃棄というかたちで存在は対象（事物）を同化する。リシャールのテマティスムにおいては、液化はこのようなメカニスムとともに要請されるのだが、液化とは、ひとことで言えば、汗であれ、唾液であれ、果汁であれ、さまざまなかたちで有機体の〈水〉を招喚することなのだ。有機体を浸潤し、そこから滲出してくる〈水〉。リシャール自身、「有機体のたてるこの幸福な鼓動は、そのとき、奔放で栄養豊富な滔々たる水の循環と一致する」と、はっきりと有機体と〈水〉の親近性を指摘しているし、蓮實重彥もまた「『ボヴァリー夫人』論──説話的持続の問題」において、「脈拍と鼓動」という章を立てて、リシャールの差し出す有機体のリズムと一致する〈水〉の想像的な姿態を強調している。[12] テマティスムの〈水〉はそれゆえ、あらゆる形をとりながら、あらゆる領域にまで有機体のポリティークを浸透させる比類なき媒体《メディア》[13]であって、そうしたメディアとしての〈水〉は、有機体から離れて、いわばその手先として機能する。そのとき〈水〉は、意味作用の媒体として、存在と物質のあいだに液化の起こりうる表面＝境界という環境をも同時に招喚する媒体《メディア》にほかならない。

そして何より見落とせないのは、〈食べる〉という形での事物と存在の関係性の不調が、その不調を溶解させるべく液化というかたちで〈水〉を招喚する、というリシャールの転調を、金井美恵子がじつに忠実に踏襲し反復している点であって、彼女は『才子佳人』（七六年九月）において他者の言葉を食べる戦略を見いだし、さっそく蓮實重彦とリシャールを介してテマティスムの言説を摂食するのだが、要はそのあと、この小説家が次々と、二つの有機体から滲出する液体を相互に浸透させるための表皮《テクスト》を組織している点である。その一つが、冒頭から「重くるしい水の境界線」ということばではじまる『境界線』（七八年七月）にほかならない。

獣の濡れた鼻のように柔らかくて少しざらざらした乳首が軽くわたしの胸に押しつけられる。眠りと覚醒のまじりあった未分化の溶液のなかで、彼女は快楽のほうへ辿りこもうとして再び眼を閉じる。熱をたぎらせている闇の中心部に向って。そして快楽と境界のない水蜜桃のような熟睡のなかに彼女はまた一気に辿り落ちて行く。枕に半ば横向きになって頬を埋め——肩から首にかけて刻みこまれている何本かの折り重なった筋のような肉のくびれに汗を溜め——体をうつ伏せ、毛布からはみ出した腕を軽くくの字に曲げ幸福な幼児のように、毛深い身体を丸め肢の間に鼻づらを埋めながら気持いい巣穴のなかで眠っている獣のように、真の眠りと休息の〈大自然の饗宴の豪華な食卓〉の上で彼女は呼吸している。生際と唇の周囲に汗の粒々を滲ませて。彼女の水蜜桃の成分で出来ている哺乳動物といったふうの、胸が切なくなるような甘美な熟睡——真の眠り——を鉤爪で引き裂いてやりたいと思ったものだ。

〈大自然の饗宴の豪華な食卓〉といった文言が刻まれているにもかかわらず、この『境界線』では〈食べること〉も〈食べ物〉もなんらトピックを形成してはいない。もはやそこには〈食べること〉と〈書くこと〉をめぐる闘争線は引かれていない。テクストに対する主題論化の侵攻によって、〈書くこと〉と〈食べること〉をめぐる戦線は大きく移動していて、少なくとも、主題論を助長する〈水〉の浸透とともに、これまでこの小説家が維持してきた〈書くこと〉をめぐるマイナーな〝戦い〟が維持不可能になっていることは明らかだ。そうした闘争線の消滅と、『境界線』において、有機体の〈水《メディア》〉が「水蜜桃」と「彼女」の身体とを繋ぐように招喚されていることは、無関係ではない。しかもそこでは、〈水《メディア》〉の浸透が「境界」の廃棄を用意している。「快楽と境界のない水蜜桃のような熟睡」とあるように、「水蜜桃」が媒体となって快楽と熟睡の「境界」を廃棄する。というのも、桃果こそすぐれて、果皮の内にも外にも果液を浸透＝透過させることで、その果皮を実質的に無化しうる事物だからであり、この、浸透による境界の無化こそ、有機体のポリティークなのだ。しかも「彼女」の「甘美な熟睡」はそうした「水蜜桃の成分で出来ている」。「彼女」もまた「眠りと覚醒」の境界の廃棄された「未分化の溶液のなかで」、あたかもその「溶液」が自身の皮膚から滲出してきたかのように「汗の粒々」をかく。「肩から首にかけて刻みこまれている何本かの折り重なった筋のような肉のくびれ」に、そして「生際と唇の周囲」に。つまり二つの有機体の隣接によって可視となるのは、「彼女」の皮膚の上に浸透

＝滲出してくる汗が、睡眠と快楽の「未分化の溶液」でもある「水蜜桃の成分」の滴りである、という彼女と果実のあいだの境界の廃棄にほかならない。とすれば、そこで小説家が発すべき自問は、一方の果実に起こる果液の浸透による果皮の廃棄が、他方において、汗や唾液などの体液の浸透による皮膚という境界の廃棄をも誘起しうるのか、という問いであって、そうした〈水〉の浸透によって促された問いへの答こそが、『春の声』（七九年八月）の冒頭の、汗の共有による皮膚という輪郭の廃棄である。

押しつぶされた乳房の間の白く細長い隙間に、二つの身体から滲み出す汗がまじりあって溜り、そこから香水の熱い靄がたちこめるので、汗に濡れてつるつる滑る彼女の身体は〈わたしの腕の中で〉一瞬、輪郭を失って融けかかる。まるで、水の中にいるみたいに。額の生際と唇の周囲に粒になって滲んでいる汗に髪がはりつき、少し傾いて右に曲げられている首に刻まれた五本のくびれ目の筋のなかにも汗が溜っていて、彼女は眼を閉じている。

「二つの身体」の境界である皮膚と皮膚のあいだで両者から「滲み出す汗」を共有し、そうして形成された共＝空間が汗と香水の「熱い靄」に包摂されるとき、「輪郭」は失われ、境界は有機的な〈水〉によって溶融する。皮膚＝境界の廃棄はこうして遂行されるのだが、そのとき有機的な〈水〉は、自らを反復しながら着実にテクストの細部へと浸透の度を深めている。『境界線』において「唇の周囲」に滲んだ「汗の粒々」

は『春の声』において、再び「唇の周囲」に「粒になって滲」む。有機的な〈水〉の反復ばかりではない。言葉の環流とでも言えばよいだろうか、反復される汗の生成の周囲に、二つのテクストはほとんど同じ言葉を反復している。とりわけ「生際と唇」や「首に刻まれた五本のくびれ目の筋」といった発汗部位をめぐる言説において。だが、ここで重要なのは、そうした言葉の環流とともに、汗という有機体の〈水〉が発語器官の一部である「唇」に接近していることであって、この接近は『春の声』の結末で、いっそうその戦略性を顕わにするだろう。

押しつぶされた乳房の間の白く細長い隙間から香水の靄がたちのぼり、ひそやかに息づいて増殖しつづける。においが染みついいちゃうわよと、彼女は言い、いや、と〈わたし〉は言い——咽喉にからまったかすれ声で——〈わたし〉は、いや彼は、構わない、と答える。〈わたし〉か、あるいは、誰かの舌が——柔らかく粒立っている——〈わたし〉か、あるいは誰かの貝殻骨の窪みに溜った汗を舐め取り、複数の夢の水となって、汗と唾液がまじりあい、身体の内部から分泌する液体と精液がまじりあう。そして、無数の誰でもない者となる。

『春の声』の冒頭と結末で、「押しつぶされた乳房の間の白く細長い隙間」という同一の言葉が反復されている。[14] 汗と香水のいりまじった「靄」によって輪郭＝境界が廃棄された環境で、〈わたし〉はあたかも「彼」の輪郭が液化して滲出してきた姿でもあるかのように「彼」と混信し、「貝殻骨の窪みに溜った汗」は「〈わたし〉か、あるいは、誰かの舌」を招き寄せ、「唾液」と「まじりあ」う。汗が唇から舌に浸透し、唾液と一体となるとき、〈わたし〉さえ「誰か」へと溶けだすのだ。そのとき起こっているのは、有機体のメディアによる発語器官への浸透と領有であって、「汗」は「唾液」と共謀しながら「舌」をとらえ、同時に、人称という言語主体の境界をも廃棄するようはたらいている。

6

こうして、『春の声』において発語器官の「舌」にまで浸透した有機体のメディアは、その「舌」が発する〈言葉〉をも有機体化しようとする。すでに一部ではあるが、『春の声』の言葉は〈水〉の浸透によって自らの輪郭を溶解させながらテクストの中を環流しはじめている。そして連作『くずれる水』の冒頭に置かれる『河口』（八〇年五月）の最後で差し出されるのもまた、まさにそのような〈水〉と〈言葉〉の有機的な連繫にほかならない。

黒い川の水の飛沫を浴びながら――川の右岸と左岸に枝分れしている無数の運河の入口と、その両岸にさらに枝分れする縦横に張りめぐらされた道をどのように迂回して辷って来たのだろう――わたしたちは抱きあい、飛沫を浴びて濡れている彼女の冷たい唇――官能を象眼したような、金属のような、そうだ、水銀のような――に触れ、すると、唇の間から、なまあたたかい粘つく唾液がわたしたちの舌の上に流れ込み――言葉のように、液体化して透明になり輪郭と境界を失っている言葉のように――冷えきった大気の上空から、雪が降って来て、彼女の見開かれた瞳の上にはりついて、瞳のなかに溶け込む。

〈水〉と〈言葉〉の連繋が組織されるのは、「なまあたたかい粘つく唾液がわたしたちの舌の上に流れ込」むとき、つまり発語器官が有機体のメディアに領有されたときである。そのとき〈言葉〉は、文字通り「液体化して透明になり輪郭と境界を失っている言葉のように」という比喩とともに〈水〉の属性を与えられる。〈言葉〉が液化するとは、自らの輪郭＝境界を失い外部へと流出可能になるということだ。そしてこの液化した言葉が、連作『くずれる水』の諸篇を環流しているのだが、こうした水＝言葉という連繋を可能にする際の有機体の戦略は、特筆に値する。それは、繰り返すが、摂食器官に対する発語器官の、〈食べること〉に対する〈書くこと〉の〝戦い〟じたいを無化してしまうという意味で、まさに有機体が遂行する戦略にふさわしいと言える。ちなみに、金井美恵子がリシャールと蓮實重彦を経由して主題論的＝有機体的な〈水〉をテクストに積極的に誘導する時期と、〈食べること〉と〈書くこと〉をめぐる〝戦い〟が維持不能になる時期がほとんど一致するのは、そのためと考えられる。

ではいったい、水=言葉という連繋はどのように組織されるのか。それは、すでに見たように、唾液によって唇・舌・口を占領することからはじまる。発語器官に〈水〉を浸透させ、発語される〈言葉〉じたいを液化し、有機化すること。これこそ、これまで見てきたように、金井美恵子のテクストに浸透した有機体のメディアが着実に遂行してきた戦略だが、それが主題論的な〈水〉に遂行可能なのは、言葉と食物は同時に口と歯と舌という器官を占有できず、競合するのに対し、唾液は言葉とも共存可能だからである。発語器官を食物が占有し領土化するとき、言葉を発することは不可能であり、ドゥルーズとガタリの言葉を思い出すなら、「食べることと話すことのあいだには、ある種の分離が存在する」。つまり、食べながら話すことはできない。それゆえこの競合性のうちに、言葉による摂食器官の脱領土化の〝戦い〟を組織することが可能となるのだ。しかしながら、唾液という有機体の〈水〉は食物とは異なり、話すこと、発語することと競合しない。唾液で口と歯と舌を占領しながら言葉を発することはいくらでも可能だからだ。つまり〈水〉と言葉は発語器官において共存できるからこそ、言葉は〈水〉の浸透に対し無防備に応接することしかできない。有機体のメディアは、その無防備に乗じて発語器官と発話主体そのものを領有し、そこで発せられる言葉を自らの有機体制に取り込むのだが、こうして言葉とも一体化した有機体の〈水〉は、たちまち、金井美恵子のテクストに、皮膚とは別に、浸透すべき新たな表層を見いだすことになる。すなわち、インクが文字=言葉として浸透する紙という表皮である。そしてその表皮=境界を廃棄するために、有機体の〈水〉はインクとなって言葉の境面へと浸透するだろう。なにしろ、インクで書かれた言葉こそ、文字通りの液体でできた言葉であり、液化した言葉にほかならないからだ。『水いらず』は(そして『洪水の前後』も)こんな記述を差し出している。

「わたしは、青いインクが、細い切っ先のわずかな切れこみから毛細管現象で滲み出すペン先――ある規則正しい、あるいは不規則で点々とした滴を作り出す水分のあふれ出し――が紙の上に文字を書く時の、あの、奇妙な擦れる感覚、いくらか(……)ざらざらした柔らかな抵抗感のある、紙の表面をペンがひっかく時の感覚を思い出す。」

インクという〈水〉が浸透する新たな表皮としての紙。その紙にインクで言葉を書くとは、まさに液化による言葉への〈水〉の浸透とその境界の廃棄ではないか。そうして水=言葉という連繫が組織され、インクと紙は、金井美恵子にとって、〈書くこと〉をめぐるもはや遂行してはいない〝戦い〟に代わって、〈書くこと〉じたいを物語内容の場所に置くのである。別の言い方をすれば、インクと紙と言葉を動員して、そうした「液化」や「浸透」や「境界の廃棄」を小説家に語らせることじたい、テマティスム言説の有機体的ポリティークの遂行にほかならない。

7

われわれはここまで、テマティスム言説に胚胎する有機体的ポリティークについて語り、その媒体としての〈水〉を受け入れることで金井美恵子の小説に生起した変成についてつぶさに見てきたが、連作『くずれる水』ほど徹底的に大いなる液化を招来している作品群はない。『水鏡』（八〇年一月）、『河口』（同年五月）、『くずれる水』（同年七月）、『水いらず』（同年一〇月）、『洪水の前後』（八一年三月）といった一連の〈水〉にちなむ連作がそうで、これじたい、有機体《テマティスム》の言説の摂食が金井美恵子のテクストに惹起した液化現象にほかならず、そこに浸透してくる〈水〉がいかなる働きを示すかといえば、それまで〈食べること〉の領土《メジャー》性に対し〈書くこと〉の〝戦い〟を組織してきた戦場であるテクストを、有機的な環境に、つまり十九世紀的な物語と地続きの風土に変えるということなのだ。連作『くずれる水』のページをランダムにめくっても、『河口』では、「河口の広い水面の上を渡って来る風は、凍った冷気の粒のように、顔面や耳や首すじに突き刺さる」というように、「河口」の「水面」が布置されているし、「少し汗ばんでいるように湿り気のある薄桃の柔らかな円筒」といった発汗という液化への参照がなされている。『水鏡』では、「たっぷりとお湯を張った風呂に浸って、肉体というこの厚ぼったい輪郭を曖昧に溶かしながら、お湯と皮膚の境界を消し去り、すっかり水と一緒になってしまったら」とか、「風呂桶の上り湯の蓋に置いたリンゴの真紅の表面——淡黄色の果肉の水分がクチクラ層の艶やかな赤い外皮によって蒸散することをまぬがれている、甘酸っぱい球体——に無数の小さな水滴がむすばれ」といったように、まさに「湯と皮膚の境界」の廃棄が語られ、「水滴」をむすぶ表皮としての果実が差し出されている。『くずれる水』になると、「耳たぶを柔らかく咬む歯と唇、尖った舌の先が耳殻のなかで動くたびになまあたたかく溢れる唾液」というように「唾液」が用意され、あるいは、「風に吹かれてまとわりつく柔らかで頼りない布地が、彼女の身体の輪郭をあらわにし、またもやわたしは、その輪郭が、肉体の各部が、液体化して透明になり、激しく泡立つ洪水としてわたしを包囲する時のことを思い出」す、というように、じっさいには濡れていないにもかかわらず「肉体の各部」の「液体化」が言及され、「泡立つ洪水」ということばさえ刻まれている。『水いらず』では、すでに参照したように、「青いインクが、細い切っ先のわずかな切れこみから毛細管現象で滲み出す」とか「不規則で点々とした滴を作り出す」といった液体の滲出が形象化され、『洪水の前後』においては「上着の裏地からシャツにしみとおり、ついに皮膚にまで、にじみ出した汗なのかしみとおってきた雨なのか判別のつかなくなって混りあった水分が、じっとりまつわりついてきた」というように、汗と雨の皮膚への浸透が語られているが、それにしても、何というテクストの冠水ぶりだろうか。

こうした〈水〉の浸透によって、金井美恵子の小説がきわめて自覚的に皮膚や果皮や布地や紙面といった〈水〉の支持体としての物語環境を積極的に設営していることはすでに指摘したが、そうした環境が登場することで、テクストに主題論的な風土が醸成されてしまう。それは当然、フローベールの小説より、フローベールを再組織するテマティスムの風土に似ている。だが問題は、そのように〈水〉によって金井美恵子の小説が主題論化されることにあるのではない。要はむしろ、そのように浸透した有機体の〈水〉が、これまでの〝戦い〟を無効にするように見えかけた瞬間、そこに支配的になった有機体制に対する新たな〝戦い〟が組織される点である。そうした応接を、この小説家はいったいどこまで自ら諒解しているのかわからないが、ともかくテクストには主題論的風土のはぐくむメジャー性に抗する趨勢が刻まれていて、われわれはそうした趨勢が一種の戦略となりうる地点に視線を向けようと思う。その一つは、「汗と唾液がまじりあ」うことで、皮膚ばかりか「舌」という発語器官にまで液化による境界の廃棄が浸透し、いわば〈書くこと〉の領域までが有機体化される『春の声』の最後である。あらためて引用しよう。

〈わたし〉は家に戻る。彼は配達人の忘れた牛乳を砂岩丘の頂上にある牧場に取りに行って母親にとどけるだろう。そしてまた〈戻って来る〉かもしれない。押しつぶされた乳房の間の白く細長い隙間から香水の靄がたちのぼり、ひそやかに息づいて増殖しつづける。においが染みついちゃうわよと、彼女は言い、いや、と〈わたし〉は言い——咽喉にからまったかすれ声で——〈わたし〉は、いや彼は、構わない、と答える。〈わたし〉か、あるいは、誰かの舌が——柔らかく粒立っている——〈わたし〉か、あるいは誰かの貝殻骨の窪みに溜った汗を舐め取り、複数の夢の水となって、汗と唾液がまじりあい、身体の内部から分泌する液体と精液がまじりあう。そして、無数の誰でもない者となる。

見逃せないのは、有機体のメディアである「汗」と「唾液」が共謀して「舌」をとらえ、その「舌」の所有者である発話主体じたいを「無数の誰でもない者」へと変成している点である。『春の声』の冒頭に明らかなように、有機体の〈水〉の浸透により、主体の輪郭＝境界はすでに廃棄されているが、ここではそれが発話主体にまで進行しているのだ。存在を包摂する境界＝鎧が廃棄されるとき、主体の自己同一性が解体され、無数の主体の破片になるという成り行きは、いわゆる鏡像段階の踏破失敗という事態をきわめて忠実に想起させるが、いまここで注目したいのは、そうした精神分析的言説との酷似ではなく、「無数の誰でもない者」へと解体されるのが、有機体のメディアとしての水をその発語器官で受けとめた発話主体だという点である。ここでの人称＝主体の分裂を追うとき、それはいっそう鮮明になる。ここにあるのは、もはや「彼」と「彼女」のあいだの物語ではない。「彼女」が「においが染みついちゃうわよ」と言ったとたん、「いや」と発語する〈わたし〉が分岐するのだが、それがどこから分岐するのか決定不能で、人称＝主体は「彼女」とも「彼」とも〈わたし〉ともつかない分岐をはたす。「〈わたし〉か、あるいは誰かの舌」というように、もはやどの〈わたし〉が問題なのかも不分明な事態を招き寄せ、ついには「無数の誰でもない者」と刻まれるように、解体というより、もはや自分が主体であることも分からない「無数」の発話主体への分岐＝分割が完遂される。

ところで、発語主体の分割にかかわる「無数」という符丁が、同時に、有機体のメディアとしての〈水〉の属性でもあることを銘記しておこう。リシャールのテマティスムに、フローベールからの「ぼくのからだの中をかけぬける無数の水となった乳房のように、ぼくは波の間をころげまわった」という引用があるように、「無数」とは有機体制の〈水〉がある種の遍在性をおびて対象に浸透するときにまとう属性でもあって、金井美恵子はこの「無数」という形で進行した〈水〉の遍在的な浸透を発語器官にまで受け入れながら、それを「無数」の発話主体への分岐＝分割に反転させているのだ。この反転が貴重なのは、発語主体の分岐＝分割という動きが〈水〉の有機体としての戦略である浸透と連繋に拮抗する戦略たりえているからである。というのも、発語主体が「無数の誰でもない者」に分裂するとき、そこには主題論的な風土になじむ物語はもはや十全には醸成されないからであり、金井美恵子は『洪水の前後』のエピグラフにカフカの『日記』の、こんなことばを引いているではないか。「破片だらけの漂い動く物語をぼくはどうしてハンダ付けしようというのだろう」と。いわば「無数」の「破片」となった発語主体が語る「物語」もまた「無数」の「破片だらけ」であり、もはやそれらを有機的に繋ぎ組織する物語の統辞法など存在しない。そのとき起こっているのは、発語主体ばかりか、言葉じたいが自らの輪郭＝境界をいわば「無数」に分割し、テクストを漂流しはじめるという事態であり、まさに連作『くずれる水』での言葉の動きそのものである。有機体の〈水〉を受けいれ、一方であれほど水浸しの物語風土を招き寄せながら、他方で、そうした〈水〉そのものに「無数」の分割を用意しつつ、そうした〈水〉が占有した「舌」という発語器官をも同時に「無数」に分割すること。そこには、かつての〈語ること〉および〈書くこと〉の分割（ただしそれは二分割であった）という戦略との連繫を見てとることができるが、つまりは、この小説家が（というよりその書法が、と言うべきかもしれない）が主題論的な有機体制に浸透されながらも、〃戦い〃を維持しえているということなのだ。[15]

発語器官への〈水〉の浸透と並行して、発話主体を「無数の誰でもない者」に分割＝解体すること。『くずれる水』の水浸しの風土を切断するように漂流しているのは、いわばこの「無数の誰でもない者」から発せられた言葉である。それはテクストに主題論的な〈水〉を招来するとともに、それを分割する。連作『くずれる水』とは、まさにそうした連繫と分割、有機体化と脱＝有機体化、という同時に維持することの困難な動勢からなるテクストであり、そうした二様の趨勢はやがて、良質な風俗小説（それじたい、十九世紀的とも言える）であると同時に、自分の言葉でありながら「無数の誰でもない者」の言葉の摂取によってもできている『文章教室』（八三年一二月―八四年一二月）を可能にするだろう。その意味で、金井美恵子は〃戦い〃に対してこれを無化する趨勢をも、いわば自らの戦略にしていると言えるだろう。それはちょうど、〈食べること〉の領土性がなければ〈献立〉や〈メニュー〉を介して〈書くこと〉が〃戦い〃を組織できない事情と同様であって、主題論という有機体のポリティークを存分に摂取して、なおかつそれとの〃戦い〃を組織してしまうところに、この小説家の特異さが際立っている。

注

1　蓮實重彥の文学場への参入の戦略は、ほとんど両極に分裂する方法を、そうとは見えないように保持しながら批評の場に導入した点にある。プーレやリシャールに依拠するテマティスムは、明らかに〈深層〉を前提にした批評方法であるにもかかわらず、そしてそのことを「＊＊的存在」という言説があからさまに示唆しているにもかかわらず、そのいかにも翻訳調の言説の目新しさが、そうした深さを隠蔽するように働いたのであり、しかもその一方で、彼は〈表層〉を標榜した批評を設営する。『表層批評宣言』（七八年）こそ、その実践にほかならないが、そのときこの批評家は〈深層〉と〈表層〉の両極のあいだに拡がるフィールドを自らの方法の射程に収めたと言えるだろう。蓮實重彥の批評的資質は、そうした矛盾とも分裂とも感得される事態を、いわば右手と左手で同時に持つことのできる〈厚かましさ〉にあって、そうした姿勢は、端的に、〈物語〉批判を推進しながら、自分は一貫して〈物語〉を擁護してきたと言う点に見てとることができる。たとえば、一九八〇年代の物語の、類型を通り越して紋切型にまでなった様態を切り出す『小説を遠く離れて』にしても、明らかに物語批判であるにもかかわらず、物語擁護としても流通している（それは受け取る側の問題なのだが）。

2　テマティスムに刺激を受けた数少ない小説家のなかには、蓮實重彥の批評の対象となった古井由吉と後藤明生は入らないように思われる。そのことを端的に示すのは、金井美恵子と中上健次が、蓮實重彥の古井論やリシャール論（そこでは〈水〉をめぐる主題論が行われている）を受けるようにして、やがてほどなく〈水〉にちなむ小説を書くからであり、他方、古井由吉にしろ後藤明生にしろ、テマティスムの出現以降に、顕著な〈水〉への傾斜は認められない。後藤明生については、Ⅷ章「1」を参照のこと。

3　リシャール「フローベールにおけるフォルムの創造」からの引用は、すべて蓮實重彥訳による。

4　たとえば、カフカのテクストを有機化することが、不必要であるばかりかテクストの抑圧となるように、後藤明生のテクストをテマティスム化することは、有機化による抑圧でしかないが、では、金井美恵子のテクストをテマティスムで読むことはできるのか、という問いが、当然、差し向けられるだろう。結論をいえば、ある時期以降、つまり金井美恵子がリシャールのフローベール論や蓮實重彥のリシャール論やフローベール論を摂食して以降ということだが、金井美恵子は確信犯的にテマティスム的批評性を自らの方法として同化＝吸収しているために、そこでの主題論的分析は、多くの場合、同語反復的な軌跡を描くことになりかねない。

5　V章の「5」および注10参照。

6　ちなみに『『ボヴァリー夫人』論——小説的空間の問題」の第II章は「模倣と反復」と題されていて、そこではシャルルの「自習室」、エンマの「修道院」といった対象物（場所・空間）をめぐる二つの意識（存在）の差異と類似のネットワークが余さず組織化されている。

7　蓮實重彥「手の変貌——『ボヴァリー夫人』論のためのノート」（東京大学教養学部『外国語科研究紀要』）参照。

8　『千のプラトー』第六章「いかにして器官なき身体を獲得するか」参照。

9　前掲書、第六章参照。

10　おそらく、キュヴィエの言う「自然」はテマティスムにおいては「創造」ないし「創造主体」としての作者の才能ということになるだろうが、それこそドゥルーズが〈器官なき身体〉と有機体の戦いにふれて言及する「神学的体系」に相当する。

11　拙論「水・蜜・桃　テクストの聖痕」（『小説愛』所収）参照。なお、〈桃〉にちなむ表現を目につくまま列挙すると、「女の子たちは小さな未成熟の桃のように」（『海のスフィンクス』

七一年一一月)、「桃色の柔らかな魂」(『腐肉』七二年五月)、「桃色の眼」「桃色真珠」(『兎』七二年六月)、「桃色の血」(『山姥』七三年四月)、「彼女の肉体は甘美な匂いをたてて腐敗してゆく桃果となった」(『降誕祭の夜』七三年九月)、「熟した桃の果実の色をしたゴム毬」(『暗殺者』七三年一一月)、「熟した水蜜桃の薄い皮を剝いて汁をこぼしながら食べ」「水蜜桃が腐敗の度を重ね」(『黄金の街』七四年一月)、「桃色のもや」(『手品師』七四年二月)、「まるで小さな桃の実のように見える」「桃色の傷」(『幼稚な美青年』七四年七月)、「桃の実の色づきかたのように」(『指の話』七四年一〇月)、「湯の表面が桃色の金属のように輝いて」(『プラトン的恋愛』七五年二月)等、というように夥しい数にのぼる。

12　蓮實重彦は、リシャールの分析に触れながら、「屋根からたれる雫」、エンマの露わな肩にふき出す「細い汗の雫」、「鎔けた金剛石の雫」といった〈水滴〉と有機体の鼓動(そこには「血液の循環」ばかりか「生のリズム」もふくまれる)の共鳴を指摘している。

13　それが比類なき媒体だというのは、たとえばキュヴィエがそれまでの博物学の見出せなかった生物=動物の有機体を見いだしたように、四大要素の筆頭という古来からの神話的な地位にあった〈水〉がラヴォワジエの実験によって、一七八五年、鐘形の瓶のガラスの内側に数滴の〈水滴〉としてはじめて気体(水素と酸素)からの化合可能な物質として姿を現したからで、つまりそうして化合と分解が確認されたことで、〈水〉が他の物質のネットワークのなかに身を置き始めたからである。このことと、十九世紀小説に〈水滴〉が新たな意味をもって結露することとは、決して無関係ではない。また、十九世紀はじめに制定された新度量衡の「重さ」と「体積」の基準として〈水〉が用いられたことも、業種によって異なった重さの体系間のメディアとして機能したと言える。テマティスムの有機体から滲出するのは、そのように十八世紀末から十九世紀にかけて見いだされた物質のネットワークのなかのエピステモロジックな〈水〉でもある。

14　同一の言葉は、こんなふうに『春の声』の冒頭と他の個所でも、言葉の輪郭=境界を廃棄するように繰り返され、さらにそこでは、人称＝主体を示す語もまた自らの輪郭を廃棄するかのように、転換されている。「押しつぶされた乳房の間の白く細長い隙間に、二つの身体から滲み出す汗がまじりあって溜り、そこから香水の熱い靄がたちこめるので、汗に濡れてつるつる滑る彼女の身体は〈わたしの腕の中で〉一瞬、輪郭を失って融けかかる。まるで、水の中にいるみたいに。（……）それから、女は彼の貝殻骨の浅い窪みに溜っている汗を舌で舐め取るようにしてから――生温かくわずかに粒立っている舌の先の、鋭い感触。皮膚の表面で、むずがゆく汗と唾液がまじりあう――あたしの香水があんたの肌に染みついちゃうわよ。汗にまじって毛穴から染み込んで、と官能のなかでしわがれ咽喉にからまった声で言い、彼は、構わない、誰もとがめだてする者なんていない、と〈答える〉。そんなふうに答えるつもりは、〈わたしにはなかった〉のだが。」「香水のにおいが染みついちゃうわよ、と彼女は咽喉にからまったかすれ声でいい、そう答えるつもりはなかったのだったが、誰もとがめだてする者なんていない、と答えてしまった。（……）汗ばんで湿り気をおび、吸いつくように密着する皮膚の間で、もう一つの香水がにおいをたてたなら。ことにそれが妻だったら、〈と、わたしは思い〉自分に妻がいたことを思い出す。」

15　ドゥルーズの〈器官なき身体〉という戦略は、一見、金井美恵子の小説とかかわりないように見えるが、必ずしもそうではない。やがて、テマティスムの〈水〉を摂取した金井美恵子の小説は、〈水〉が浸透する皮膚という有機体的ポリティークが発揮される領土をさかんに小説に招喚しながら、『くずれる水』のある個所で、「皮膚の裏側がひっくり返されて表面にむき出されているような非器官的欲望」というかたちで、一種の抵抗線を引いてもいる。

水による音・声・言葉の招喚
――古井由吉を聴く中上健次

1

一九六八年以降の文学場をながめるとき、一つの偏差をともなった特異な現象が目を惹く。ごく一部の小説家に限られているものの、それはまさに〃冠水〃とでも呼びたくなるほどの〈水〉がテクストに招喚されるという現象である。すでに前章で、テマティスム言説とともに金井美恵子の小説に浸透した〈水〉の振る舞いについて見てきたが、ことはなにもこの小説家にかぎられてはいない。有機体制の〈水〉とは無縁なかたちで（とはいえその〈水〉はテマティスムになじむかたちで）古井由吉がいち早く、連作『水』（七一年三月―七三年一月）を書き、するとたちまち蓮實重彦が日本の同時代における主題論批評の実践として「翳る鏡の背信――古井由吉の『水』を繞って」（七三年九月）を発表する。そして今度は、その両者を読んだ中上健次が自らの作品におびただしい〈水〉をほとんど意識的に呼び込み、表題にその一語を刻んだ『水の女』（七七年二月―七九年一月）をも上梓するだろう。金井美恵子が連作『くずれる水』（八〇年一月—八一年三月）を書くのはそのすぐ後であり、このように〈水〉の横溢が同時代の文学場のなかでも、旧来の文学意識とは異なる新たな方法にきわめて自覚的な書き手のテクストに起こっていることは特筆に値する。

あらためてこうした〈水〉の惹起する偏差をながめるとき、古井由吉のテクストを積極的にテマティスム言説によって再組織化した蓮實重彦の批評がはたした役割の大きさを思わずにはいられない。と同時に、古井由吉の『水』よりも、ましてや中上健次の『水の女』や金井美恵子の『くずれる水』よりも早く、文学場に〈水〉の気配さえただよう前から自らの作品に〈水〉を招喚し、その〈水〉とのあいだに境界の廃棄という出来事を共有しながら、そのじつ徹底して有機体のメディアとしての〈水〉とは無縁な、いやむしろそうした〈水〉の担う「神学的体系」[1]としての有機体制じたいを失調させるテクストを書いてしまう小説家がいる。それはだれよりも文学場の正統との〝戦い〟を自覚的に遂行していた後藤明生だが、ではいったい彼はどのように〈水〉との応接を言説化しているのだろうか。

そのテクストは後藤明生にふさわしく、一種の関係構築の失敗を物語っているが、書かれた時期からも、作者の興味からも、テマティスムとはまったく関係なく、それでいて、話のなかに、胃腸の療養に逗留した温泉での〈水〉を呑む場面が頻繁に登場する『S温泉からの報告』（六八年四月）である。たしかにテマティスムの〈水〉ではないものの、主人公（テマティスムなら〈存在〉とか〈意識〉と言うだろう）が呑むことで自分との一体感を形成する物質としての〈水〉がそこには出てくるし、そもそも主人公を「北八ヶ岳西麓のS温泉」に来させたのは、有機体を統御する「神学的体系」とまではいかないものの、方位と当人の運命との論理を超えた関係を告げる方位占いの「小母さん」の御託宣である。そんなことはまったく信じてはいない主人公は、妻の入院をめぐる「小母さん」の助言が妙に当たったことから、胃腸を壊して大学病院で精密検査を受けたものの、はっきりしたことが分からなくて、御託宣を聞いてみてもよいか、という気になる。そうして告げられたのが「あなたの個人の星、運勢からいうと、来年の八月まで大変な盛運の中にある。この大きな盛運の中にあるうちに、方位的に『吉方をとる』ことが最良の策であって、つまりそれは、来年八月までに戌亥の方角へ移ることだ。いまよりは良くて無難なのは、西の方角」という御託宣である。その意味で、〈水〉の背後には、人の運命を支配するいわば〈運命学的体系〉があって、それゆえ温泉の胃腸に効く〈水〉はその効験によって〈運命学的体系〉のメディアとなっている。

宿に着いた当初は、食事もほとんど残すような食欲だったのが、温泉に注ぐ「水を飲むことができ」て、主人公は「飯びつ」が「空にな」るほど食欲をとりもどす。そうしてついには、フローベールさながらに、水風呂に流れてくる〈水〉を呑み、風呂につかることで「水とわたしとを隔てていた境界線のようなものは、流れるようにみるみる薄らいでゆき、やがて、もうこの水はわたしであって、わたしが水そのものになってゆく感じだ」という、存在と事物の境界を〈水〉によって溶解させるまでに至り、ついに主人公はその〈水〉との一体感のなかで「射精」までする。[2] それは〈運命学的体系〉のメディアとしての〈水〉に完全に領有され、支配されていることを意味するが、最後の日に、「夕食の直後、ものすごい下痢がはじま」る。それは〈水〉を呑みすぎたためで、〈運命学的体系〉の手先《メディア》であるはずの〈水〉を意識もせずに逆手にとっての〈下痢〉こそ、「あれほどまでに一体化することを願い、ついに一体化したものとばかり信じ込んでいたあの水」との親和関係を破壊し、ひいてはその背後にある〈運命学的体系〉による支配の解体をも志向していて、そのとき〈下痢〉は、摂食した食物に対して有機体の諸器官が協同して行う「咀嚼、嚥下、消化、吸収」といった〈食べること〉に関する一連のはたらきを解体してしまうのだ。そうして失調した有機体において、口・食道・胃・腸・肛門という機能なき一つの筒状の空間はまさにドゥルーズ的な〈器官なき身体〉を実現していると言える。後藤明生の〈下痢〉は、ここでもまた〈食べること〉の有機的体制を脱領土化するのであり、〈水〉との親和をこうして予め解体してしまう後藤明生が、やがて間もなく文学場に登場するテマティスムの言説に無縁であるばかりか、『S温泉からの報告』がそうした言説に胚胎する有機体制への予めの批評たりえている理由もまたそこにある。

2

ところで、〈水〉をメディアとするテマティスム言説の浸透以前に〈水〉をテクストにむかえ入れたもう一人の小説家である古井由吉は、いったいどのようにこれを遂行しているのか。古井由吉がいち早く〈水〉を招じ入れるのは、連作『水』より先に書かれた『菫色の空に』（六九年七月）においてであり、この作品には、やがて金井美恵子の『春の声』（七九年八月）に共有される趨勢がすでに色濃く底流している。前章で見たように、『春の声』において金井美恵子は〈水〉の使嗾する有機化に抗する動きを刻んでいた。存在を包摂する皮膚という境界が廃棄されるとき、発語主体の自己同一性がくずれ、「無数の誰でもない者」に解体されるという成り行きだが、この皮膚＝境界の廃棄による主体の崩壊をめぐる小説言説は、『春の声』の十年も前に古井由吉の『菫色の空に』に刻まれている。ちなみにそこで廃棄され喪失されるのは、肌着という第二の皮膚であって、それを古井由吉は「肌にぴったりとまとわりついて彼の胸とともに息づく、目も鼻もない忠実な獣」とも、「まるで自分のおさない分身のよう」だとも言っている。その分身のような肌着がないことに、男は旧友と久しぶりにおこなったテニスの後で気づく。その奇妙な喪失感が男を緩やかな狂気のなかへと誘い出す。「一枚のシャツの紛失」をきっかけに、存在が自己の外部へと揺らぎ、「意識が融けて流れ出す」。そのあわやかな境位を示すこの小説家固有の語彙こそが「分身」であり「影」なのだ。「彼はビルの長い壁に沿って淡々と歩いて来て、ふと自分の存在が意識のそばをすうっと通り抜けてひとり先を歩み出したような、おかしな感じに襲われた。（……）彼の意識はまるで闇の中の残像のようにひときわ冴え冴えと後に残って、混り気のない存在感がうつらうつらと歩み去っていくのを静かに見送っていた。」こうした影や分身への意識や存在の「脱殻」の感覚を、古井由吉はほぼ一貫して描きつづけている。そしてそれを金井美恵子の語彙で言えば、「無数の誰でもない者となる」ということになるだろう。
金井美恵子においては、汗の浸透が存在の境界である皮膚を溶融させ廃棄したが、古井由吉においては、汗ではなく、皮膚に馴染んでいた「肌着」を脱ぎ捨て「素肌」になった時点で、すでに存在の境界は廃棄されている。『菫色の空に』には、汗を「肌着」に変えるだけで、ほとんど金井美恵子的な表情をまとうくだりがある。

だがある朝、彼は汚水の中に横たわっているような気色《きしょく》悪さに目を覚まして寝床から跳ね起き、何か戦々兢々たる気持で、真新しい肌着を簞笥から出して身につけた。そして当分の間このまま肌着を取り替えずにいようと思った。昨夜、荒い息がおさまるにつれて女の素肌に倦怠感が油のようにひろがっていくのを、自分の素肌に感じとりながら、《しかしこの倦怠感は自分とこの女とそのどちらの素肌のものだろう》と、まるで輪郭を失ってふくれ上がっていくような感覚に彼は苦しんでいた。

肌着を取って素肌と素肌を重ねただけで、皮膚という存在の輪郭＝境界は失われ、「倦怠感」が「どちらの素肌」からともなく漂いだす。それは同時に、存在そのものが外部に流出しはじめる危うい契機でもあって、だからこそ翌朝、「彼」は「戦々兢々」とした思いで「真新しい肌着」を身につけ、「当分の間このまま肌着を取り替えずにいようと思」うのだ。というのも、古井由吉の作中人物にとって、「肌着」こそが存在の流出をふせぐ鎧だからであり、その「肌着」が皮膚そのものに馴染むときにこそ、輪郭＝境界としての真の皮膚を取りもどすことができるからである。だが、ここで注意を向けたいのは、そうした存在の異和の感触を「汚水の中に横たわっているような気色悪さ」に喩えている点である。いや、そればかりか、『菫色の空に』のいたるところで、まるで「肌着」を失って外部に漂い出そうな意識を囲繞するのか、むしろ誘いだそうとするのか、そのどちらでもあるかのように〈水〉が招喚されている。

たとえば、「喪失感がまた岩の面を滑り落ちる水のように全身に流れた」というように。「もう遅い。おそらく今頃、彼の肌着はどこかの排水溝の中で、濁った雨水をごぼごぼとせき止めているにちがいない」と、紛失した「肌着」の行く末を水とともに思いやる、というように。男は、新たな肌着を買い求めに立ち寄った店の売場で、主婦たちに掻き乱された「無数の肌着」のなかに「両腕を垂れて、無い首を伸ばして水を求めているような恰好をしている」肌着を目にとめる。「肌着」を紛失して以降、男は肌着をまとっていても「寒々とした感触を素肌に覚えるようにな」り、その感触に凍えるとき、すぐさま「ちょうど夏の初めに、まだ冷たい水に体を浸していくとき、ぎらぎらと輝く太陽がその強烈さのままますうっと蒼ざめていくように」という水の比喩が招き寄せられる。あるいはテニスのあと、男が半裸になると「まるで池の面を風がさあっと渡るように、肩から胸にかけて一面に鳥肌が痛いほどきつく立」つ。テニス相手の旧友の、少し肉をつけて緩慢になった動作は「ふくれ上がった体に小さな鰭をゆらゆらとあおって、黒く濁った水の中を意外にすばしこく逃げ」る水生動物に喩えられる。さらには、捕球に一呼吸遅れながら、それでも球をなんとか打ち返す旧友のかつてとちがう動きに異和を感じはじめると、そのテニスコートは「違った密度の液体に満たされた空間」でもあるかのように男には感じられる。

こうして第二の皮膚の喪失には、絶えず〈水〉が付き添っている。すでに『菫色の空に』は、連作『水』(七三年四月)の書評[3]での中上健次の言葉を借りるなら、「水づくしとでも言いたくなるほど水に関するイメージが次々にくりひろげ」られる作品なのだ。古井由吉のテクストに横溢する〈水〉について語るとき、連作『水』からではなく『菫色の空に』から語るのは、ここに〈水〉をめぐる連作の、いわば水源があるからである。さらに言い添えれば、これまで『菫色の空に』は、古井由吉を論じる際にも、同時代の小説を語る際にも、まったくと言ってよいほど視野の外に置かれてきたが、〈水〉と〈肌着〉探しに注目するとき、じつは同時代の一部の作家にとって、この小説が一種の水源のような役割(ただしそこには「起源」への志向は一切ない)をはたしていることが際立ってくる。というのもすでに見たように、金井美恵子は蓮實重彥の批評を介して古井由吉の連作『水』の水と言葉の連関に触れたのであり[4]、これから見るように、中上健次は連作『水』を書評することで、自らの小説の基本的なスタンスを構築したと考えられるのだが、その『水』の、直接の水源が『菫色の空に』にほかならないからである。しかも、紛失した肌着の観念による探索という物語は、間もなく後藤明生の、失われた外套探索の試み（『挾み撃ち』）に示唆を与えたとさえ思われるからである。

それゆえ、古井由吉は『菫色の空に』の延長線上で連作『水』を書いたと言えるのだが、この小説家が〈水〉を付き添わせるのは、きまって存在の流出とか無化といった出来事を物語るときだ。古井由吉の初期の作中人物においては、水ないし水音に隣接するとき、存在や意識を防護していた輪郭が解消され、そこから影や分身の離脱が起こる。そして水を契機にした影の出現が最も早いかたちで語られるのが、この『菫色の空に』にほかならない。

それも二度。一つはテニスの後のロッカールームにおいて「肌着」の紛失が顕わとなるときで、旧友が「汗をかいたので廊下のむこうの洗面所に行って水を流しはじめ」、周囲では「ひたすら流れ落ちる水の音のほかには物音ひとつない」ほどになるのだが、そのとき、立ち並ぶロッカーの「細長く閉ざされた扉」に、自分の「影が奥のほうからぼうっと浮び上がって」くるのだ。もう一つは、失われた肌着を探すなかで、男が思い出す旧友と登った「十年前の山頂の光景」においてである。二人は濃い霧につつまれ、山頂とおぼしき岩の上に立っていた。「沢音」が絶えずどよめいている。それは文字通り沢の水の音である。そして「霧の海」のひろがりに目を凝らすと、そこに「二つの影」が十メートルほど先まで細く伸びている。霧が鏡となって輪郭の危うい影を受けとめたのだ。その霧が急に割れると、空の青が飛び込んできて、巨大な岩尾根が眼前に姿を現すのだが、存在の廃棄が語られるのは、まさに水=音によって影が立ち現れるこのときであって、旧友は「ここにいるのは、俺だろうかね」とだしぬけに自らの存在の有無を口にする。

だが、『菫色の空に』で何より貴重なのは、存在の廃棄を誘う影の誕生と隣接する水が、水道の蛇口から「流れ落ちる水の音」であれ、「沢音」であれ、ともに水=音を形成している点であって、その水=音には、外部からとどく音とも声ともつかない意識へのさわりのようなものが刻まれている。たとえば「無言の存在が沢音にのって吹き上げて来る」という場合がそうで、この水=音は、単なる「耳鳴り」とも「無言の存在」がたてる声とも聴取可能になるのだが、そこには声にも言葉にも変成しうる要素がすでにふくまれていて、古井由吉は、その水=音のうちに水=言葉の連繋を聴きとどける方へ向かって小説を書きつづけるのだ。『菫色の空に』の後に連作『水』を書くとは、まさに水=音を水=言葉へと書き換える作業である。

『水』[5]では、母親が臨終で所望して「水差し」から「喉が力強い音をたてて水を二口飲」むのだが、その水=音が文字通り母の発する「水」という言葉に重なり、文字通り口にふくまれる〈水〉と水という〈言葉〉の連繋が形づくられている。しかもこの母の臨終を思い出す男（この一篇では一人称的なのに「私」という主語の表示がないので、そう呼ぶ）は、いま「鹹水湖が山の間まで」入り込んだ「水辺の宿」にいて、「沢の音がまるで大勢の男たちの上ずった斉唱の声みたいに鳴り響」くのを聴きもする。ここでも水=音が「大勢の男たち」の声として聴取されているが、言うまでもなく、声は音より言葉に近い。そして男が、母親の「水」という言葉を思い出しながら「水道の栓」

をひねり水を飲むとき、やはり「壁の鏡の中に、乱れた浴衣姿がぼうっと映って、死んだおふくろの顔」が招喚されるのだが、そこに浮かぶ母親の「顔」とは、水＝言葉の隣接とともに存在から遊離した古井由吉に固有の〈影〉にほかならない。

こうした水＝音から声を介して水＝言葉へと進行する成り行きは、連作『水』に収められた『谷』（七三年一月）において、鮮やかな変成の過程を刻んでいる。一篇は「深山に読経の声が聞える」とはじまるように、すでにそこには「読経」というかたちで経文の〈言葉〉が声として響いているのだが、古井由吉は、そうした物語世界を示唆しながら、丹念に水＝音から水＝言葉への変位そのものを語る。「たとえば秋も深く、雨風の吹き荒れる夜に、蟬の声を聞く」というように、それは「山の中」で聞く「幻聴」からはじまる。「雨風」というのは水＝音の変奏だが、「谷向うからも幾重にも谺してくる」それは、「耳を澄ませば澄ますほどはっきり聞える」。そして、死亡した仲間の「追悼登山」を実行に移した山小屋で、「私」は「沢音が谷底から空へ響」くなか、山のほうから吹きつける「時雨」に包み込まれ、「沢音」と友人の「呻き声」に浸されながら、眠りとともに見た夢のなかで、道に迷ってようやく小屋にたどり着いた「長身の男」という〈影〉を呼び寄せる。それが死んだ仲間の影であるかどうかは分からないし、問題ではない。それは「時雨」と「沢音」という水＝音に隣接したとき、存在の輪郭のあわいから立ち上がる古井由吉に固有の〈影〉であり、介抱の甲斐もなく「死んだな」とわかるその〈影〉と男が並んで横になると、「流れ落ちる水の音は骸の無表情な重みとじかに通じあい、樹々のざわめきはただ途方もない時間のひろがりを響かせ」、その水=音のなかに「私」は「ひたすら人の気配を求め」る。「声でも足音でも、呻きでも喘ぎでも、断末の叫びでもいい」と思っているところへ、「時雨が降りかかって来て、谷じゅうが湧きかえり、私は読経の声を耳にしながら、救われた気持で目を覚ま」す。夢を脱してみれば、「読経」は死んだ友人の四十九日までに「何度も聞いた読経」が「谷底から昇ってくる声のように聞えたのにちがいない」と説明が付されるものの、ここに、水=音から、たとえ読まれた経文の〈言葉〉であるにせよ、水=言葉への変位が刻まれている。そればかりか、「私」は「谷の音の中にひそむ無数の声の、呻きと吐息の気配に耳を澄ますうちに」、友人が死の床で発した〈言葉〉に心を打たれていたことに気づくことになる。

ところで付言すれば、水=音であれ、水=声であれ、水=言葉であれ、古井由吉が〈水〉だけを単独でテクストに持ち込んでいない点を見逃してはならない。彼はそうすることで意識へのさわり（ノイズ）のようなものを用意し、〈水〉に潜在しうる有機体のメディアとしての振る舞いを結果的に封じているのであり、そのことは、以後、その小説がさまざまな音や声や言葉で充たされるものの、〈水〉の横溢を退けていることからも確認されるだろう。

3

こうした水=音から水=言葉への変成に視線を注ぐのは、中上健次が連作『水』を、まさに古井由吉が『菫色の空に』から『水』を書き継いだように読み、自らの小説へと書き継ぐからである。それは『水』から『水の女』を書いた、といった現象としていかにも見やすい事柄を指すのではない。中上健次が連作『水』を読んだ後の、『蝸牛』(七四年三月)以降、『修験』(七四年九月)にはじまる連作『化粧』(七四年九月—七七年一〇月)や『岬』(七五年一〇月)、さらには『枯木灘』(七六年一〇月—七八年三月)をも視野に収めるあたりまでの、幾重にも変成する中上健次の物語機制そのものにかかわっている。そして、これも見逃せないのだが、中上健次が古井由吉の『水』について書評を書くのは、蓮實重彥の古井論(「翳る鏡の背信」)より二か月ほど早い。たしかに、すでに『一番はじめの出来事』(六九年八月)には「素裸になっているので、水は僕の体のいたるところの皮膚に、弾けるような冷たさを感じさせる」とか「水の中にはいっていると、皮膚がなくなってしまい、体がとけたようになってしまう」というように、後の金井美恵子を先取りするような主題論的な〈水〉と〈皮膚〉への言及があって、リシャールのテマティスムをすでに読んでいたかどうかは別にして、中上健次はすでに〈水〉を主題論的に扱っているし、『十九歳の地図』(七三年六月)には、頻繁に雨と「水洗便所」から「滝のように」流れる〈水〉の浸透が起こっていて、すでに文学場の一部に登場しはじめた〈水〉との連関を想定することも可能である。だが、少なくとも古井由吉の『水』については、中上健次は蓮實重彥の主題論的批評を介在させることなく読んでいる。ではいったいそこに、中上健次は何を読みとったのか。それこそ、水の横溢のなかに響く「読経」という水=言葉にほかならない。中上健次は書評[6]でこう言っている。

集中、ぼくが心ひかれたのは、「影」「水」それに「谷」であった。「谷」は《深山に読経の声が聞える》と『日本霊異記』の引用からはじまるのだが、自分の郷里の熊野の山を思いうかべた。一度もぼくは山を歩きまわったことはないが、熊野の山を修験者の道をとおって歩いていると、肉体が疲労しつくし意識がおぼろになり、むこうから早足で死んだ近親のものがやってくるというはなしである。それはまた古井氏の世界でもある。

中上健次は『谷』に「読経」を聴きとり、同時に『日本霊異記』からの言葉＝説話を読みとっている。古井由吉は『谷』の冒頭を、こう始めていた。

深山に読経の声が聞える。その音色の尊さに惹かれて山じゅうをたずね歩いたが、声の主はどこにも見あたらない。半年して来てみると、声はまだほのかに聞える。念入りに探し求めるうちに、谷の底に、麻縄を両足にかけて断崖から身を投げたとおぼしき白骨死体が見つかる。さらに三年経って、読経の声はまだ消えずにある。怪しんで白骨をつぶさに調べると、髑髏の中に舌がいまだに朽ちずに残り、一心不乱に経を誦している。

古井由吉はつづけて、これは「私」が山小屋で思い出した「古い物語」とだけ記しているが、『日本霊異記』を参照すれば、この説話（「法花経を憶持せし者の舌、曝りたる髑髏の中に著きて朽ちずありし縁」）の舞台は「紀伊の国牟婁の郡熊野の村」とあって、この深山は、中上健次が記すように「熊野の山」なのだ。中上健次は「自分の郷里の熊野の山を思いうかべた」と語り、率直に「一度もぼくは山を歩きまわったことはない」と告げているが、その土地はやがて『修験』（七四年九月）を契機に、中上健次が神話的＝民族誌学的な文脈をもふくめて、自らの小説の舞台を移動し構築するトポスにほかならない。特に「一度もぼくは山を歩きまわったことはない」という発言からは、古井由吉の書評（七三年七月）の時点では、中上健次は物語トポスの転移を考えているようには見えないことが逆照射されてくる。むしろ古井由吉の『谷』を読むことによって、そうした転移が可能になったのではないか。というのも『谷』の、山中から「読経」が谺してくる物語世界を、この時点で中上健次は「むこうから早足で死んだ近親のものがやってくるというはなしである」と要約し、「それはまた古井氏の世界でもある」と指摘しているからだが、『修験』を読んだことのある者には、むしろそれは中上健次の世界であり、『修験』そのものの要約としか思われないだろう。『修験』はこのような世界である。

なんという名の蟬だろう、そのおびただしい数の鳴き声が、杉木立の中で、渦巻き、耳の穴いっぱいに広がる。ひょっとすると、修験僧のたれかが、行に入り、果て、肉が朽ち、骨が枯れて髑髏《ひとはしら》となり、それでもこの有難い読経を憶持する舌が生きて振動し、なむみょうほうれんげきょなむみょうほうれんげきょと唱えているのかもしれないと思う。そのようなことが、紀伊の国牟婁の郡熊野の村でおこったと本にあった。(……)

彼は、修験僧のように熊野の山中を歩きまわった。(……)二、三時間歩きつづけて、さすがに彼もくたびれた。湿っけて苔のはえた根方に坐りこみ、煙草も酒も断っているので、仕方なしに水筒から水を飲む。汗が吹き出た。(……)息を整え、もういちど心の中体の中を空にして、響き籠る蝉の鳴き声を感じ取り、歩き始める。それは人間の声よりも人間らしく思えた。

何回となくそれを繰り返した。歩き、休み、また歩き、休む。(……)ふらふらしながら、それでも彼は歩いていた。そして彼は見た。死んだ彼の近親の者が、杉木立のむこうから、白装束、麻縄、法螺貝を持ち、修験僧の姿をして、読経しながら、力強い足どりで歩いてくる。

ここには、古井由吉の『谷』に読みとったものが遍在している。蝉の声、深山に響く修験僧の読経、古い物語=本(『日本霊異記』)の参照、水、死んだ近親者の姿。両者の違いといえば、死んだ近親者を夢のなかで間接的に見るか、「彼は見た」というようにじかに見[7]てしまうか、であって、それじたい小説に対する基本的なスタンスの違いを示しているのだが、そのほかの共通する要素については、古井由吉が『谷』で遂行した水＝声の、水＝言葉の緊密な連繫そのままであり、その先には水と説話の連繫さえ可視となっていて、とりわけ中上健次は、水＝言葉の隣接から積極的に水＝物語の連繫への前進を『修験』で果たそうとしているように見える。中上健次に紀伊＝熊野にちなむ説話（「法花経を憶持せし者の舌、曝りたる髑髏の中に著きて朽ちずありし縁」）を小説に取り込む具体的な実践を示したのも『谷』であり、「読経」という声＝言葉を水とともに熊野の山中に響かせたのも『谷』にほかならない。その意味で、中上健次は古井由吉の小説を水＝物語の実践として自らの小説に浸透させたと言える。

『谷』を読むことが中上健次にもたらしたものは、物語世界が類似している『修験』に限られるわけではない。そればかりか、『谷』をふくむ連作『水』の書評を行う前と後で、テクストに決定的な差異が刻まれている。つまり中上健次の作品でいうと、『十九歳の地図』（七三年六月）と『蝸牛』（七四年三月）のあいだになるが、その『蝸牛』から一つの転換がなされている。それは、語る言葉から聴く言葉への転換である。古井由吉的な水＝言葉（説話）とともに、中上健次は言葉を、発する対象から受けとめる対象として再発見したと言える。その響きを身体に浸透させるべきものとして、さまざまな音や声や言葉や説話までが『谷』には谺していた。時雨の音、沢音、滝の音、女の呻く声の顫える気配、蟬の声、などなど。なかでも「読経」は、言葉と説話を浸透させ、死んだ近親者ないしその類似者を招喚する媒体《メディア》として〈水〉と連繫しながら『谷』に響いていた。そうした水＝言葉の連繫を前に、中上健次は耳を傾ける仕草と方法を学んだのであり、おそらくそれは、学ぶよりまねぶであり、ほとんど浸透というほうが近いと思われる。

ところで、この、主題論的な〈水〉の趨勢でもあり戦略でもある〈浸透〉とは、渡部直己の語彙（『中上健次論』）で言えば「染まりやすさ」となり、絓秀実の語彙（「ナルシスの『言葉』」）で言えば、ナルシスに響く妖精の「エコー」ということになるだろう。そして、一点を除いて、絓秀実の「エコー」による中上健次のテクスト解読は、きわめて正鵠を射抜いている。絓秀実は「ナルシスが『もしおのれの姿を知らねば、長生きするであろう』という予言を受けた存在であり、ずっと長い間『おのれ』を知らなかった者であったのと同様に、中上の主人公たちも、自分に対しては『考えることも判断することもいらない』空虚で『がらんどう』（『枯木灘』）のような存在ではなかったであろうか」と指摘したのち、こう言っている。

「いったい、空虚な存在であるナルシスはそもそも先ず何によって『おのれの姿』を受け入れ始めたのであろうか。水の鏡に映った像を受け入れる以前に、ナルシスは妖精であるエコー（谺）の声によって『おのれの姿』を受け入れていたのである。オウィディウスのナルシス譚にあっては、エコー（谺）は泉（水）と相即しつつ、ナルシスに『おのれの姿』を伝えようとする。エコーが耳からナルシスに働きかけたように、秋幸も眼から『水』を受け入れるのみではなく、耳からも『水』を受け入れていたではないか。そして、中上健次の作品において、『山彦の妖精エコー』であるような存在は、主人公の姉たちをはじめとする多くの女にほかならない。」（傍点・原文）

たしかに、その通りである。だが、これにつづいて、絓秀実は「エコー的女たち」を『岬』や『枯木灘』にばかり、見られるものではない」と断って、『十九歳の地図』にその初発を見ようとする。『『十九歳の地図』は、中上にとってナルシス神話が作品を無媒介に犯し始めた最初の作品」だと言うのだ。だが、そうだろうか。一点の疑問はそこにある。絓秀実は『十九歳の地図』の「ぼく」が「あたかもエコー（谺）を聴こうとするかのように爆弾予告電話をかけまくる」というが、この「ぼく」は、なにより相手の言葉を聴く存在ではなく、受話器の向こうの相手に、言葉を、それも脅迫めいた言葉を、相手の応答などお構いなしに発する存在ではないか。「ぼくは女の声の応答をまたず、『きさまのところは三重×だからな、覚悟しろ』と押し殺した声で言った。『なにをされても文句などいえないのだからな（……）泣き言はいうな』ぼくは女の声を無視してそれだけ言うと受話器を放りすてるようにおいた」というように。列車の爆弾予告の電話にしても、爆破予告と威嚇の言葉を変奏させて告げながらも、主人公は言い終わると相手の言葉を聴かずに受話器を置く。「なにもかもめちゃくちゃにしてやるからな」と告げ終わると、「ぼくは受話器を放りなげるようにしてお」くのであり、長々と一方的に話し、最後の「ふっとばしてやるからな」の言葉で「それ以上の言葉をぼくは思い出せな」くなったときも、「受話器をぼくは丁寧にかけ」る。『十九歳の地図』の主人公には、相手の言葉を「エコー」として、つまり「おのれの姿」とはどのようなものであるかを告げる言葉として耳を傾ける姿勢はまったくない。

『十九歳の地図』には、すでに「便所の水の音」や「雨」や「水たまり」による〈水〉が浸透している。にもかかわらず、そこには主人公の発する言葉ばかりがあって、物語主体に浸透する言葉はない。その意味で、『十九歳の地図』においては、流れる水と発せられる言葉が隣接しているばかりで、浸透という趨勢と戦略を共有する水＝言葉という連繫は見られない。それが可能になるのは『蝸牛』においてであり、そこでは冒頭の一行目から「水のにおいのまじった風を感じた。郵便局の建物を右におれて、そこからすぐS市の真中を断ちわるように流れる川の堤に出た」と記されている。主人公に浴びせられる「柄杓にくんだ水」、窪みにたまった「にごった水」、「ふりつづけた雨」。〈水〉は『蝸牛』に浸透していて、しかも、他者の発する言葉に耳を傾け、それを自身に浸透させるように受け止める主人公の資質が際立っている。言葉を発するのは「ぼく」ではなく、出会った光子である。

> 過去のことは忘れた、憶えていないと言うたびに、光子は「船にのってたか、刑務所にはいってたか、どちらかやろ」と言い、ぼくを光子の頭の中で想像しうるかぎりの荒くれ男、そばによると獣の雄のにおいと暴力のにおいが鼻につく男にしたてあげたくてしようがない感じだった。だからぼくはつとめてそのような男になろうと思った。

つとめて女の言葉の指示する存在になろうとすること。「ぼく」は言葉の命ずるように振る舞おうとする。こうした他者の言葉への透過性は、『谷』に谺し響く水＝言葉の連なりを聴きとった中上健次が自らのテクストに浸透させたものだ。それは『十九歳の地図』にはない。それ以前にもない。たとえ『愛のような』（六八年七月）でのように、「飢えたオオカミはどうやって雌のオオカミを犯すか知っている？」、「そんなことおこりっこない」と女が挑発的な言葉を発している場面も、中上健次の主人公はまだその言葉の通りに振る舞いはしない。むしろ女の言葉に反撥するように、そんなことが起こりうることを示すように、「僕」は土志子を「草むらの上におし倒し」、「土志子の膣の中に僕の性器を入れ」てしまう。ところが『蝸牛』では、他者の行動を左右し支配するという意味で、女の言葉には一種の予言的性格が備わっていて、それが何らかのかたちで実行に移されるとき、言葉は一種の〈神託〉として主人公に聴きとられたことになる。「ぼく」は光子から頻繁に兄の悪口を聴かされている。その兄に話をつけに包丁まで買って出かけるが、その姿を見ると、女の語った言葉は「ちがう、ちがう、なにもかもちがう」とわかる。にもかかわらず「ぼく」は、女の兄の「よいほうの足を包丁でつき刺」してしまうのであり、そのときその行動は、女の言葉を一種の〈神託〉に変える。女の息子輝明が彼女の兄に驚くほど「そっくり」で、「ぼく」にはその兄が「輝明のほんとうの父親かも知れない」と一瞬思われる以上、その刺傷行為は、媒介者によって間接的かつ擬似的に遂行される〈父親殺し〉ということになる。他者の言葉への過剰な透過性をもつ存在によって、こうした〈神託〉の生成が、同時に中上健次における〈物語〉の誕生となっていることを見逃してはならない。そしてその〈物語〉は、〈神託〉の遂行者のもとをこんなふうによぎるのである。「光子が自分の兄と関係をつくり、輝明を生み、その証拠を消すために、刺客としてぼくをつかまえ、凶暴な男に仕立てあげ、一方的に自分の兄の悪口を言い、兄をこの世から抹殺するようにもっていく」と。これこそ、兄妹による〈近親相姦〉と代理者による間接的な〈父親殺し〉の物語にほかならない。この物語＝神託は、中上健次において、他者の言葉への圧倒的な透過性によって生成されているが、そうした言葉への応接の仕方こそ、古井由吉の『谷』に響くおびただしい水＝言葉に自らの聴覚とテクストを浸透させることで獲得されたものと言える。『蝸牛』で起こった語る言葉から聴く言葉への転換は、こうして以降の中上健次の小説にとって決定的な役割を果たす〈近親相姦〉と〈父親殺し〉の物語（それじたい、本来、生まれるオイディプスへの〈神託〉ではなかったか）をも見いだしたのである。

ところで、『十九歳の地図』において、主人公の発する言葉がすでに一種の〈神託〉としてありえたことを指摘しておきたい。爆発予告として発せられた言葉とは、それが行為に移され、実現したとたん、一種の預言として、〈神〉の預かる言葉、つまり〈神〉から与えられた〈神託〉となる。その意味で、『十九歳の地図』の主人公が、地図上に「三重の×印の家を三つ、二重×を四つ」つくり、「刑の執行をおえた家には斜線をひ」くとき、「ぼくは完全な精神、ぼくはつくりあげて破壊する者、ぼくは神だった」と考えるのは、しごく当然のことなのだ。爆破や脅迫の予告を自ら遂行可能なこととして、つまり一種の〈神託〉として発する主体とは、神殿に祀られた〈神〉

なのだから。それゆえ「ぼく」は、神の声の媒介となる巫女や神官ではなく、あくまでも予告の言葉を〈神託〉として発しようとする存在である。もちろん、爆破予告は予告のままで、実行に移されない。そのかぎりで、言葉は発せられたものの、厳密には〈神託〉たりえない。未だ〈神託〉になりえない言葉。その意味で、「ぼく」の発した言葉は〈神託〉となることを待ちつづけているのかもしれない。それは爆破予告が行為に移されるということと相即的だが、この相即性を、以降、中上健次は求めつづけ、しかも求めうる地点に至って、その成就を自ら破砕させることになるのは、『岬』から『枯木灘』、『地の果て　至上の時』に至る過程で〈父親殺し〉が不可能になる過程そのものが示している。

　手短に付言すれば、『蝸牛』以降、『鳩どもの家』（七四年六月）、『欣求』（七五年二月）、『草木』（同年六月）、『浮島』（同年八月）、『穢土』（同年八月）といった諸篇によって、女たちが主人公に吹き込む言葉はますますその行為への挑発力を強め、〈神託〉性を濃くし、そうした滑走とともに〈近親相姦〉と〈父親殺し〉の物語＝神託は準備されるのだが、ここで再び参照したいのは、絓秀実の指摘である。もちろん、「エコー」を聴く存在の登場については、これまでに述べた理由から『十九歳の地図』ではなく『蝸牛』からと考える。ただしその一点を除けば、絓秀実はじつに見事に「中上的な『水』は、ついに自己同一性を回復させるような『自然』ではなく、つねに『おのれの姿』を乱しにかかる邪悪な言葉であった」と図星を突きつつ、しかしそれは「決して誰それとは指示しえない起源なき外部の物語を、エコー（水に映った像）として受容し」ていると言うのだが、起源（というより水源）は存在する。その至近の一つが、すでに見てきたように、古井由吉の『谷』を嚆矢とした連作『水』であり、さらには『水』にまで直接と間接を問わず他のいくつものテクスト層を通過し流れ込んできた、主題論を別の起源とする有機体の〈水〉にほかならない。そうした水と連繫する言葉＝物語が中上健次において〈神託〉的な構造を持つのは、それが有機体のメディアとしての〈水〉と連繫している以上、きわめて当然のことで、有機体の組織する「神学的体系」性についてはすでに前章の「3」で指摘した通りである。そして先回りして指摘すれば、中上健次の試みは、〈近親相姦〉（ただし母子間のではなく）というエディプス的な物語＝神託を自らのテクストに受け入れつつ、もう一つの〈父親殺し〉という物語＝神託を最終的に破砕させることで、言葉＝物語との連繫に浸透してきた有機体の〈水〉の支配（そのエディプス化された〈水〉こそ、〈血〉であり〈血統〉にほかならない！）に馴染みつつあらがう点に際立つのである。古井由吉の水＝言葉を受け入れ、女たちが言葉＝物語を主人公に吹き込みはじめた『蝸牛』において、有機体の〈水〉《メディア》はエディプスのメディアである〈血〉となる。「ああ、これが血というものだな」という主人公の認識がはっきりと刻まれるではないか[8]。そして主人公はその血を物語に現前させるかのように「一気に駆け寄り、光子の兄の、よいほうの足を包丁でつき刺」すのだ。そうして「血が流れ」るのだが、そのときの〈血〉は〈近親相姦〉（「光子が自分の兄と関係をつくり」）に依拠した〈父親殺し〉という物語と並ぶことで一挙にエディプス化される。その後、中上健次はそのエディプス化された〈水〉を追うように書きつづけるが、われわれもまた、この〈血〉という新たに招喚された有機体のメディアがどのように彼のテクストに浸透し遍在するかを、さらに見とどけねばならない。

注

1　『千のプラトー』第六章参照。前章・注8、注9参照。

2　この個所には、こう記されている。「ついに自分は外から水が流れ込んで来る管に口を当て、直接がぶりと一口飲んでしまったわけだ。（……）この水風呂の水は、いま自分が飲み込んだ水なのだと考えながら暫くそうしていると（……）水とわたしとを隔てていた境界線のようなものは、流れるようにみるみる薄らいでゆき、やがて、もうこの水はわたしであって、わたしが水そのものになってゆく感じだ。ああ、とうとうわたしは、ここへ逃げて来たのだ。逃げてくることができたのである。そればかりではない。すでにわたしは水であり、水はわたしなのであるから、わたしはどこかから逃げて来て水につかっているのではなく、わたし自身の中につかっているのだ。そして、そのわたし自身、もう三年も前からこうなることを願い続けていた、あの黒っぽいスラックスの女中であるような気持になりながら、水の中に白く射精したようだ。」

3　中上健次「読書ノートから　古井由吉『水』」（『鳥のように獣のように』所収）参照。

4　蓮實重彥の「翳る鏡の背信――古井由吉の『水』を繞って」（七三年九月）の冒頭には、「いったい言葉は、水と、いかなる遭遇を演じてみせることができるのか」とあって、「水と言葉」をめぐる思考を展開している。金井美恵子は「小説家と批評」で、自らを書くことに向けて誘うような批評を称揚しながら、「水とは言葉なんだ」という自らの〈水の娘〉ぶりを告げていて、そうした〈水〉がリシャールや蓮實重彥の批評を通じてこの小説家のテクストに浸透していった過程はすでに見た通りであるが、この小説家の「岡本かの子覚書」（七五年六月）には、『生々流転』と『女体開顕』をめぐって、「二作とも、あたかも一つの水源から流れ出した細い川が谷間の激しい渓となって岩を噛み泡立ちながらしぶき、いく筋もに分岐し、氾濫し、呑みつくし、やがて海にと流れ込むような河性の語りによって書かれた小説であることを考える時、語りと川との関係の並々ならぬ結びつきはすでに、小説というものの真実の中にどっぷりと身をつけているのだ」とある。たしかに、そこには蓮實重彥の藤枝静男論との照応を感じとることも可能だが、この、語りと川との〈作品行為論〉的な連繫については、「天沢二郎の詩の最も特徴的なモチーフが、〈液体〉にあるということ」といった視座から書かれている「序奏・天沢退二郎あるいは汁への導入部の手前で」（六八年九月）ともども、六〇年代後半から七〇年代にかけての、たとえばモーリス・ブランショの文学論やリシャールをふくむフランス〈新批評〉に主導されたより広範な文脈に置いてみる必要があるだろう。

5　タイトルに「連作」と付けないときは、集中の同名の一篇を指す。

6　注3参照。

7　以降、中上の小説は、たとえ同時代のものであろうと、リアルさに対してある種の閾を超えたものとなる。それを神話的とかフォークロア的とか様々によぶことはできるが、基本的に、それは小説家のリアリズム観にかかわっている。

8　『蝸牛』では〈血〉の認識はこのようになされている。「彼はびっくりするほど輝明に似ていた。おりたたみ式の座卓の下に投げだされた義足の左脚、その時、彼が輝明のほんとうの父親かも知れない、と思った、いや、そうでなく、彼があまりに輝明に似ているのが不愉快だった。いやちがう、ぼくはその時、ああ、これが血というものだな、輝明と光子の兄さんはそっくりだな、と思ったのだ。光子にあざむかれ、光子のたくらんだ罠にかかった、とは思いたくなかった。光子が自分の兄と関係をつくり、輝明を生み、その証拠を消すために、刺客としてぼくをつかまえ、凶暴な男に仕立てあげ、一方的に自分の兄の悪口を言い、兄をこの世から抹殺するようにもっていく、もしそうなら自分ほどの善人はこの世の中にいないということになる。ぼくは彼らの血のつながりがうらやましかった。」

IX

浸透・共鳴・同一化

――中上健次のアポリア

1

古井由吉の連作『水』のなかの、とりわけ『谷』に響く「沢音」「時雨」といった水=音と「呻き声」「読経」といった声=言葉を聴き取ったとたん、中上健次の小説は水をともなう音・声・言葉の浸透に進んで身をまかせはじめる。書評「読者ノートから――古井由吉『水』」(七三年七月)を書いた後の最初の作品『蝸牛』(七四年三月)は、冒頭から「水のにおいのまじった風を感じた」というように水に浸され、「風が吹き、山の草、樹木という樹木の一枚一枚の葉を、丁寧に静かにゆすり、音をたてさせる」というように音を響かせているが、以降、この水に導かれた音や声や言葉は、中上健次のおびただしい作品に浸透する。

『黄金比の朝』(七四年八月)では「いつものように始まった松根善次郎のなにを唱えているのかさっぱりわからない読経の声をきいた」というように、日常での「読経」が絶えずテクストに響いている。「昼間、蟬が鳴き続けると、法華経の信者でなくても、なむみょうほうれんげきょ、なむみょうほうれんげきょときこえるだろう」と始まる『修験』では、「水」と「汗」の浸透と重なりながら「蟬の声が空になった体の中で響いた」というように、主人公の身体にまで浸透している。ちなみに、すでに前章で指摘したが、古井由吉が『谷』で参照する『日本霊異記』所収の説話をそのまま物語の骨格として使用しているのが、この『修験』である。「医者とは水のようなものだ」という生命を賦活する水への、主人公の母親の思いにまで言及する『欣求』（七五年二月）では、「なむあみだぶつなむあみだぶつと口の中でこもった声を、弱法師はひとしきりだす」というように、やはり経文を唱える声が「熊野の湯」という水の横溢する環境にこだましている。『草木』（七五年六月）の舞台は、「わき水」のかたわらで傷つく身体を「水」で癒された「男のもらす泣き声が、山中で、何倍もの音量でひびき」、それと「共振れをおこして」、「梢から、湿気が水玉となって落ち」、「ぽと、ぽと、音がし」ている世界である。そこでは「ひょろひょろと柔らかに育った草」までが「男の声、息の音に呼応し」、「蟬の声が、共鳴」し、主人公の「体まで、楽器のように鳴」るのだが、そうした「山全体」の「共振れ」のなかに、主人公は「熊野の母の家」で行われていた「法事」の「なむあみだぶつ、なむあみだぶつと小声で唱えている」読経を聴き取り、その光景を幻視している。『天鼓』（七五年一〇月）においては、夢のなかで「熊野の山中で道に迷」うと、「いつからともなく有難い読経の声がきこえ」、「ふと気づくと目の前に水瓶が」浮いていて、その「声にひかれ、水瓶にひかれて」主人公は山中を歩く。

それにしても、中上健次の小説はなんと多くの「蟬の声」と「読経」に包まれていることだろう。しかもその声＝言葉には、ほとんど常に〈水〉が隣接している。言うまでもなく、それは〈水〉が隣接によって自らの有機体のメディアとしての属性を声＝言葉に浸透させるためである。そしてその属性とは、なによりも繋ぐことにある。器官と器官を繋ぎ組織化を促すこと。そのように繋がれた器官どうしもまた、有機体となる。中上健次のテクストに横溢するのは、そのような〈水〉であって、『枯木灘』には、「遠く離れれば輪郭が溶ける薄闇の中で、川の石に立ち、そことここを繋ぐ水を感じ」た、とはっきり記されているではないか。[1]「そことここを繋ぐ水」こそ、有機体のメディアであって、中上健次においては、その〈水〉と繋がる声＝言葉もまた、有機体のメディアとなる。『谷』に響く水＝声といわば共振れを起こすように起動した中上健次の小説世界とは、このような有機的な〈水〉と連繋した声＝言葉に充ちた世界である。〈水〉の浸透についていては、いち早く『一番はじめの出来事』（六九年八月）に刻まれているが、〈水〉に伴われた声＝言葉は『蝸牛』以降、いま見てきたように、異様なほど集中的かつ組織的に中上健次の作品にこだましはじめる。『枯木灘』など、水の浸透と蟬の声の共鳴を消去したら作品そのものが成り立たないほど、小説言説の深いところにまで水＝声は浸透している。そしてふたたび執筆年代に沿って見るなら、『荒くれ』（七五年一〇月）では、『岬』（七五年一〇月）や『枯木灘』（七六年一〇月―七七年三月）につながるこんな光景を、水＝声の連繋は用意している。

汗が吹き出た。顔から流れ落ちてきたやつが緑の滴になって、まぶたにぶらさがっていた。日が、真上にある。ずんどうの影が、彼がつるはしをふるうたびにうごく。蟬が、彼の息と共に鳴く。雨が降ったり止んだりするため、土は、やわらかく、むれている。つるはしを土に打ちつける。蟬の声が、コウイチ、コウイチと呼ぶように彼にはきこえる。また、それは、ジンの家で、女のような声で経を唱えていたレイジョさんの念仏のようにもきこえる。(……)つるはしを土に打ちつける。抜く。土はめくれる。コウイチ、コウイチときこえた。彼はその空耳が自分の頭のどこで鳴るのか不思議だった。(……)

また、彼の耳に、コウイチ、コウイチと声がきこえた。祖母が、すぐそばに坐っている気がした。顔をあげて、捜してみたい気もした。木の梢にとまった蟬の鳴き交う声が、そう聴えるのを、彼は知っていた。(……)コウイチよお、コウイチよお、ともきこえる。スコップで土をすくった。熱い息を吐いた。彼は自分の皮膚が暑さで溶けてしまったように思えた。それが心地よかった。全身に汗が吹きでているはずだった。スコップを動かすたびに汗は、滴になってつたい落ちた。

「汗」が皮膚を被う。その皮膚の外側では「蟬」が鳴いている。するとその声に呼応するように「彼の息」が「共に鳴」きだす。「蟬の声」は自分の名を呼んでいるようにも聞こえ、さらには「経を唱えてい」るようにも聞こえるが、そのとき名前であれ「念仏」であれ、声は一種の言葉となっている。〈水〉に隣接されながら、共鳴(「共に鳴く」）というかたちで、声＝言葉は作中人物の身体に浸透する。〈水〉による浸透と〈声＝言葉〉による共鳴。つまり共鳴は浸透の変奏であり、その意味で、有機体の〈水〉の戦略なのだ。共鳴する身体とは、だから有機体の別称であり、外部の声＝言葉が内部で響くとは、その間にある皮膚の廃棄を意味する。『荒くれ』には、まさに「彼は自分の皮膚が暑さで溶けてしまったように思えた」とあるではないか。だが、「暑さ」は「汗」を皮膚に招喚する口実ではあっても、皮膚の溶融＝廃棄を惹き起こす真の理由とはなりえない。皮膚が廃棄されるのは、「念仏」のようにも聞こえる「蟬の鳴き交う声」が皮膚を超えて身体と共鳴するからなのだ。浸透が〈水〉による内部と外部の廃棄であり、リシャール的に言えば、意識と対象の、存在と事物の距離の溶融＝廃棄の方法だとすれば、共鳴は声＝言葉の浸透による内部と外部の廃棄にほかならない[2]。そしてそのために、声＝言葉の共鳴は身体ががらんどうであることを要請する。『修験』で「蟬の声が空になった体の中で響」き、共鳴するように、『荒くれ』の「彼」が「その空耳が自分の頭のどこで鳴るのか不思議だ」と自問するとき、その身体はがらんどうなのだ。そして『枯木灘』は、こんなふうに秋幸の身体を「がらんどうの体腔」として差し出している。

> 働き出して日がやっと自分の体を染めるのを秋幸は感じた。汗が皮膚の代わりに一枚膜をはり、それがかすかな風を感じるのだった。自分の影が土の上に伸び、その土をつるはしで掘る。シャベルですくう。呼吸の音が、ただ腕と腹の筋肉だけの

がらんどうの体腔から、日にあぶられた土のにおいのする空気、めくれあがる土に共鳴した。土が呼吸しているのだった。空気が呼吸しているのだった。いや山の風景が呼吸していた。秋幸は、その働いている体の中がただ穴のようにあいた自分が、昔を持ち今をもってしまうのが不思議に思えた。昔のことなど切って棄ててしまいたい。いや、土方をやっている秋幸には、昔のことなど何もなかった。今、働く。今、つるはしで土を掘る。シャベルですくう。つるはしが秋幸だった。シャベルが秋幸だった。めくれあがった土、地中に埋もれたために濡れたように黒い石、葉を風に震わせる草、その山に何年、何百年生えているのか判別つかないほど空にのびて枝を張った杉の大木、それらすべてが秋幸だった。秋幸は土方をしながら、その風景に染めあげられるのが好きだった。蟬が鳴いていた。幾つもの鳴き声が重なり、うねり、ある時、不意に鳴き止む。そしてまた一匹がおずおずと鳴きはじめ、声が重なりはじめる。汗が額からまぶたに流れ落ち真珠のようにぶらさがる。

ここには完璧なまでに有機体のメディアの戦略が記されている。「汗」という〈水〉が「皮膚の代わりに一枚膜をはり」、身体を囲繞し、「蟬」がうねるように幾重にも重なって鳴く。すると身体は「ただ腕と腹の筋肉だけのがらんどうの体腔」となり、秋幸は共鳴体となる。そうして声＝言葉をいっそう自らに浸透させ、内部と外部の間にある皮膚を実質的に廃棄するのだが、「がらんどうの」共鳴体が廃棄するのは、皮膚だけではない。

中上健次は、古井由吉の小説にもない要素として見出したもう一つの皮膚を廃棄しているのだ。それは「土」という皮膚である。いわゆる皮膚が、身体の内部に対する表皮だとすれば、もう一つの皮膚は、外部＝世界における表皮だと言える。中上健次は、『蝸牛』において決定的に物語の場を「自分の郷里の熊野の山」に移し、『荒くれ』『岬』において「土方」作業の対象として「土」を作品に持ち込む。それは、皮膚の内部が「がらんどうの体腔」となって共鳴するのと相即的であり、それじたい、有機体のメディアの浸透に対する、中上健次のすぐれて批評的な応接と見なすことができる。というのも、『荒くれ』と『岬』においては、共鳴し溶融する皮膚が布置されながら、「土」はその外部に、共鳴することのない表皮としてあるからだ。『岬』では、「山の雑木が、ゆれて」たてる音も、皮膚を被う「汗」も用意され、「体がじいんと鳴っている」というように、共鳴体としての身体が組織されているにもかかわらず、「土」の共鳴は生じていない。『枯木灘』と比べるとき、この「土」の共鳴の有無が際立つ。『荒くれ』においても『岬』においても、蟬が鳴き、地虫が鳴き、山の草木が揺れ、身体がそれらの音＝声に共鳴していながら、「土」はひたすら掘り起こされるにすぎない。身体の共鳴は「土」にまで伝わらない。蟬や虫の声も「土」を共鳴させるには至らず、その意味で、『荒くれ』『岬』において「土」は有機体化されてはいない。皮膚が声＝言葉の浸透と共鳴によって廃棄されたあと、「土」は新たに内部（存在）と外部（事物）の間で、中上健次的に言えば、意識と風景の間で、有機体のメディアの浸透に対する障害としてはたらく。

その「土」が、『枯木灘』において、秋幸の「がらんどうの体腔」から発せられる「呼吸の音」に共鳴する。「呼吸の音が（……）めくれあがる土に共鳴した」というように。それゆえ「土」は、有機体化への抵抗線であると同時に、中上健次のテクストをよりいっそう有機的な浸透＝共鳴の場へと誘うメディアでもあって、こうした二重性は中上健次に固有の趨勢と言える。そして皮膚が声＝言葉との共鳴によって廃棄されたとすれば、共鳴する「土」もまた廃棄されるだろう。言うまでもなく、それは「土」の有機体化を意味する。「土が呼吸していたのだった。空気が呼吸しているのだった。いや山の風景が呼吸していた」というときの「呼吸」とは、まぎれもなく有機体の行う仕草ではないか。「土」の有機体化は「山の風景」という外部そのものの有機体化に繋がる。そうした連繋のなかで発せられている以上、もはや「土が呼吸している」という言説は、単なる擬人化や暗喩表現に回収することはできない。中上健次の小説は、そうした強度をテクストの有機体化と引きかえに獲得した、と言うべきである。

　ところで、「土」の共鳴が貴重なのは、それが、外部の声＝言葉が皮膚の内部に浸透し共鳴するのと方向を異にしているからである。つまり中上健次的な浸透＝共鳴は、単に皮膚の「染まりやすさ」としてだけあるのではない。「土」の共鳴によって開かれるのは、内部と外部の双方向的な浸透＝共鳴の回路なのだ。その意味で、秋幸が汗をかき蟬の声を聴きながら行う「土方」作業は、水＝言葉の有機体的な繋ぐ力の「土」への直接的な行使にほかならない。中上健次の小説世界においては、労働もまた有機体のメディアに組み込まれていて、その無垢に見える表情は、だから決して無垢とは言えない。
もっとも、内部の声＝言葉が外部に浸透＝共鳴するのは、「土」に対してばかりではない。いったん「土」が共鳴した後では、「竹藪」さえ「声をあげ」る。

秋幸は立ちあがった。そのまま、川原を歩き、水の中に入った。秋幸はそのまま水に身をつけ、蟬がすだく向こう岸に泳いだ。秋幸のたてる水音以外に音はなかった。先ほどと同じように岩肌に手をつき、川の光る水の向こうにしゃがんだ紀子を見て、秋幸は紀子こそ自分の所有する女だと思った。（……）
車は後が竹藪、前が渓流の道にあった。（……）車の外の竹藪に風が吹き、葉がこすれ合う音が一斉にひびいた。紀子は首をあげ、唇をつき出して秋幸の顔に口づけた。秋幸は自分の体の中に脹れ上ったものがそうやって紀子の体に性器を打ちつけるたびに、ますますかさが増すのを知った。紀子が、苦しげに尻を振る秋幸を救けるように口づけし、腰を動かす。紀子はまた声をあげた。それは停めた車の窓の外の、日を受けて色が変る竹藪が声をあげたのだった。秋幸はつるはしでめくり上げた土を思い出した。土はよじれる。土は秋幸の息の動きに合わせて、腰を持ちあげ、腰を振る。

すでに水が隣接し、蟬の声が響いている。そうした有機体的な環境での性交を記すこの光景にあって、「車の外の竹藪に風が吹き、葉がこすれ合う音が一斉にひびいた」

という音と、「紀子はまた声をあげた。それは停めた車の窓の外の、日を受けて色が変る竹藪が声をあげたのだった」という声とは、まったく異質であることを聴き取らねばならない。「音」と「声」の違いではない。外部の発する音と、内部からの声に共鳴した外部の発する声との差異であり、「竹藪が声をあげた」というのは、もはや隠喩ではあり得ない。女の発する声＝言葉と共鳴して発する外部の声＝言葉であり、それは、内部の表皮も外部の表皮もともに廃棄されたからこそ可能になった事態である。そうした外部の声＝言葉は、有機体の言説に浸透されながらも（浸透を許したからこそ、と言うべきだろうか）、小説の言語でしか差し出すことのできないものであって、そうした境位でこそ「土はよじれ」、「土は秋幸の息の動きに合わせて、腰を持ちあげ、腰を振る」。これは、繰り返すが、「土」の擬人化でも「土」による女の隠喩でもない。むしろ、二つの表皮＝鎧が廃棄されたことで可能となった新たな事態なのだ。

2

こうして中上健次の小説世界においては、内部（意識）への浸透面である「皮膚」が廃棄され、外部（風景）への浸透面である「土」が廃棄された以上、有機体のメディアにとって浸透＝共鳴の障害となるものはもはや何もない。『枯木灘』で起こっているのはそのような事態であり、『枯木灘』はそのようなテクストとして書かれている。それは、テクストの有機体化がどこまで可能であるのか、そのぎりぎりの地点でテクストにいかなる事態が生じるのかを、小説という形式で問うことを意味する。

すでに見てきたように、『蝸牛』以降の中上健次の小説行為は、無防備なまでにテクストの有機体化を受け入れる過程としてある。そうした有機体化が一つのリミットに近づくのが、二つの浸透面の廃棄される『枯木灘』であり、そこでは、一種の特異点のように、同一化という事態が出現する。それは、それまで中上健次の小説に横溢していた類似化という趨勢のなかに、突如、現れるのだ。類似化と同一化。それは似ているようで、決定的に異なっている。類似が、いわば距離を想定しない接近の一形態であるのに対し、同一化は、そうした接近を無化するかたちで可能となるからだ。似ていることを限りなく詰めても、同じにはならない。類似から同一に移るには、きわめて近いようでいて、踏破不可能なほどの遠さを超える必要がある。だが、有機体のメディアは、そうした踏破を浸透＝共鳴によって遂行する。「皮膚」と「土」という内部と外部の表皮を廃棄する浸透＝共鳴が、まさにそれである。

ところで、類似への傾斜は、とりわけ『蝸牛』以降、『岬』『枯木灘』に向けて、顕著になる。たとえば「輝明と光子の兄さんはそっくりだな」(『蝸牛』)というように、「ようその写真とみくらべてみ、あんたらのお父ちゃんにそっくりや。ええ若い衆になったやないの」(『鳩どもの家』)というように、そして「その男の血を受け、その男そっくり」(『荒くれ』)というように。『岬』においては、「あの男にそっくりになって来たね」という類似も口にされるが、主として秋幸と兄・郁男の類似が焦点化され、姉たちや母によって「よう似て来て」「おうよ」「兄やんによう似て来たねえ」と、まるで運命の反復を告げる神託でもあるかのように執拗に繰り返される。『枯木灘』においても、類似は秋幸をめぐって執拗に繰り返される。「おっきな体じゃねえ、よう似とる」、「よう似てますな」、「さっきフサさんの家でおうたんやけど、そっくりになったと思た」と、女たちは口々に秋幸に向かって龍造との類似を語る。「そう坐っとる感じが似とる」と、秋幸と郁男の類似も語られ、秋幸の姉でさえ秀雄を見て「秋幸によく似た顔形」に驚くのだし、秋幸自身「さと子の笑顔が自分に似ていると思」いもする。

　そうした類似への趨勢のなかで、『枯木灘』において同一化が生起し、執拗に反復されるのだ。[3] すでに参照した個所で言えば、「呼吸の音が、ただ腕と腹の筋肉だけのがらんどうの体腔から、日にあぶられた土のにおいのする空気、めくれあがる土に共鳴し」、「土が呼吸し」、「空気が呼吸し」、「山の風景が呼吸」すると、つまり「土」が内部からの「呼吸の音」によって有機体化されてしまうと、「つるはしが秋幸だった。シャベルが秋幸だった。めくれあがった土、地中に埋もれたために濡れたように黒い石、葉を風に震わせる草、その山に何年、何百年生えているのか判別つかないほど空にのびて枝を張った杉の大木、それらすべてが秋幸だった」というかたちで、秋幸と外部の同一化が起こる。

　このことじたい、同一化が〈水〉と声＝言葉によるテクストの有機体化によって生じていることを示している。「掘り起こして濡れた土は白く乾き、乾き死ぬまで風の音、草の葉ずれの音、蟬の声に共鳴し」、「土の息の音は、掘る者の息の音だった」というように、「土」が有機体としての呼吸をするとき、「土は秋幸だった。いや、土だけではなく土をあぶる日、日を受けた木、梢の葉、息をする物すべて秋幸だった」というように、秋幸と土の、秋幸と風景との同一化が起こる。しかもそれは、もはや特異点と呼べないほど頻繁に『枯木灘』で起こっていて、たとえば「蟬が鳴」き、その声が共鳴して「自分の体が鳴」るとき、「人が見ると秋幸を木と見まがいかねなかった。蟬の声が自分の体の中で鳴り、秋幸は自分が木だと思った」というように、秋幸は木とも同一化をはたす。そこでは「日を受け、日に染まり、秋幸は溶ける。樹木になり、石になり、空になる」というように、「日」さえ、浸透のメディアとして秋幸の皮膚を溶融＝廃棄している。こうした同一化を、中上健次は『枯木灘』の別の個所で「事件」とさえ呼んでいる。

ただ鳴き交う蟬の音に呼吸を合わせ、体の中をがらんどうにしようと思った。つるはしをふるった。(……)土に打ちつける。蟬の声が幾つにも重なり、それが耳の間から秋幸の体の中に入り込む。呼吸の音が蟬の波打つ声に重なる。つるはしをふるう体は先ほどとは嘘のように軽くなった。筋肉が素直に動いた。それは秋幸が十九で土方仕事についてからいつも感じることなのだった。秋幸はいま一本の草となんら変らない。風景に染まり、蟬の声、草の葉ずれの音楽を、丁度なかが空洞になった草の茎のような体の中に入れた秋幸を秋幸自身が見れないだけだった。

蟬の声、呼吸の音に土は共鳴する。光が梢の葉に当り、葉がふるえ、光は地面に次々とこぼれ落ちる。（……）
　風が吹く。それはまったく体が感じやすい草のようになった秋幸には突発した事件のようなものだった。

これもまた、有機体のメディアに浸透された世界である。「蟬の声」の「空洞」状の「体の中」への浸透と共鳴。さらにはその「呼吸の音」への「土」の共鳴。ただ、「事件のようなもの」と形容される「それ」が何を指すのか、いまひとつ鮮明ではない。引用の後に記される「光がばらばらとこぼれ落ち」て、秋幸の体をまぶし、「汗が黄金と銀に光って見えた」ことを指すようにも、「風が吹」いて、「山の梢が一斉に葉裏を見せ、音をたて、身もだえる」光景を指すようにも読めるのだが、このコンテクストで「事件」の名に値するのは、「秋幸はいま一本の草となんら変らない」と記される秋幸＝草の同一化を措いてはない。こうした趨勢を、中上健次は「草のフェティシズム」と呼んでいるが[4]、この草木との同一化が「事件」たりうるのは、そこで、たとえば『一番はじめの出来事』（六九年八月）において維持されていた「違和感」が解消され、有機体制に回収されているからである。それは、つかみ折った「茶の枝の突起」が「手のなか」で「つくる違和感」にほかならない。「茶の枝の突起」が皮膚に「違和感」を与えつづけるかぎり、皮膚は有機体のメディアの浸透＝共鳴によって廃棄されることはない。「違和感」とは、たえずそこに皮膚が解消されずにあることを告げる浸透＝共鳴へのノイズなのだから。つまり、そうした「違和感」は、やがて有機体制の浸透に対する〝戦い〟が顕在化する際には、貴重な戦略たりうるのだが、この皮膚上のノイズを、有機体のメディアである水＝声が共鳴によって回収するとき、そうした〝戦い〟の可能性をも予めつみとってしまうのである。「体が感じやすい草のようになった秋幸」とは、つまりそのような世界に対する『一番はじめの出来事』と『枯木灘』の〝戦い〟の芽を回収され無化された結果であり、「違和」とそこに萌しうる〝戦い〟の芽を回収され無化された結果であり、この差異は、それゆえ有機体のメディアとしての水＝声＝言葉の浸透を中上健次のテクストが受け入れたことで生じたものなのだ。しかも、秋幸＝草の同一化は、単に声＝言葉の浸透＝共鳴によってもたらされているわけではない。その基底には、もう一つの、さらに強力な有機体のメディアの浸透が潜んでいる。

つるはしを振りおろして力をこめて土地を掘り起こし、額から流れ目蓋に玉になってくっついた汗で、変哲もない草は明るい緑に光った。風が吹いた。秋幸はいきなり吹く風に喘ぎ、大きく息をした。血と血が重なり枝葉をのばしまた絡まりあう秋幸は、吹く風には一本の草、一本の木、葉と同じなのだった。風を感じとめる草として秋幸は在る。

秋幸という草は、何よりも「血と血が重なり枝葉をのばしまた絡まりあう」草なのだ。それゆえ、草としての秋幸に流れているのは、有機体のメディアとしての〈血〉にほかならない。「自分の体の中に月の光にさらされて風に動く山の草むらのように、ざわざわと音をたてるものがある」と中上健次が書くとき、それはいわゆる血が騒ぐという比喩ではなく、「血と血が重なり」、「絡まりあ」ってのばした「枝葉」が文字通り「ざわざわと音をたて」揺れている、と理解する必要がある。そしてそれが「秋幸の骨の太い体の中に流れる一つの血ともう一つの血の衝突」でもあって、その両方が成り立つことが、秋幸が草として在るということなのだ。「自分の眼の奥、節くれ立った体の内でまたざわざわと鳴るものがあるのを知った」というとき、あるいは「秋幸はまた自分の中に草の葉ずれの音が立つのを知った」というとき、それは外部からの音＝声に共鳴した「ざわざわ」であると同時に、血と血のこすれ合う音、血縁のざわめきの音でもある。これは秋幸が、血と血のこすれてたてる音＝声＝言葉に対する比類なき共鳴体であることを意味している。「血と血が重なる」とは、血と血が繋がることであり、そのようにして形成される血の連繋は、通常、血縁と呼ばれるのであり、それが「絡まりあう」秋幸は、まさに血＝縁の有機体網《ネットワーク》としてある。『枯木灘』においては、この血縁の網そのものが有機体のメディアに浸透されていて、それは「繋がる水」の〈血〉への浸入によって遂行されるのだ。

　川は光っていた。水の青が、岩場の多い山に植えられた木の暗い緑の中で、そこだけ生きて動いている証しのように秋幸には思えた。明るく青い水が自分のひらいた二つの眼から血管に流れ込み、自分の体が明るく青く染まっていく気がした。

眼という皮膚の陥没地点から「明るく青い水」が「血管」に流れこむ。〈水〉が〈声＝言葉〉と連繋したように、〈水〉は「血管」に流れ込み〈血〉と相互に浸透し合う。そのとき生起しているのは、有機体契約とでも呼びたくなるような水＝血の結合である。ほんらい、血は、身体の諸器官を血管網を通じた循環・浸透によって維持していて、文字通り生理＝医学的な意味での有機体のメディアだが、その血を、〈水〉との結合は主題論的な浸透のメディアに変える。もともと器官と器官を、組織と組織を有機体へと繋ぎ、親子兄弟を「一統」として繋ぐ血が、「繋ぐ水」と連繋することで生じる浸透力ほど強力なものはなく、その連繋が、有機体のメディアの浸透力を強化するようにはたらくのは明らかだ。しかも『枯木灘』の冒頭近くでこの結合は起こっている。つまりそれは、この小説で最初に起こる有機体のメディアの浸透にほかならない。ということは、『枯木灘』において、声＝言葉を共鳴のメディアに変える〈水〉は、すでに〈血〉との浸透をはたしていることになる。三重に有機体のメディアに囲繞されたテクスト。『枯木灘』は、そのあらゆる細部に血＝水＝言葉というメディアが行き渡った有機体網《テクスト》なのだ。

3

ところで、あらゆる細部に血＝水＝声というメディアが行き渡るテクストを、どのように想像したらよいのか。それは、血が、水が、声＝言葉が、有機体のメディアとしての浸透・共鳴・同一化という権能を駆使して、絶えず他の言葉を、他の物語を招喚し、繋ぎとめることで自らを有機体として組織してゆくテクストであって、常に呼び集めた声＝言葉＝物語で沸き立つような生成過程としてのテクスト、と言うことができる。『枯木灘』では、そうした沸き立ちがいたるところで起こっているのだが、ここではその一例として、「蟬の声」というメディアが自らの周囲にいくつもの言葉＝物語を繋ぎとめる光景を見てみたい。

秋幸は日に染まり、汗をかき、つるはしをふるいながら、耳に蟬の声を聴いた。幾重にも声がひびきあう蟬の声に、草も木も土も共鳴した。それが自分のがらんどうの体にひびくのを知った。秋幸にはその体の中に響く蟬の声が、なむあみだぶつともなむみょうほうれんげきょともきこえた。フサや美恵から子供の頃きいたように、土方をやり土を掘り起こしながら、いつの日か熊野の山奥に入り込んで修行し、足首を木にひっかけてついに崖からぶら下り、白骨になっても経を唱えつづけていた者に似ている気がした。大きな体だった。日に染まりたい、と思った。そして、ふと、秋幸はさと子の事を思った。それは姉の美恵が、実弘の兄の古市を実弘の妹光子の夫安男が刺し殺すという事件で、心労と過労のため狂った頃だった。その女は駅裏新地で娼婦まがいのことをやっていた。秋幸は二十四歳、兄の郁男が死んだ年齢になっていた。その女が、キノエの娘らしいとは思っていた。キノエの娘とは、秋幸の腹違いの妹のことでもあった。だが、確かではなかった。秋幸はその女に魅かれ、その女を買った。寝た。それから半年ばかりたって或る時、平常にもどった美恵が、駅裏の新地で店を持っているモン姐さんにきき込み、秋幸の腹違いの妹をみつけたと連れて来た。

『枯木灘』は、絶えず音＝声が鳴り響くテクストだが、ここには中上健次の小説に「蟬の声」を導入する契機となった古井由吉の『谷』にこだましていた『日本霊異記』の説話（「法花経を憶持せし者の舌、曝りたる髑髏の中に著きて朽ちずありし縁」）が浸透して、「フサや美恵から子供の頃きいた」と変奏されている。この説話じたい、『修験』の言葉の招喚でもあり、『枯木灘』の別の個所でもういちど響きわたる[5]のだが、そうしてここに呼び寄せられた「蟬の声」と読経は、『蝸牛』以降、中上健次のテクストで鳴り止まない幾多の「蟬の声」と共鳴している。「土方」仕事が引き寄せる「日」と「汗」と「蟬の声」も、すでに『荒くれ』にも『岬』にも頻繁に刻まれていた。こうした有機体のメディアの浸透＝共鳴が、『枯木灘』においては、すでに響いた声＝言葉を、いわば物語の小さな束のように呼び寄せ、それらを互いに繋ぐのである。

たとえばそこに『日本霊異記』の説話が共鳴している「白骨になっても経を唱えつづけていた者」は、「似ている」という類似を介して「大きな体だった」という言葉を招き寄せるのだが、この言葉を刻むだけで『枯木灘』はいくつもの物語と繋がる。たとえば「大きな男だった。いったいその男がどこからやってきたのか、誰も知らなかった」と始まる『火宅』（七五年一月）であり、「おっきい体じゃね（……）あの男にそっくりになって来たね」と弦叔父が語る『岬』である。だから『枯木灘』において「その体の大きな男」と記すだけで、その言葉の周囲に『火宅』や『岬』やその他の作品が共鳴する。そうして『枯木灘』に招喚された「その男」＝龍造を遍在させるように、有機体のメディアは「その男の低い声のわらい」を「土方をやっている最中聴く蟬の声さえ、わらいに聴こえた」というように「蟬の声」と同一化させ、絶えず秋幸という共鳴体のなかで響かせるのだ。秋幸のなかで鳴る蟬の声が「血」の絡まる「枝葉」のこすれる音のように響き、常に「血」を意識させるのは、そこに「その男」のわらい声が浸透＝共鳴しているからでもある。

さらにここには、「姉の美恵が、実弘の兄の古市を実弘の妹光子の夫安男が刺し殺すという事件」と、美恵がその「心労と過労のため狂った」ことまでが引き寄せられているが、古市の刺殺という出来事＝物語は、『岬』において「安雄は、古市の、義足をつけた方ではなく、まともな方のふとももを、三回刺し」たと語られている。それも「雨が降りつづいていた。（……）安雄が、古市を刺した。血がどくどく流れた」というように、言葉＝物語はすでに水と血という有機体のメディアに囲繞されていた。当事者の名前こそ、安男＝安雄と名指されていないものの、この出来事＝物語は『蝸牛』においても、「ぼく」は「一気に駆け寄り、光子の兄の、よいほうの足を包丁でつき刺した。血が流れた」と語られている。そうした物語の束を『枯木灘』は招喚し、共鳴させる。秋幸の姉の美恵が狂う話にしても、『補陀落』（七四年四月）に、死んだ兄に呼びかけるように「兄やん、シイちゃんは気がふったよ」と告げられ、『岬』

において は、同じ名前の美恵の出来事として物語られている。美恵は「弦叔父の声をきき」、死んだ「姉たちの父が、いま立ち現われてきたと思」い、「仏壇を壊しにかかり、「殺せえ、殺せえ」と顔を振って叫ぶ。つまりそこには、死んだ父親と「けもののひづめの手を持つ弦叔父」（これまたいくつもの作品で言及される物語である）との同一化がはたらいていて、それは血というメディアが可能にする同一化と言える。

それればかりか、『枯木灘』は自ら語った言葉＝物語をも招喚せずにはおかない。それじたい、三重に連繫した有機体のメディアが全篇に浸透したテクストである所以でもあるが、そうした自己参照は、読むかぎりにおいて、反復として現象する。言うまでもないが、反復こそ同一化の、ときには類似の、時系列に沿っての展開であり、同じ言葉＝物語の共鳴のうねりと見なすこともできる。いま参照した古市の刺殺事件と美恵の狂気への傾斜じたいを、『枯木灘』はすでにこんなふうに言葉＝物語として語っていた。

美恵はまた何かを思い出し、それと重ねあわせようとしている、と秋幸は思った。それは二年前、美恵の夫実弘の兄古市が、実弘の妹光子の亭主安男に兄弟喧嘩の末、刺されて死んだ時もそうだった。過労と心労で古市の葬儀の翌日から寝込み、肋膜を再発したと言われ、誤診だと判って、美恵は気がふれた。誰かが自分を殺しに来る、と言った。秋幸はその時、美恵をなだめながら、美恵が畏れおびえているのは、兄の郁男なのだ、と思った。

郁男が安男と重なり、刺し殺しに来るのだ、と思った。

同じ言葉＝物語の反復＝共鳴を支えているのは、ここでは美恵の「重ねあわせ」る趨勢であり、それが言葉＝物語を共鳴させるのだ。「三月三日の朝、確かに郁男は路地の美恵の家の柿の木で、二十四の齢に首をつった」と作品をまたいで執拗に語られる自死した郁男と、叔父を殺した安男が重なるとき（『岬』では弦叔父と死んだ父親が重なるのだが）、それは美恵に、自分を殺しに来るという新たな物語の共鳴を生む。というのも、これも『枯木灘』をはじめ多くの作品で繰り返し語られることだが、自死する前の郁男が、酒を飲む度に秋幸の家へ「殺してやる」と言いながら「玄関の間の畳に包丁をつき刺し」に来るからで、その姿と安男の姿が美恵において重なり共鳴するのだ。それればかりか、美恵は「秋幸のむこうに二十四で独り身のまま死んだ兄を見ているのだ」ったという重ねあわせさえ行う。そしてこの資質は、その兄郁男にも共有されていて、「後年、フサと秋幸を殺してやると、繁蔵と暮らす家にやって来」た郁男は「フサの背後に、この男を見」、「秋幸の背後に」も「三人の女を同時に孕ませたこの男を見」るのだ。この重ねあわせこそ、同一化の変奏であり、『枯木灘』に言葉＝物語のさらなる共鳴を惹き起こすのだが、この資質をだれよりも有しているのは、言うまでもなく、共鳴体としての秋幸にほかならない。言い添えれば、先に引用した『枯木灘』の個所には、すでに頻繁に記されているため目につかなくなっているが、「秋幸は二十四歳、兄の郁男が死んだ年齢になっていた」という言葉＝物語が差し挟まれていて、そこにも、同じ年齢を介しての、秋幸と郁男の共鳴が示唆されている。「二十四歳」で死んだ「兄」をめぐる言葉＝物語が、どれほど中上健次において反復されているかは言うまでもないことだ。

　ところで、この「3」の冒頭での引用には、さらに引き寄せられた言葉＝物語の束がある。「その女は駅裏新地で娼婦まがいのことをやっていた」と語られるさと子をめぐる束であり、「その女が、キノエの娘らしい」と語られる、さと子の母親のキノエをめぐる束だが、このキノエに関する言葉＝物語も、多くの作品を『枯木灘』に繋いでいる。『火宅』において「このあいだまで遊郭にいたキノエが、首のあたりに白粉をぬりたくり桃色の襦袢ひとつで、蒲団に横ずわりして」という格好で登場し、やがて「その男」と指呼される龍造の前身との間にさと子（『水の家』では「お女郎さんの子」）を孕むのだが、この物語はたちまち、「その男」が「房と、ユキヱと、それから奥の請川出の女郎」（『水の家』）の三人の女を同時に孕ませた物語と共鳴する。この「三人の女を同時に孕ませた」という言葉＝物語は『枯木灘』においても執拗に反復されているが、言うまでもなく、そうして生まれた三人の子供のなかに、さと子と秋幸がいる。血＝縁の有機体網を通じて、物語は他の物語を招喚し、連繫しながら共鳴する。キノエをめぐる言葉＝物語からさえ、血のネットワークを手繰ることで、中上健次のほとんどの物語に繋がるのだ。有機体のメディアである血をテクストに浸透させるとは、そういうことであって、それはあたかも、人間ではなくその人間を取り巻く物語を主役のようにしている。

そして秋幸は「その女に魅かれ、その女を買った。寝た」というように、さと子との間に兄妹の「近親姦」の物語を響かせる。これこそ『岬』が語る主要な物語にほかならない。秋幸はこの「近親姦」を、自分に半分流れる血の起源である「あの男」に対する「決着」として、さらには自分を取り巻く血=縁という有機体網に対する反抗として企てている。それは「あの男そのものを陵辱しようとしている。いや、母も姉たちも兄も、すべて、自分の血につながるものを陵辱しようとしている」という秋幸の想いに表れているが、ここにすでに、中上健次的な一体化の特性が垣間見える。「あの男」を「陵辱」するのに、さと子という妹を「陵辱」すること。そこに、あの男とさと子の、父と妹の一体化が兆すのだが、『岬』においては、この一体化は、秋幸の「その男」に対する直接の「決着」を回避するようにはたらく点で、一見、フェティシズムのように見える。だが、そうではない。それがフェティシズムであれば、「あの男」との間にさまざまな対象物を布置=操作し、それらがファンタスムを生成することで「あの男」を否認すればよい。さと子を置いて「近親姦」というファンタスムを生きることも、ある意味で、「その男」を宙吊りにし、否認することになるだろう。「陵辱」というのも、そうしたファンタスムに馴染まないわけではない。だが、それを許さないのが、秋幸にとって常に現前する「血」である。さと子と契りながら「胸をかき裂き、五体をかけめぐるあの男の血を、眼を閉じ、身をゆすり声をあげる妹に、みせてやりたい」というように、秋幸には絶えず「血」が現前し、その血が「あの男」との繋がりを意識させるからだ。いわば有機体のメディアとしての血が、フェティシズムに胚胎する否認とファンタスムを退けていると言える。中上健次が『岬』の最後で、声と水を血というメディアに隣接させながら「女は、声をあげた。女のまぶたに、涙のように、汗の玉がくっついていた。いま、あの男の血があふれる、と彼は思った」と記すのも、さと子によって男を否認するのではなく、血という有機体のメディアによって「男」との繋がりをいっそう際立てるようにはたらいている。

そうした血と血の重なりが呼び起こす「近親姦」の言葉＝物語は、なにも『岬』『枯木灘』にかぎったことではない。『浮島』（七五年八月）にも『穢土』（七五年八月）にも変奏されて出てくるが、その発端はまたしても『蝸牛』である。そこで、輝明と女の兄の類似が「これが血というものだな」と記されたのと同時に、そしてそれは古井由吉の『谷』に蟬の声と読経という声＝言葉を聴いた後でもあり、すでに密かに、有機体のメディアが中上健次のテクストに浸透しだしたときでもあるのだが、そのとき「近親姦」は主人公の想像のうちに萌す。「光子が自分の兄と関係をつくり、輝明を生み、その証拠を消すために、刺客としてぼくをつかまえ（……）兄をこの世から抹殺するようにもっていく」というように。これが古市の刺殺事件の、いわば前身と重なっているのだが、「近親姦」が、血＝縁というネットワークのなかで、血と血がこすれてたてる音である以上、それは有機体のメディアの浸透が相即的にかかえる出来事＝物語なのだ。とすれば、血と血のたてる音＝声の共鳴体である秋幸が、そうした音に応じないわけはない。そのことが『岬』の秋幸に起こったことであり、その起こった声＝言葉＝物語を聴き取り、共鳴するのが『枯木灘』の秋幸ということになる。

4

ところで、本章の「2」で語ったように、秋幸において外部の音＝声＝言葉との共鳴によって草＝木との同一化という「事件」が起こったとすれば、「血と血」の共鳴によって起こるのは、いかなる「事件」なのか。一言でいえば、人と人の同一化という「事件」である。秋幸が草であり、木であり、土であるという意味で、秋幸は郁男であり、秀雄であり、龍造であり、孫一である。そのような在り方が、人と人の同一化であって、それは、すでに示唆したように、たとえば秋幸が郁男に「よう似て」いるということとは決定的に異なる。秋幸が郁男に似ているかぎり、秋幸は秋幸として在ることができる。血と血のこすれる音＝声＝言葉が共鳴＝浸透するとは、そうした在り方を不可能にする契機としてなのだ。

最初に秀雄が石で後から打ちかかった。秋幸はよけて組み敷いた。その時、そんな気はなかった。顔を張るだけで、秋幸は腕を離した。秀雄はまた殴りかかった。秀雄の攻撃から身をよけながら、秋幸は風のない温い闇を感じた。水のにおいを感じた。一瞬、秋幸は、先ほど立っていた川原を見たのだった。男は、秋幸のジジババの精霊を送っているのだと言った。男と、ヨシエの腹に生まれたとみ子、友一がいる。新和が漲っている。組み敷き、秀雄の眼にみつめられた。その両眼を潰そうとするように力をこめて殴りつけた。石をつかみ、頭を打った。秋幸は、何度も思った。

ふと、秋幸は思った。身震いした。秋幸は自分が十二歳の時、二十四で死んだ郁男にそっくりだと思った。郁男の代わりに秋幸は、秋幸を殺した。

秀雄が十四年前の、秋幸だった。


ここには類似と同一化が並んでいる。類似は、郁男と秋幸の間で、同一化は、秋幸と秀雄の間で成り立っている。そうした類似と同一化の間には、郁男が秋幸を殺そうとしたことと、秋幸が秀雄を殺したことが、二つの枝のように並んでいる。そしてその二つの枝を、中上健次はざわざわと揺するのであり、そうして枝が一瞬交差するとき、殺す側の郁男と秋幸が、殺される側の秋幸と秀雄が共鳴し、郁男＝秋幸、秋幸＝秀雄という同一化が起こる。だからこそ「郁男の代わりに秋幸は、秋幸を殺した」という言説が可能になるのだ。そうした同一化から共鳴するように響いてくるのは、郁男が秋幸を殺そうとした物語でも秋幸が秀雄を殺した物語でもない、物語と物語の共鳴としてしか聴き取れない声＝言葉＝物語である。中上健次は、そうした声＝言葉＝物語こそを、自らのテクストの徹底した有機体化と刺し違えるようにして手に入れたのである。そうすることで、聖書的な「兄弟殺し」の物語やオイディプス的「父殺し」の物語との同一化には回収されない声＝言葉＝物語を『枯木灘』において刻み、響かせたのである。『枯木灘』を読むとは、そうした声＝言葉＝物語に自らの聴覚を共鳴させることにほかならない。

そして同じことは、龍造と秋幸の同一化についても言える。

　友一は車に乗ってまだ居た。男は、早く帰れと手を振り、駅に歩いた。駅の広場で水を飲んだ。背後から男を見ている者がいる気がした。振り返ったが誰もいなかった。気温は上っていた。男は腕まくりをし、改めて二の腕に刺青があるのを知った。男は二十三年前の自分に若返った気がした。いや、男は六年の刑の服役を終り、今、駅に降りた秋幸だった。秋幸は身をかがめて水を飲んだ。

男とは浜村龍造である。その龍造と秋幸の間に、同一化が起こっている。男は、『枯木灘』の終わり近くのこの場面で、冒頭近くでの、自分が刑務所から出てきたときの〈水〉との浸透の仕草を反復している。そこには「駅を出て、広場の水道で水を飲んだ。（……）そして男はまたも馬のように水を飲む自分を誰かが見ていると思った」とあった。そしていま、ここで水を飲んでいるのは龍造なのに、同一化によって「秋幸は身をかがめて水を飲んだ」という声＝言葉が可能となるのだ。それは、龍造をめぐる物語と秋幸をめぐる物語の共鳴する場所でしか聴き取れない言葉＝物語である。その言葉＝物語を、中上健次はこうして小説の終わり近くに置いているのだが、そうすることで、「六年の刑の服役を終り、今、駅に降り」広場で水を飲む、という言葉＝物語は、冒頭近くに置かれた同様の言葉＝物語（「男が刑を終え出所して来」て、「汽車を降り」、「広場の水道で水を飲んだ」）と並ぶ。それはほとんど『枯木灘』という小説そのものを挟むように並んだ二本の枝葉であり、さらに言えば音叉のようであって、中上健次はこの二つの枝葉＝音叉を揺するのだ。中上健次にとって、物語るとはそのようなこととしてある。すると、二つの言葉＝物語は共鳴し、その共鳴は、書き終えつつある『枯木灘』じたいを揺さぶるように響くのであり、さらにそこで再組織化されたいくつもの小さな物語の束をも揺する。そしてそのとき幾重にも共鳴して響く言葉＝物語こそが『枯木灘』固有のテクストにほかならない。

5

ところで、そうした同一化が、ほとんど常に秋幸を介してしか問題化しないのは、血と血のたてる音＝声＝言葉の共鳴体が、基本的に秋幸だけだからである。より正確に言うなら、血＝水＝言葉の共鳴体が秋幸だけだからである。[6] 秋幸との間で、血は血と共鳴し、音＝声＝言葉を発する。そうしてざわめき立つ音＝声＝言葉こそが、中上健次にとっての〈物語〉なのだ。中上健次において、物語がほぼ常に血縁の物語となっているのはそのためであり、また、同一化を伴う場合でもそうでない場合でも、「血の枝葉」が「動きこすれ合」うことで、あるいはその変奏として〈水〉が浸透し、〈声＝言葉〉が共鳴することで、中上健次の〈物語〉は語られ、テクストのなかに響きだすのであって、兄妹の「近親姦」にしろ、「弟殺し」にしろ、あるいは「父殺し」（というより、その不可能性としての父親の自死）にしろ、そうした血と血の過剰にこすれる音＝物語の共鳴のなかから小説家によって聴き取られたのだと言える。

そのことは、中上健次の、とりわけ『岬』から『枯木灘』、『枯木灘』から『地の果て 至上の時』という、秋幸という名の共鳴体を共有する小説相互の関係そのものにかかわっている。『岬』じしん、すでに見たように、それ以前の作品で離散的に語られていた「近親姦」の物語を反復するように書かれているが、『岬』の秋幸にとっては、それはあくまでも起こったこと、起こしたことであって、そのかぎりで「近親姦」は出来事としてある。『枯木灘』は、その「近親姦」という血と血のこすれる音＝物語を受け止め、それと共鳴するように自らの言葉＝物語を響かせる共鳴体としてある。そして『地の果て 至上の時』は、『枯木灘』で新たに起こった「弟殺し」という血と血の軋む音＝物語を受け止め、その上に自らの言葉＝物語を響かせようとしている。

だがそこには、そうした小説相互の関係に内在する問題が横たわっていて、小説家は、先行する小説に共鳴するように新たな小説を書こうとするとき、そうした問題に向き合わざるをえない。つまり『岬』から響く物語を『枯木灘』が聴き取り、それに共鳴するということのうちには、「近親姦」をめぐる言葉＝物語を再組織化するということが不可避的にふくまれる。というのも、『枯木灘』であらためて「近親姦」が出来事として起こるわけではなく、起こったことを語る言葉＝物語が呼び寄せられているからだ。そのとき起こるのは、物語の枠に縛られない言葉の招喚ではなく、まさに同一の物語を形成する言葉の招喚であって、それゆえそうした言葉＝物語が組織する共鳴には再現性が孕まれる。それが有機体のメディアを最大限に動員して言葉＝物語を繰り返し呼び寄せ、テクストを物語の共鳴体にすることに対する、いわば負の対価であって、中上健次が『枯木灘』を書くとき、とりわけ「近親姦」という言葉＝物語を再組織するときに向き合うのは、そのような問題にほかならない。

いったい中上健次は、この問題にどのように向き合うのか、といえば、「近親姦」の物語を単に招喚するのではなく、その言葉＝物語そのものを、兄と妹という血と血のこすれるいわば音源に差し向けるのである。二人の父親である龍造を前にして、さと子を伴った秋幸が「二人の子同士で寝てしもた」という言葉を突きつけることがそれである。

秋幸は男を消してしまいたかった。男を殴りつけたかった。さと子のように酒に酔っているなら、男を、膳をとび越えて殴りつけたかもしれなかった。

男は汗をかいたのか長袖シャツをまくり上げた。（……）秋幸は、「二人の子同士で寝てしもた」と言った。

男は秋幸を見た。

「知っとる」男は言った。「しょうないわい」男はこころもち怒ったような声で言った。

涙が流れた。秋幸は涙をぬぐった。

何故涙が流れ出てくるのか秋幸にはわからなかった。一切合財、しゃべってしまいたかった。

「さと子と二人で寝た」秋幸はそう言い直した。

「近親姦」の言葉＝物語を自らの言葉として、その起源である父親に差し向けること。それは、言葉＝物語を〈いま・ここ〉のコトとして生きることであって、秋幸が遂行する「男を消」すための、象徴的な意味での父親殺しの企てでもある。その企てには「おまえがおれをつくった性器と同じおれの性器で、おれはおまえを犯した」というように、二重の同一化が潜んでいる。「同じ性器」によって秋幸と龍造が、その性器で犯されるさと子と龍造が、それぞれ同一と見なされているからこそ、兄妹の「近親姦」が父殺しの企てともなりうるのだ。この同一化の論理が、フェティシズムとも見えかねないことはすでに指摘したが、こうした同一化を中上健次がテクストに持ち込むとき、それは、そうした同一化を形成する「血と血」の「枝葉」を揺すり、それまで聞こえなかった新たな共鳴音＝物語を聴くためである。秋幸はいま、龍造を前に、そうした同一化を揺すり、そこから共鳴する新たな音＝物語を聴こうとする。秋幸には、それがどういう音＝物語かも分かっている。父・龍造が「苦しみのあまり呻き叫」び、「頭を壁に打ちつけて血を流し」、「自分の性器を引き裂き、そぎ落と」し、「二つの眼を潰」し、「耳をそぐ」というふうに響くはずなのだった。だが、そうした音＝物語は響かない。それは言うまでもなく、象徴としての「父殺し」の音＝物語である。兄妹の「近親姦」という言葉＝物語に「父殺し」という言葉＝物語を共鳴させる試みだが、秋幸はそれに失敗する。[7]
つまり、「近親姦」の言葉＝物語の再現性は排除されたものの、企てた「父殺し」は、秋幸にとって失敗に帰着する。龍造に対し、「近親姦」の言葉＝物語を突きつけて「父殺し」をはたそうとした企ては挫折する。にもかかわらずその企てを遂行するには、どうしたらよいのか。それは、中上健次が「それは天啓のようなものだった」と言って秋幸に気づかせる、言葉＝伝説をめぐる一種の簒奪のような戦いによってである。

> 秋幸は、男が建てた石碑を思い出した。（……）浜村孫一終焉の地の石碑は男の子供じみた夢想でもあった。いや、路地のフサの家から高台の家に駆け上った記録であり、勝利の記念碑だった。そして永久に勃起しつづける性器のような形の石碑は、男の不死の願いが固まったものだった。男は、自分こそ今あらたに生まれなおした浜村孫一だと言いたいのだ。（……）ふと、秋幸は、自分がその男、蠅の王浜村龍造の子であるなら、自分の遠つ祖もその浜村孫一であることに気づいた。それは天啓のようなものだった。男を嘆かせ苦しめるには、男の子である秋幸が、浜村孫一とは何の血のつながりもないと立証するか、敗走してこの熊野の里へ降りて来たという伝説を、作り話としてあばくことだ。いや、浜村孫一を男の手から秋幸が取り上げることだ。秋幸は想った。一切合財、おまえの言うことを認める。だが、おまえではなく、この俺こそが浜村孫一の直系であり、浜村孫一であり、浜村孫一

の眼に守られて在る。

ここには、秋幸の、そして小説家・中上健次のアポリア[8]が顕わとなっている。というのも、「近親姦」という言葉＝物語と対峙させることで「父殺し」に失敗した秋幸は、さらにそれを遂行するのに、「男の子供じみた夢想」でもある「自分こそ今あらたに生まれなおした浜村孫一だ」という言葉＝伝説を、男から奪い取ることを企てるからだ。言葉＝物語の贈与における失敗を言葉＝伝説の奪取によって埋め合わせること。具体的にいえば、それは「浜村孫一を男の手から秋幸が取り上げること」であり、「この俺こそが浜村孫一の直系であり、浜村孫一であ」る、という秋幸＝孫一という新たな同一化の企てにほかならない。その企てが遂行されようとする（されたわけではない）のは、『枯木灘』ではなく、むしろ『地の果て　至上の時』だが、ともかくも『枯木灘』では、「その男が、自分の半分を作ったことが秋幸には耐え難かった。もし男の言うようにその孫一の伝説が本当だとしても、男が有馬の土地に石碑を建て、血が永久に滅びることなくかつて何代も伝わったようにこれからも何代も続くように祈るのなら、秋幸はすすんで滅ぼしたい」というように、秋幸の「父殺し」の意志は変ってはいない。にもかかわらず、孫一伝説の奪取による孫一との同一化がアポリアを抱え込むのは、父親殺しのために、父親をふくめて「何代も続く」伝説的体系までをも維持することになるからであり、孫一伝説と自身との同一化により、それをさらに強化することになるからである。先の引用のすぐ後には、はっきりと「男は（……）浜村孫一が何百年も後の世に姿を現わすために種子から種子へもぐりこんだ一つの器官にすぎない。秋幸の父とは浜村孫一であり」と書かれている。アポリアは、父を殺すために、より強力な父を据える点に萌す。しかもここには、秋幸と孫一を繋ぐはずの父親＝龍造が「一つの器官」といみじくも形容されていて、こうした垂直に繋がる血の体系が、なにより「器官」を繋ぐことで形成される有機体系であることが示唆されてもいる。

しかしながら、秋幸も中上健次も、「父殺し」を前に、それとは別の道を察知していた。はっきりと、「男を嘆かせ苦しめるには、男の子である秋幸が、浜村孫一とは何の血のつながりもないと立証するか、敗走してこの熊野の里へ降りて来たという伝説を、作り話としてあばくことだ」と『枯木灘』には記されていたではないか。血の垂直の繋がりがないことを言葉にすること。孫一をめぐる伝説を虚構として暴くこと。そこにこそ、血の繋がりを水平にも垂直にも張りめぐらせる有機体制への、秋幸の、さらには小説家・中上健次の〝戦い〟が可能になる道がある。早々と浸透へのノイズとしての「違和感」を手放し、これほど頻繁で大量の有機体のメディアを浸透させることでテクストを組織し、そこにいかなる物語が可能なのかを追究してきた小説家にとって、それは自らのテクストが有機体のメディアの帰順する体系＝体制にそれだけ深く濃く浸透されることを意味するだけに、この血の体系に基づく伝説を破壊することは、まさにそうした有機体制とのぎりぎりの〝戦い〟を組織する可能性としてあったのだ。そしてこの〝戦い〟の道を選ばなかった中上健次が、その後、たとえば「中本の一統」という血の有機体系の物語を語るほかないのは、これまで見たことから明らかである。

　ところで、そうした有機体制については、『千のプラトー』でドゥルーズとガタリが、身体と有機体の違いを〈器官なき身体〉という思考によって際立てながら、こう言っていたではないか。「身体は決して有機体ではない。有機体は身体の敵である。〈器官なき身体〉は器官に対立するのではなく、(……)有機体に、器官の有機的な組織に対立するのだ。神の裁き、神の裁きの体系、神学的体系とはまさに、有機体、つまり有機体と呼ばれる器官の組織を作り出す〈者〉の仕事なのだ」[9]と。その意味で、血＝水＝声の浸透＝共鳴によって充溢する中上健次のテクストは、まさに「神の裁き、神の裁きの体系、神学的体系」のもとに自らを置いている。しかも、血の垂直に広がる体系（それこそ「一統」というものである）が「器官」を繋ぐことでできる組織であることが示されていたではないか。「父殺し」と「近親姦」を持つオイディプス神話が、その中心に、オイディプス自身をめぐる神託を抱えこんでいるとすれば、そして神託こそまさに「神の裁き」にほかならないとすれば、中上健次が『岬』から『枯木灘』『地の果て　至上の時』にかけて、オイディプス神話を共鳴するように反復し志向するのは、まさにそのような有機体制の「神の裁き」の体系に自らの小説を置くことを意味する。だからこそ、有機体制への反撃は、そうした自らの小説の位置どりを変えるための〝戦い〟ともなりえたのである。それは、有機体のメディアに浸透されながら、そうした体制への異和としてのテクストを設営することにほかならない。

たしかにそれは、勝てる戦いではない。すでに有機体のメディアである血＝水＝声をあれほど利用しているのだから。しかしそうした有機体制に完全に呑み込まれないための〝戦い〟が、勝たないものの負けない戦いが可能になった地点こそが、『枯木灘』のここに、つまり血の体系に基づく伝説の破壊の道に刻まれているのだ。そして、そこ以外に、中上健次のいかなるテクストにも、そうした有機体制への反撃地点は見当たらない。それは『地の果て　至上の時』にもない。『地の果て　至上の時』は、『枯木灘』において、有機体制との〝戦い〟が可能になる道を選ばなかったために、「父殺し」の企てがますますアポリアを抱え込むことになった過程そのものとしてあり、それを父親の自死でぎりぎり宙吊りにした小説にほかならない。しかしそれはまた、「父殺し」の遂行不可能と同時に、「父殺し」という有機体制に馴染むパラダイムをもかろうじて宙吊りにし得た小説でもある。

いや、『枯木灘』には、さらに一度、父殺しの可能になる地点があった。それは、盆の精霊舟を送りに川原に龍造一家も秋幸の一族も集まった場面であり、有機体のメディアである「繋ぐ水」によって、血の連繫が示唆される場面である。

大きな体の男は、夜目にもはっきり分かった。秋幸はいままで仁一郎の舟を送る川原にいて、その男と秘かに、薄い闇に立ちこめた線香のけむりとひたひた石を洗う水とそのにおいで、父よ、子よ、と言い交っていた気がした。（……）

「来い、来い、おまえのジジババじゃ」そう男は言った。（……）アキユキと呼ぶその声は、まぎれもなく実父のものだった。言葉にして、父よ、子よ、と呼び交わさずとも、遠く離れれば輪郭が溶ける薄闇の中で、川の石に立ち、そことここを繋ぐ水を感じ、線香のにおいを同時に吸い込むことは呼び交わしているのと同じ事だった。

「そことここを繋ぐ水」が父と子を繋ぐ有機体のメディアであることは、明らかである。「ひたひた石を洗う水とそのにおいで、父よ、子よ、と言い交っていた気がした」というように、〈水〉はそこで父と子を繋ぐ〈声〉というメディアを代行している。その意味でそれは、父=子を繋ぐ〈血〉と等価でもある。だからこそここで、父=子の間に切断を入れることは、有機体の〈水〉から「繋ぐ」というそのメディア性を奪うことを意味するのだ。同様に、「繋ぐ水」に切断を入れることが、父=子の繋がりを断つことにもなる。そのような文脈のなかで、秋幸は父・龍造とのやりとりのうちに、「永久に滅びることなく」続くような「血」に対し、「すすんで滅ぼしたい」と思う。にもかかわらず、その後「突発的に起こった」のは、「父殺し」ではなく、秀雄という「弟殺し」なのだ。中上健次は、ここでも秋幸に「父殺し」を回避させている。というのも、父を殺したとたん、孫一伝説が連なる「神学的体系」を維持・強化することになるからであって、そうしたジレンマを中上健次的アポリアとあえて呼んだのは、「父殺し」を遂行しても、遂行しなくても、ともに父さえ「器官」とするような有機体制を維持することにしかならないからである。

そしてそれは、死んだ秀雄の代わりに秋幸が龍造のもとで動きはじめる『地の果て　至上の時』においても、同じことなのだ。父を殺す機会など、いくらでもあるではないか。猪撃ちに行く場面を用意しても、「父殺し」は起こりようがない。秋幸には「父殺し」など終始、不可能なのだ。それは『地の果て　至上の時』を書く前から分かっていたことだ。というのも、中上健次は自らの物語のアポリアを、『枯木灘』を書いたことですでに知っているからである。それも、このアポリアこそが有機的な物語を生成し発動するということを。『枯木灘』で、孫一伝説を破壊するか、それと一体化するかの分岐点で、「いや」と言って後者を選択したということは、そういうことなのだ。有機体のメディアに囲繞されながら、ぎりぎり有機体制への反撃ポイントを提示した『枯木灘』とちがって、『地の果て　至上の時』で起こっているのは、有機体制とそのメディアが強いるアポリアを、物語の維持と延命のために利用するということにすぎない。『千年の愉楽』もそのようにして可能になった。そしてそのアポリアは、言うまでもなく、有機的体制である「神の裁きの体系、神学的体系」を助長する。それは「父殺し」が、殺される父を可能にするより大きな体系＝体制そのものの強化になるということであり、『地の果て　至上の時』は、そのようなテクストなのだ[10]。『蝸牛』から『修験』『岬』『枯木灘』にいたる小説は、有機体制のパラダイムにある主題論的メディアをどっぷりと浸透させながら、そしてそれを十全に利用して物語を組織しながら、そうした物語が有機体制のパラダイムには回収されないような一線を示し得た過程であって、その果てに、中上健次は有機体制的な物語機制を選んだのである。「中本の一統」もそこから出てきた。オリュウノオバもまた然り、である。有機体制のアポリアがあるかぎり、龍造は自死しても、同様の存在はふたたび招喚される。というのも、中上健次は、そうした自らのアポリアこそが物語を生みつづける装置であることを知ってしまったからである。

注

1　ここで「そこところ」と指示されているのは、その直前に記されている「父よ、子よ」であって、お盆の「精霊舟」を流しに川原に来合わせた浜村龍造と秋幸を指している。つまり、「そこところを繋ぐ水」とは、血縁（血のネットワーク＝組織網）であって、その意味で、この〈水〉は親族を繋ぐ〈血〉と等価と言える。そして〈血〉こそ、言葉のあらゆる意味で、有機体のメディアにほかならない。やがて本章の「2」で見るように、中上健次は『枯木灘』の冒頭近くで、まさに〈水〉と〈血〉の隣接と結合を遂行している。それは有機体契約とでも呼びうるような結合であって、それによって〈水〉もまた、有機体のメディアとしての属性を一段と強化している。

2　それにしても蓮實重彥を介して主題論的な〈水〉にいち早く反応し、その〈水〉を自らのテクストにだれよりも浸透させたのは、金井美恵子と中上健次の二人だが、その両者の小説でともに〈皮膚〉の溶融＝廃棄が起っているのは、特筆に値する。それはその〈水〉が有機的＝主題論的な浸透をはたしたことを告げており、金井美恵子はそれを紙という皮膚にしみるインクに、中上健次は血へと浸透させる。そして先取りして言えば、この、水＝言葉の連繋に共鳴しやすい中上健次のテクストは、外部にある物語や神話といった言葉との共鳴＝浸透を進んで招来するだろう。この点については本章の「3」を参照。

3　だからといって、『枯木灘』に類似の趨勢がないわけではない。ただ、もはや類似ではなく同一化がそこでは物語を牽引している。同様に、同一化は「キノは、アイヤだった」というように、『水の家』にすでに単発的に刻まれているが、そこではそれによってテクストじたいが組織化されるほど強力に同一化が機能してはいない。また、これから見るように、同一化には外部の草木との間で成立するものと、人と人の間で組織されるものとがある。

4　渡部直己は『中上健次論　愛しさについて』で「草のフェティシズム」にふれて、いみじくも「日に染められ、風になぶられる山の木や草のように『在る』こと。秋幸と名づけられた主体のまとうその表情がここで、たんなる比喩をこえたほとんど直叙の生々しさに達している点を十二分に銘記したい。（……）その柔軟な膜が、頭はおろか、目も口も耳ももたぬような存在の〈外側〉と〈内側〉とを分け隔てるようでありながら、分離ではなくむしろ両者の環流をこそうながす表面として、〈外〉がそのまま〈内〉へ流れこみ、〈内〉が〈外〉へ溶けだす植物的な『呼吸』を支えていることも右に明瞭である」と言い、「官能の最たるものはまさに、『皮一枚』の表面を介して演じられる浸透と溶解のこうした過剰な交流のうちにあらわれるのではないか」と指摘しているが、そうした皮膚の内部と外部の「浸透と溶解」が、主題論的言説を可能にする有機体のメディアによって招来されている点を見逃している。それゆえ官能性や「愛しさ」を際立て、さらには〈水〉と〈焔〉の両立不可能な主題性を共=可能性としてもつ〈血〉をも際立てる渡部直己の批評言説は、その攻撃的な口ぶりとは裏腹に、きわめて主題論的=有機体制的な布置を温存していると言わねばならない。そしてそのとき生ずるのは、主題論的=有機体的なメディアによって組織されて行った中上健次の小説を、同様に主題論的な趨勢を維持した批評姿勢によって読むことの同語反復性（そのように書かれているものを、そのように読んでしまうということ）にどう向き合うのか、という問題にほかならない。中上健次が、蓮實重彦のリシャール論や蓮實重彦自身の批評を読んでいることも確実だが、それにしても、中上健次とは「血が流れていた。だが、黒い水と血は、夜目には判別がつかなかった」と書く傍らに、「体が熱かった。炎が全身を包んでいた」と書いてしまう小説家なのだ。

　ところで、渡部直己は「中上健次の過激な『交錯線』」（「群像」二〇〇二年七月号）で、秋幸と世界の出会い方をめぐって「切り隔てることが同時にまた（しばしば予期せぬものとの）接続を作り出すような一連の動き」を指摘し、そこから取り出した「接続=切断」という視点を「錯綜した家族関係」にあてはめている。しかしながらそこでは、「切り隔てること」がさらなる接続を促し、血縁のネットワークを広げている点が見落されている。接続と切断という非両立的な対立概念のように見えるものが、並ぶことで、まさにスイッチのオンとオフのように一つの装置と化す点が考慮されてはいない。このように、切断がさらなる接続を誘い、連繫を強化する点こそ、中上健次的な家族関係に浸透した有機体のメディアのポリティークであって、秋幸じしん、「おれはまったくおれ一人だ、と思った」というように、血縁から切れていることを感じながら、その姿勢を維持せずに積極的に血縁との接続を遂行するのである。切断とは、ほんらいそのように接続に対し協力的なものではないはずである。

5　『日本霊異記』が浸透しているもう一つの個所もまた、〈水〉に囲繞され、「蟬の声」が読経のように鳴り響く物語環境を用意している。「秋幸は、山の風が水に濡れた裸に冷たいのを知った。蟬が幾重にも鳴き交っていた。このあいだまでの土方の現場は、山を一つ越えたもう一本先の渓流を入ったところだった。そこと同じように蟬が鳴いていた。不思議な音だと秋幸はことさらに思った。それは湿った川原の空気の中に坐った二人が吐く息の音よりも小さく、だが、耳をつんざくように大きくも聴こえた。念仏をあげているようにも、修験の者の群が一斉に経を唱えはじめたようにも聴こえた。渓流の向こうの岩肌を見せた山に植えられた杉の一つ一つの梢に、その修験の者らが身を変えた蟬が経を憶持している。秋幸は息苦しくさえなった。紀子は石の川原にうつぶせになって寝転んだ。水着のパンティが尻の形をあらわにしていた。秋幸の性器が勃起していた。」

6　美恵や郁男が同一化（「重ね合わせ」）を行うのは、特定の人物、特定の状況に限られている。

7　いや、小説家・中上健次は、この共鳴を失敗させるほかない。すでにここに、中上健次的なアポリアが胚胎している。それは、「父殺し」を遂行するために、「近親姦」の言葉＝物語を動員することで、結果として「父殺し」の言葉＝物語を組織する、ということに胚胎するアポリアである。それは、「父殺し」の企てが、有機体のメディアが帰属する「神学的体系」を強化することに貢献してしまう、という矛盾にほかならない。そしてこれは、このあと見るように、孫一伝説を龍造から奪う際にも言える。

8　アポリアとは、アリストテレス的な意味では、同じ問いに対し二つの合理的に成り立つ、相反する答えが生ずる場合を言うが、語源的には「道がないこと」という意味であり、ここではむしろその意味で用いている。

9　Ⅶ章・注9参照。

10　その点、絓秀実は、『「帝国」の文学』の「エピローグ」で「それゆえ佐倉は『蝿の王』龍造の葬式にあらわれる」と指摘しながら、龍造という父＝王の死を強化する者として、「佐倉は——死すべき存在としての——天皇を殺そうとした者（の末裔）であり、そのことによって、自らが路地を支配する——不死の身体としての——天皇となった者だからである」というように、佐倉＝天皇を指摘しているが、それは中上健次のアポリアに、論理的にふくまれる視点である。要は、それでも「ここにおいて、『地の果て』は漱石の『道草』を反復するものでありながら、一歩ぬきんでている」と評価するのか、もはや有機体制への批評をなくした作品と見なすのか、ということだが、この点では、絓秀実とは意見を異にする。絓秀実は「『地の果て』という『父殺し』の不可能性という圏域にあって、ただひとり『父』として殺されるのが、ジンギスカンを自称するヨシ兄だからである」と言い、いわゆる「元寇」を「日本の歴史において最も可能的な『大逆』事件であった」と見なし（これについても疑問を呈したいが）、その上に立ってヨシ兄＝ジンギスカンの死を「『大逆』の挫折」と見なすのだが、中上健次的アポリアは、「父殺し」が父の連なる「神の裁きの体系、神学的体系」の強化になる点にあり、それはそのまま、「大逆」という「父殺し」のヴァリアントにも妥当する。その点で、龍造の自死は、そうしたより大きな有機体制の強化に繋がる「父殺し」を不可能にした、中上健次のぎりぎりの抵抗線と見なすことができる。

あとがき

本書は、「早稲田文学」誌上に二〇〇一年一月号から二〇〇二年九月号にわたって「異◆文学論」の表題で断続的に連載したものに、同誌の後藤明生特集（二〇〇〇年九月号）に寄せた一文を加えて、一冊に編んだものである。八回の連載の割に長い期間を要したのは、途中、七回目を書き終えて間もなく在外研究のために渡仏したからで、いまとなっては、夏のパリのアパルトマンの一室で、ひとり昼夜を逆転しながら最終章を書き継いだことも、帰国間際になって、思いだしたように連載原稿に大幅な改稿を施したことも、懐かしい思い出となっている。そうした事情もあって、連載終了から単行本として出版されるまでに、一年半という時間を要することになったが、あらためて自分の文学体験に向き合う機会が得られたことを、何よりも歓びたい。

連載にあたっては、「早稲田文学」の編集スタッフ、わけても連載を強く勧めてくださった十重田裕一氏に、毎回、叱咤と挑発によってこちらの背中と筆先を押しつづけてくれた市川真人氏に心より感謝の気持を捧げたい。単行本化に際しては、現在の批評をふくむ文芸書の置かれた状況のな

著者略歴

芳川泰久（よしかわ　やすひさ）

1951年　埼玉県生まれ

1981年　早稲田大学大学院博士課程修了

現在　早稲田大学大学院文学研究科教授

主要著書

『漱石論——鏡あるいは夢の書法』（河出書房新社、1994年）

『書斎のトリコロール』（自由国民社、1994年）

『小説愛』（三一書房、1995年）

『闘う小説家　バルザック』（せりか書房、1999年）

『横断する文学——〈表象〉臨界を超えて』（ミネルヴァ書房、2004年）

書くことの戦場

二〇〇四年四月一三日　第一刷発行

著　者　芳川泰久

発行者　山﨑雅昭

発行所　早美出版社

東京都新宿区早稲田町八〇番地

電話　〇三—三二〇三—七二五一

印刷所　倉敷印刷株式会社

製本所　有限会社愛千製本所

落丁・乱丁はお取り換えいたします。

定価はカバーに表示してあります。